Le Roman de Mademoiselle Lys

Hommage de l'auteur
Saigon, le 14 Sept 1922

NGUYỄN PHAN LONG

Le Roman de Mademoiselle Lys

Journal d'une jeune fille Cochinchinoise moderne

Essai sur l'évolution des mœurs annamites contemporaines

Préface à la nouvelle édition

Karl Ashoka BRITTO

DatASIA Press

MMXIV

À propos de la couverture :

Le style unique de la couverture réalisée par l'artiste Phương Quốc Trí capture parfaitement la chaleur, l'intelligence, la vulnérabilité, la profondeur d'esprit et la détermination de la protagoniste de notre livre, Mademoiselle Lys.

Né à Phan Rang, au Vietnam, en 1976, Trí étudia avec son père et son oncle qui étaient tous deux professeurs d'art et de design graphique dans leur petite ville. Depuis son plus jeune âge, Trí n'avait qu'une ambition : "la seule chose que je voulais faire dans la vie, c'était peindre." Vivant actuellement à Hanoi, Trí est devenu un peintre et un sculpteur reconnu.

Pour plus d'informations, visitez www.cactusartgallery.com.

DatASIA Press
www.DatASIA.us

ISBN : 978-1-934431-04-7 (paperback)

Library of Congress Pre-Assigned Control Number : 2014949712

Imprimé simultanément aux Etats-Unis d'Amérique et en Grande Bretagne.

Première Édition Moderne

Crédits

Éditeur : **Kent Davis**

Conception et réalisation de la couverture : **Rebecca Klein**

Mise en page : **Daria Lacy & Kent Davis**

Révision linguistique et correction d'épreuves : **Sandra Bourgi**

Consultant en typographie et langue vietnamienne : **Danh Nguyễn**

Glossaire : **Sandra Bourgi & Valérie Nguyễn**

À

M. Maurice LONG

Député de la Drôme

Gouverneur Général de l'Indochine

Cliché R. Tétart

Je dédie ce livre
en témoignage de ma respectueuse sympathie
et avec l'espoir que mon œuvre modeste
contribuera à lui faire mieux connaître et aimer
le peuple aux destinées duquel il préside.

NGUYỄN PHAN LONG

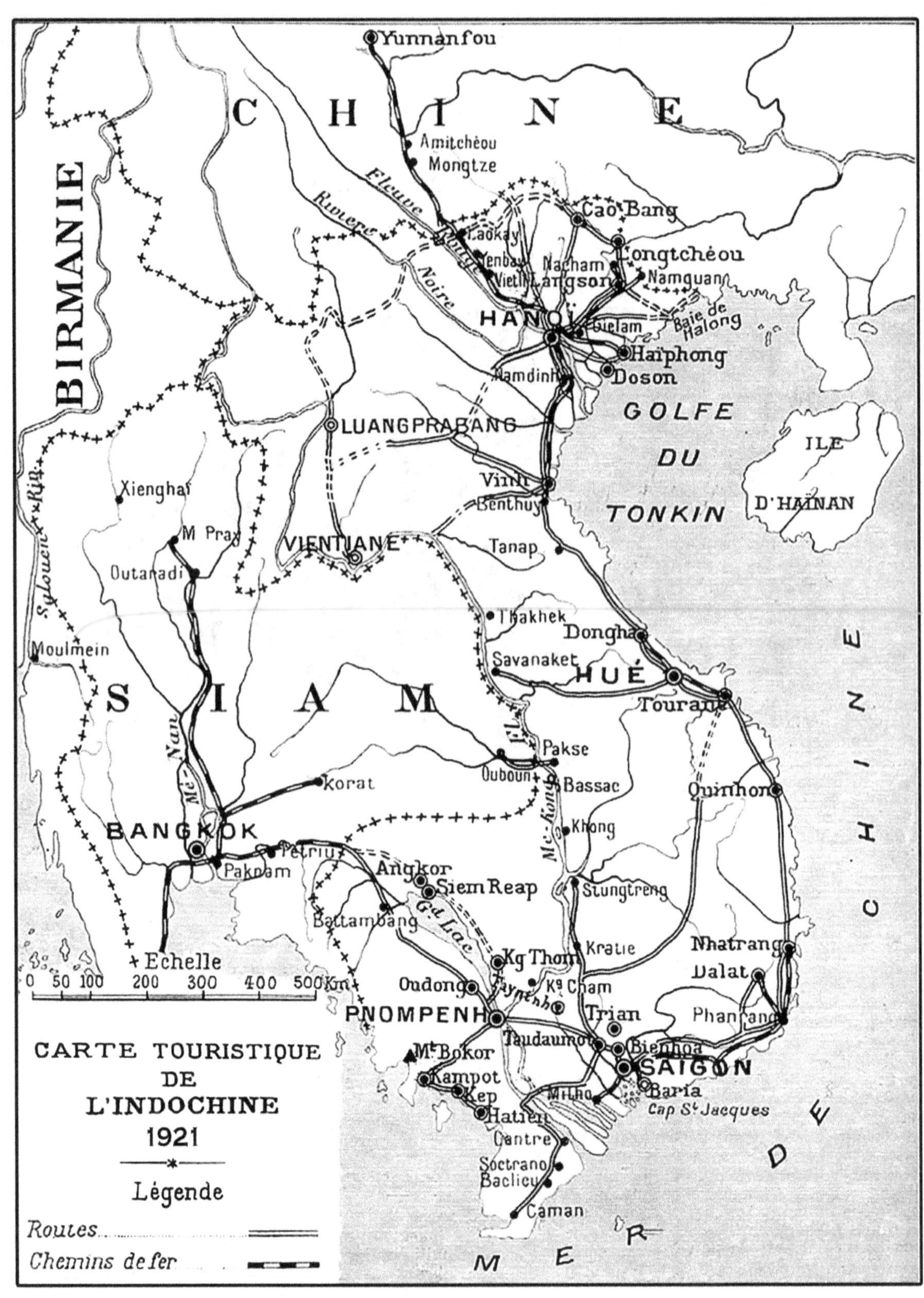

Carte Touristique de l'Indochine française – 1921.

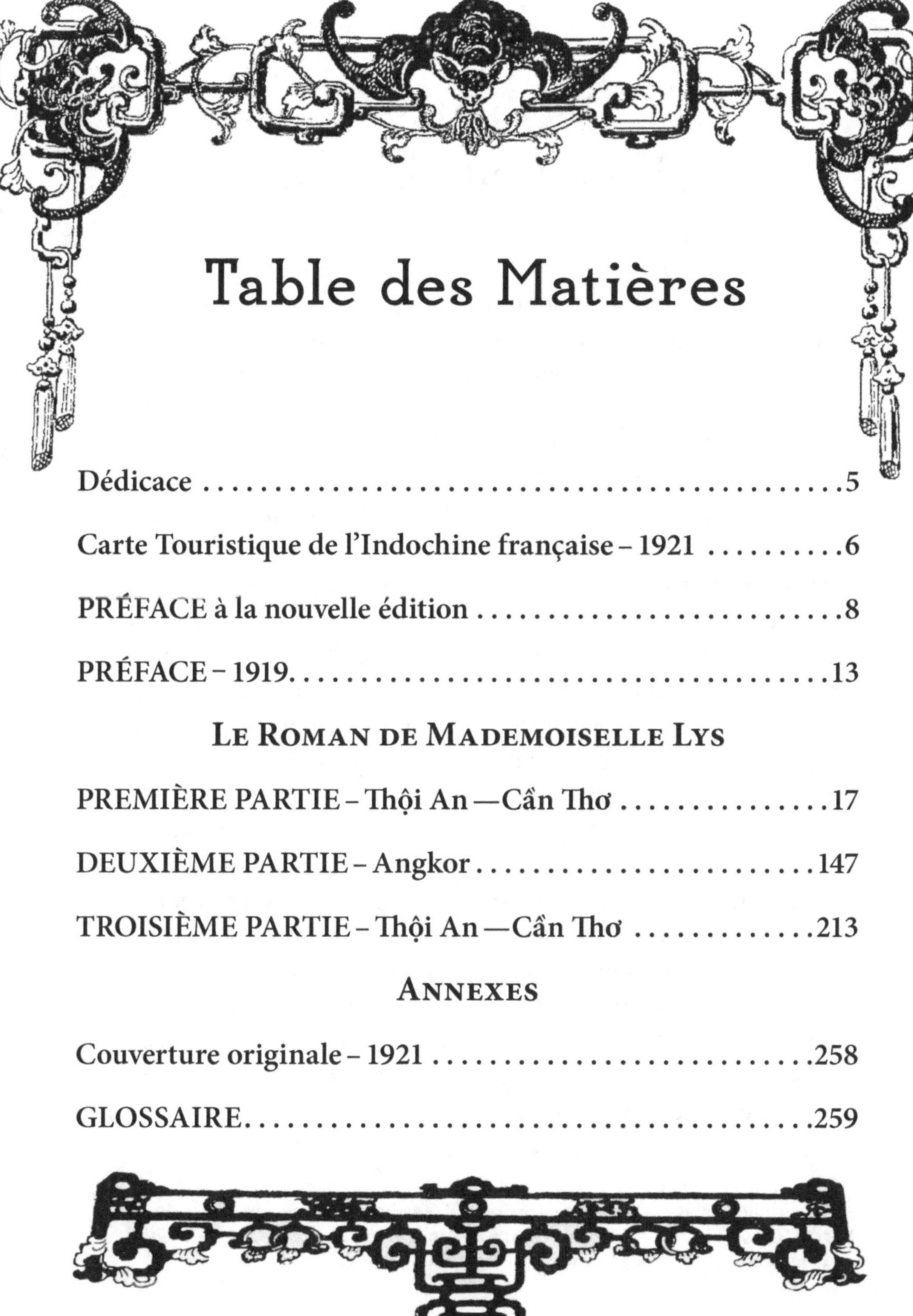

Table des Matières

PRÉFACE
à la nouvelle édition

L'un des premiers romans écrits en français par un Vietnamien, *Le Roman de Mademoiselle Lys* raconte l'histoire d'une jeune fille vietnamienne qui retourne dans son village natal après avoir passé huit ans dans une école française de Saigon.[1] Publié à Hanoi en 1921 par Nguyễn Phan Long, journaliste et écrivain associé au Parti constitutionnaliste de Cochinchine, le roman prend la forme du journal intime de cette jeune fille, qui s'appelle Nguyễn Thị Huệ (en vietnamien, *huệ* veut dire "lys"). Profondément marquée par son éducation—et en particulier, par la lecture de romans français—la narratrice essaie de se transformer en héroïne romantique à travers l'écriture. Dans la première partie du roman, elle confie à son journal tous « les petits secrets de [s]on âme », y compris ses difficultés à se réintégrer dans la culture vietnamienne et son amour pour Lucien Raynal, le « prince Charmant » français qui ne mérite pourtant pas cette appellation. Accablée par la trahison de celui-ci, elle tombe dans le désespoir. Afin de lui remonter le moral, son père lui propose une visite à Angkor, et la deuxième partie du roman se mue en récit de voyage. Dans la troisième partie, l'histoire de de la narratrice trouve un dénouement heureux, qui repose toutefois sur la répudiation de la culture française telle qu'elle se manifeste par l'écriture et par son projet romanesque : elle abandonne son journal et attend avec impatience son mariage avec Huỳnh Văn Minh, ingénieur vietnamien et—aussi surprenant que cela puisse paraître—partisan ardent de la mission civilisatrice de la France.

1 Pour une analyse détaillée du *Roman de Mademoiselle Lys*, voir Karl Ashoka Britto, *Disorientation : France, Vietnam, and the Ambivalence of Interculturality* (Hong Kong : Hong Kong University Press, 2004), 31-79.

Fascinant et troublant à la fois, *Le Roman de Mademoiselle Lys* nous offre un aperçu extraordinaire des questions qui animaient les débats politiques et intellectuels du Vietnam de l'entre-deux-guerres : quelles formes d'identité vietnamienne faut-il cultiver face à la domination coloniale ? Étant donnée la situation politique, quels rapports peut-on imaginer entre les Vietnamiens et les Français, entre la culture vietnamienne et la culture française ? Comment répondre ou même résister à des abus perpétrés par le régime colonial ? Quel rôle la femme doit-elle jouer dans un Vietnam moderne ? Sur cette dernière question, tandis que d'autres écrivains des années 20 et 30 prônent les droits de la « nouvelle femme », Nguyễn Phan Long reste résolument anti-féministe et profondément conservateur. Dans la préface du roman, il déclare que le féminisme n'est pas « un bon article d'importation », et l'éducation qu'il propose pour les filles vietnamiennes est pour le moins limitée : « Inculquer à nos filles les vertus et les connaissances requises par leur rôle au foyer, cultiver leur cœur, sans négliger leur esprit ni les utiles petits talents de la ménagère, voilà, à mon humble avis, à quoi nous devons borner pour elles notre ambition. »

L'histoire de Nguyễn Thị Huệ fonctionne donc pour Nguyễn Phan Long comme une sorte d'avertissement contre les effets néfastes de l'éducation française sur les femmes vietnamiennes. D'après la logique du roman, la résolution du « problème » culturel de la narratrice — la seule voie du bonheur — exige sa disparition *en tant que* narratrice. Au lieu d'écrire, elle va lire « le grand livre de la vie » ; à la fin de l'histoire, c'est son futur mari qui va en sélectionner pour elle « les beaux endroits » et sauter « pour [elle] les passages trop tristes » (elle ne précise pas dans quelle langue ce livre serait écrit). Ce qui rend ce dénouement d'autant plus frappant, c'est la distinction nette entre la situation de la narratrice par rapport à la culture française et celle de son futur mari, qui reste l'homme idéal, tout en déclarant que c'est grâce à la France qu'il a « considérablement accru son être moral, en élevant le niveau de son intelligence et en élargissant l'horizon de sa pensée. » En fin de compte, si la narratrice renonce à son propre rapport à la culture française, ce n'est que pour se lier à un homme qui « aime la France comme sa seconde patrie ».

Cette incohérence apparente s'explique en grande partie par l'anti-féminisme de Nguyễn Phan Long : si les hommes (de certaines classes, en tout cas) peuvent profiter d'une éducation française, cette même éducation peut corrompre les femmes, peut les rendre inaptes à « leur rôle au foyer ». Mais l'anxiété qui circule dans le roman envers la question de l'identité vietnamienne face à la culture française peut être en même temps considérée comme l'expression littéraire des tensions intrinsèques à la position politique de Nguyễn Phan Long lui-même. Plus tard partisan du nationalisme, au moment où il écrit *Le Roman de Mademoiselle Lys,* il n'avait pas encore perdu ses illusions face au pouvoir colonial : à travers le Parti constitutionnaliste, il soutenait une politique explicitement collaboratrice, cherchant à améliorer la situation des Vietnamiens sans pour autant réclamer l'indépendance[2]. Voué à l'échec, ce projet politique ne fut pas sans laisser ses traces psychiques dans un texte marqué par des contradictions.

Grâce à cette nouvelle édition intégrale publiée par DatAsia Press, *Le Roman de Mademoiselle Lys* peut trouver un nouveau lectorat. Même si les sentiments anti-féministes et collaborateurs qui animent le récit peuvent nous choquer aujourd'hui, le roman reste un document important et d'un intérêt exceptionnel. La

2 Sur l'histoire du Parti constitutionnaliste de Cochinchine, voir Jay Carter, "A Subject Elite : The First Decade of the Constitutionalist Party in Cochinchina, 1917-1927", *Viet Nam Forum* 14 (1993/94), 211-43 ; et Megan Cook, *The Constitutionalist Party in Cochinchina : The Years of Decline, 1930-1942* (Clayton, Victoria, Australia : Centre of Southeast Asian Studies, Monash University, 1977).

forme même du texte souligne sa position complexe : il s'agit à la fois d'un journal intime écrit en français par une femme vietnamienne qui se prend pour une héroïne romantique, et d'un roman écrit en français par un homme vietnamien désireux de montrer l'effet dangereux des romans français sur les femmes vietnamiennes. N'oublions pas que son texte est dédicacé à Maurice Long, alors gouverneur général de l'Indochine française — détail qui permet d'éclairer les rapports possibles mais pas tout à fait évidents entre le roman et le programme du Parti constitutionnaliste.

Lire *Le Roman de Mademoiselle Lys*, c'est retrouver un moment historique dans toute son étrangeté ; ouvrir le journal de Nguyễn Thị Huệ, c'est entrer dans un monde colonial plein de contradictions, d'où pointe un peu d'espoir mais aussi beaucoup d'angoisse.

Karl Ashoka BRITTO
Université de Californie, Berkeley

Karl Ashoka BRITTO, *associate professor* en français et littérature comparée à l'université de Californie (Berkeley). Il est l'auteur de *Disorientation : France, Vietnam, and the Ambivalence of Interculturality*, 2004. Ses recherches actuelles portent sur la représentation du corps comme spectacle dans la littérature coloniale et postcoloniale.

PRÉFACE

Le roman que voici a pour principal thème l'éducation de nos filles. Depuis quelques années, un grand nombre de nos compatriotes semblent céder en cette matière délicate à un engouement dangereux pour un modernisme à outrance qui fait table rase de nos traditions sans tenir compte de nos qualités ni surtout de nos défauts, car nous en avons, est-il besoin de le dire ? Déjà, certains, renchérissant là-dessus, parlent des droits de la femme en partisans déterminés du féminisme, lequel n'est pas pour nous, que je sache, un bon article d'importation. Inculquer à nos filles les vertus et les connaissances requises par leur rôle au foyer, cultiver leur cœur, sans négliger leur esprit ni les utiles petits talents de la ménagère, voilà, à mon humble avis, à quoi-nous devons borner pour elles notre ambition.

Afin d'en rendre la démonstration plus frappante, j'ai poussé ma thèse jusqu'à ses extrêmes conséquences logiques, en anticipant sur l'avenir. C'est pourquoi j'ai donné à mon héroïne une physionomie délibérément moderne dans ses grandes lignes, non sans quelques retours d'atavisme. On ne s'étonnera donc pas si, à certains moments, elle prend des allures qui pourront paraître à d'aucuns un peu trop libres dans l'état actuel de nos mœurs. Mais, chez elle, le fond vaut mieux que la forme, comme dit, je ne sais plus dans quel vaudeville, un belge — sans doute un belge flamingant d'avant la guerre — à une jeune veuve à qui il fait la cour, pour la remercier de s'humaniser enfin après l'avoir longtemps rebuté par des paroles peu aimables. La jolie femme se fâche d'abord du mot, mais comme elle a beaucoup d'esprit, elle y discerne, à la réflexion, un compliment qui, pour n'être pas du dernier galant, n'en est pas moins flatteur et — pour une fois, savez-vous, Monsieur ? — sincère. Je ne crois pas m'exposer à la réprobation des moralistes, ni faire injure à mon ingénue en lui décernant cet éloge mitigé d'un discret reproche. De fait, elle est moins égoïste et évaporée qu'elle n'en a l'air : c'est une parfaite oie blanche qui caquette pour le plaisir de s'entendre. Infatuée de son instruction, elle soutient, à grand renfort d'arguments livresques, des théories téméraires et souvent fausses. Conscience en voie de devenir qui se cherche encore, ses idées évoluent sans cesse jusqu'à ce que, corrigées par l'expérience, elles lui démontrent ses erreurs et la mettent dans le bon chemin.

Outre ce problème capital pour l'avenir de notre race, j'en ai effleuré, en passant, d'autres non moins actuels qui s'imposent à l'attention, parfois inquiète, toujours intéressée, de ceux qui observent et pensent.

Le présent ouvrage est, en somme, un livre d'idées autant qu'une œuvre d'imagination. Je m'y suis proposé en effet de tracer, en les réunissant par le fil d'une intrigue, une série d'esquisses présentant le tableau sommaire de notre société à l'heure où, par suite de la répercussion mondiale d'une guerre sans précédent, de grands changements vont y être apportés, sous l'impulsion des événements ou par la volonté des hommes.

Ce livre, où se reflète la pensée de la partie la plus éclairée et la plus saine du peuple annamite, n'a d'autre prétention que d'être un miroir fidèle. Puissent la figure de la France et celle de notre pays, qu'on y entrevoit, dissiper quelques-uns de ces malentendus engendrés par l'incompréhension mutuelle et la tendance à la généralisation !

En effet, la masse de nos compatriotes, apercevant seulement le côté extérieur de la vie des coloniaux, que le souci légitime du prestige de la Mère-Patrie et de leur dignité personnelle oblige à observer un certain décorum, se persuadent volontiers que l'Européenne et, en particulier la Française, ont pour toutes occupations les plaisirs mondains et les soins de leur parure. Pour qui a vu les femmes de France dans l'ambiance natale, au milieu du cadre normal de leur existence rythmée par une activité harmonieuse et pondérée, une telle croyance est une pure hérésie, car elle méconnaît en elles le trait le plus typique du caractère national : le sens de l'ordre et de la mesure. Produit du terroir gaulois, cette qualité foncière de la race accumula, le long des générations, au sein des familles, dans les profondeurs de la nation, des trésors d'énergie latente et des réserves de ressources insoupçonnées qui furent d'un puissant secours à la France aux heures critiques de son histoire. Au XVIIIe siècle, tandis que la noblesse, facilitant d'avance la besogne de Fouquier-Tinville, dressait contre elle, par une conduite frivole et dissolue, le plus terrible des réquisitoires, la même vertu respirait avec une bonhomie sereine dans les mœurs bourgeoises ; dont les tableaux de Greuze et de Chardin ont conservé le spectacle familial, d'un si doux charme d'intimité. Mais c'est dans l'atmosphère surchauffée de la grande guerre qu'il lui fut donné de s'épanouir en une magnifique floraison ; c'est elle qui permit à la France de déployer l'effort inouï nécessaire pour mener à bien des improvisations de tous ordres et d'une vaste échelle, en pleine surprise d'une agression déclenchée à l'improviste par un ennemi dès longtemps prêt et formidablement armé.

D'autre part, il est des Européens qui, n'ayant sous leurs yeux que des spécimens peu recommandables de la population indigène, qu'ils érigent d'emblée en types, se forment de la mentalité de l'Annamite une opinion aussi superficielle qu'inexacte.

J'aurai atteint mon but si je contribue un tant soit peu, avec mes aînés, à amener ceux-ci à nous juger avec plus d'équité en se pénétrant de la notion de l'humaine condition, et ceux-là à mieux connaître le peuple français et à identifier leur petite patrie à la grande pour les confondre toutes deux dans un culte fervent et réfléchi. Parlant des soldats noirs tombés pour la cause commune, M. Henri Lavedan a écrit : « Nous tâcherons que, dans la mort, la gloire et le souvenir, ils demeurent, ainsi qu'ils le furent dans la vie, nos frères. Ils souffrent et saignent de la même façon que nous, et Dieu a signifié clairement cette fraternité, quand il a voulu que, malgré la différence des races, les larmes et le sang de tous les hommes fussent de même couleur. ». Un jour viendra, qui n'est pas loin peut-être, où les habitants de la France d'Asie pourront prendre à leur compte, en en retournant les termes pour l'appliquer aux vivants, cette noble phrase, sans qu'elle risque de faire cabrer la fierté intime des uns, ni d'effaroucher la timidité ombrageuse des autres.

Ce miroir, j'aurais voulu le polir et l'enchâsser dans une monture ciselée avec l'art d'un Benvenuto Cellini créant des chefs-d'œuvre. Mes lecteurs me pardonneront en faveur de l'intention, si je ne l'ai pu, faute de moyens. Quel que soit leur sentiment sur les idées que j'émets, j'espère qu'ils m'accorderont l'indulgence promise aux hommes de bonne volonté.

NGUYỄN PHAN LONG

Saigon, le 1er avril 1919.

PREMIÈRE PARTIE
Thội An—Cần Thơ

2 février 1918.

e voici revenue au logis paternel, après huit années passées chez les bonnes Sœurs, à Saigon, huit longues années entrecoupées seulement de vacances toujours trop courtes à mon gré. J'y suis rentrée en triomphe, mon brevet élémentaire conquis de haute lutte.

Cet heureux couronnement de mes études a comblé les vœux de mes parents, dont je suis la fille unique. En pareille occurrence, des papas et mamans européens auraient manifesté leur joie par des baisers sonores et d'étourdissantes exclamations. Les miens se sont contentés de marquer leur plaisir par quelques mots.

—Je te félicite, ma chère enfant, a déclaré simplement papa. Tu nous fais grandement honneur.

Maman n'a été guère plus démonstrative.

—Hai, m'a-t-elle dit, te voilà aussi instruite qu'un garçon. J'espère que tu ne me quitteras pas de longtemps.

Cet accueil peu chaleureux n'a nullement diminué ma satisfaction personnelle. Contente, je l'ai été, certes, beaucoup de me voir sacrée jeune fille moderne, puisqu'il est aujourd'hui de bon ton parmi nous que les jeunes filles soient élevées à l'européenne, et que je suis désormais enrôlée dans « cette gracieuse phalange appelée à révolutionner la société annamite » selon une bribe de phrasé que j'ai retenue d'un discours prononcé à une distribution des prix du collège des jeunes filles Annamites de Saigon, par un grave inspecteur de l'Instruction publique, et que j'ai lu quelque part dans un journal.

Je suis donc ici depuis quinze jours. Pendant les premiers temps de mon arrivée, les habitants du village, qui m'ont connue toute petite, m'ont regardée avec une curiosité un peu indiscrète, comme un phénomène, ce qui m'a passablement gênée. Les réflexions naïves de ces braves gens m'ont beaucoup amusée et — faut-il le dire ? — un peu flattée.

— La demoiselle, se disaient-ils, est une savante. Elle lit dans les livres français plus couramment que nous le *quốc ngữ*. Elle gazouille dans cette langue bizarre aussi facilement que nous autres, nous parlons notre langue maternelle.

Toutefois, à ce concert d'éloges s'est mêlée une note discordante qui a désagréablement chatouillé mon amour-propre.

— Tout cela est bel et bon, a bougonné une *bà già*. Mais elle a les dents blanches ; elle ne chique pas. Sait-elle faire au moins la cuisine ? Je gage qu'elle serait bien embarrassée pour cuire une marmite de riz.

Faire la cuisine, grands dieux ! Evidemment, je ne le sais pas. Au ciel ne plaise que j'aie à m'occuper de cette besogne servile ! Nos domestiques y suffisent bien assez. Quelle radoteuse que cette *bà già* ! L'homme, et encore moins la femme, n'a pas, heureusement, que ses besoins matériels à satisfaire.

Il faut aussi des jouissances d'un ordre plus relevé. Pour moi, la lecture en est une des plus délicates. Je passe le plus clair de mon temps à dévorer des romans et, le livre fermé, je me mets à rêver aux aventures de mes héroïnes. Ce sont elles qui m'ont donné l'idée de tenir ce journal, auquel je confierai les petits secrets de mon âme et les faits saillants de ma vie de jeune fille. Qui sait ? Il m'en arrivera peut-être, à moi aussi, des aventures.

Pour le moment, cependant, rien de ce qui m'entoure, ni les êtres ni les choses, ne semble susceptible de se prêter à une histoire émouvante.

À tout seigneur tout honneur. Commençons par mes parents. Très vert encore pour ses cinquante-six ans, le front bombé et large, les yeux noirs, légèrement bridés, les pommettes saillantes, la bouche aux lèvres charnues, barrée d'une moustache poivre et sel peu fournie, la taille plutôt au-dessous de la moyenne, papa a les traits caractéristiques de l'Annamite des classes aisées. Ses études terminées, il retourna auprès de son père, qui était le chef du canton, pour l'aider à gérer son vaste domaine. Après avoir gravi successivement tous les échelons de la hiérarchie des notables, il hérita de l'autorité et de la fortune paternelle. Faisant un bon usage de l'une et de l'autre, ayant sacrifié, il y a une dizaine d'années, tout en gardant le turban national, ses longs cheveux coupés depuis lors en brosse et aujourd'hui grisonnants, il est un des hommes les plus avancés et les plus influents de la capitale de l'Ouest cochinchinois. Fort tolérant pour les opinions d'autrui, qui, dit-il en riant, sont, d'après les Jésuites, aussi probables que les siennes, surtout durant cette période de transition où rien ne peut être considéré comme définitivement arrêté, il ne se montre intraitable que sur un seul chapitre : la probité, partout et dans tous les états. Le fonctionnaire qui trafique dans son emploi est aussi méprisable à ses yeux qu'un vulgaire voleur ; il trouve même que celui-ci est moins coupable que l'autre, car, explique-t-il, le pauvre hère a au moins pour lui l'excuse de la faim.

Maman, qui a doublé le cap de la quarantaine, offre, sans aucune altération, le type de la femme annamite d'autrefois. Frêle, le devant de la tête presque dégarni, mâchant sa chique éternelle dans sa bouche aux dents noircies et déchaussées, toujours furetant, trottinant par toute la maison, ne dédaignant pas de mettre la main à la pâte, elle inspire une sainte terreur à ses gens qu'elle stimule sans cesse de la voix et du geste. Rien ne l'intéresse en dehors de son ménage. Econome, non pas âpre au gain, mais exigeant strictement ce qui lui est dû, elle est, au demeurant, bonne et charitable et ne lésine pas sur les dépenses nécessaires ou même simplement utiles. Pour moi, elle fait des folies tout en maugréant, entraînée par l'exemple de papa. Car tous deux m'adorent, chacun à sa façon, et je le leur rends bien !

Quant au pays, il est uniformément plat. Rien qui accroche le regard. La moisson est faite, les rizières étendent à perte de vue leur surface hérissée de chaume et brûlée de soleil. De place en place, la silhouette noire et trapue d'un buffle tranche sur la terre grise. Au loin, quelques bouquets de bambous ou de cocotiers rompent d'un peu de verdure la monotonie du paysage.

Au bord de la route, à une demi-heure d'auto du chef-lieu, entourée d'une grille, précédée d'un vaste jardin, notre demeure expose aux feux naissants du soleil son élégante façade du plus pur style français. Toutefois, le large perron escaladé et la porte franchie, le modernisme de papa se fait plus timide. Le grand salon est bien garni de tables, de chaises, de berceuses, de canapés et décoré de reproductions de toiles célèbres des musées d'Europe. Mais, étrange anachronisme, la place d'honneur y est occupée par l'autel des ancêtres paré de sa garniture de cuivre aux formes consacrées depuis un temps immémorial : le brûle-parfum carré au couvercle surmonté d'une chimère grimaçante, aux pieds recourbés reposant sur un socle, les deux chandeliers rigides et noués comme des tiges de bambou, le vase ventru, très bas, où se dressent, piqués dans un lit de cendre, des bouts verts et rouges de baguettes d'encens éteintes.

C'est surtout dans le petit salon de maman, situé à droite, que le goût traditionnel règne en maître; on y voit le lourd lit de camp en *gõ*, la petite table incrustée de nacre, chargée du service à bétel et flanquée de massifs fauteuils d'ébène, qu'on trouve dans tous les intérieurs d'Annamites aisés. Aux murs, des peintures chinoises anciennes. Une glace Louis XV, au cadre doré, reflète avec étonnement ces objets d'aspect sévère, noircis et lustrés par l'usage, jaunis par le temps, mise là par une délicate attention de maman pour ses visiteuses, qui aiment à y jeter de furtifs coups d'œil en papotant.

Je ne dirai rien de la pièce de gauche où papa travaille et reçoit ses administrés. L'aménagement en était commandé par la destination qu'elle devait recevoir: table-bureau tapissée de drap vert, chaises, armoires, étagères, tous meubles de caractère neutre et sans style.

Cet ameublement disparate est l'indice de l'évolution qui s'accomplit chez nous et autour de nous; c'est la lutte du passé contre l'avenir. Ceci tuera cela: chaque jour, le flot montant des idées nouvelles emporte vers le fleuve de l'oubli quelque conception surannée, quelque usage archaïque et ébranle un peu plus le vieil édifice vermoulu qui va bientôt s'écrouler. Tant mieux! Ce n'est pas moi qui m'en plaindrai.

Papa ne partage pas mon enthousiasme.

—Tout beau! Mon enfant, m'a-t-il objecté. Ne nous hâtons pas de répudier les coutumes léguées par nos aïeux. Elles ont du bon, malgré tout. Il s'agit seulement de savoir les adapter à l'état de choses actuel.

Il a eu cependant la délicatesse de me laisser la liberté la plus complète pour l'installation de mon domaine, composé de deux pièces du premier étage situées dans l'aile gauche. Je les ai meublées, bien entendu, selon mon goût, à l'européenne. Celle où je me tiens me sert de cabinet de travail ; la table sur laquelle j'écris ces lignes est placée au milieu, tournée vers la façade. À ma droite entre les fenêtres qui s'ouvrent au midi, un canapé aux coussins moelleux, propice aux lectures suivies de longues rêveries. À ma gauche, une console aux pieds contournés supportant un bronze de Mercier, *La Danse*, avec deux petits vases *Gallé* à long col où des roses paraissent toutes pâles parmi de sanglants hibiscus. Aux murs, des aquarelles représentant les quatre saisons. Dans les coins, sur des sellettes, des palmiers nains dans des potiches de Chine. Au fond, près de la porte de ma chambre, une bibliothèque dont le noyau, formé avec mes livres de prix, se grossit peu à peu avec l'apport de romans soigneusement triés par papa qui n'en laisse passer que les plus édifiants.

Mais voici que le soleil, déjà haut, darde des rayons de plus en plus ardents. Quelle température capricieuse et changeante comme une coquette ! À six heures, elle était fraîche, voire un tantinet froide ; dans un instant, elle sera devenue caniculaire. J'ai dû fermer tout à l'heure les fenêtres latérales par où arrivait un vent un peu vif. Brrr ! Je suis frileuse comme une chatte. Il faut maintenant les rouvrir sous peine d'étouffer. Allons, il est temps de me lever si je veux m'épargner une migraine.

3 février.

C'est aujourd'hui, vingt-troisième jour de la douzième lune, que, dans toutes les maisons, on offre le sacrifice d'adieu au dieu du Foyer, Ông-Táo, qui s'en va faire au Ciel son rapport annuel. Pendant l'année finissante, le censeur invisible a tenu note fidèlement des faits et gestes des occupants de la maison. Aussi, les gens ne se sentant pas rassurés (on a toujours la conscience harcelée peu ou prou par le remords) cherchent-ils à le gagner par des présents : papier d'or ou d'argent, encens, sans oublier—vraiment, ils pensent à tout !—une monture, sous forme d'une aiglette ou d'un cheval dessinés sur du papier. C'est tout bonnement une corruption de fonctionnaires : on suppose que le bon mandarin céleste aime les *lê* comme ses collègues d'ici-bas.

Décidément, les puissants sont bien plus faciles à contenter dans l'autre monde qu'en celui-ci. Par la magie du feu, le papier-monnaie se transformera en espèces sonnantes et trébuchantes, l'aigrette et le cheval deviendront des coursiers rapides qui emporteront leur cavalier à travers les airs. *Ông Táo* reviendra dans sept jours pour prendre sa part des réjouissances du *Tết*. *Ông Táo* est parti. Vive *Ông Táo* !

Jamais l'Empereur de Jade n'aura le courage d'écouter ce déluge de ragots de concierge… Non, de dieux lares. Je plains l'infortuné rond-de-cuir qui sera chargé là-haut d'en prendre connaissance au nom de Sa Majesté auguste ; ce ne sera pas une sinécure. Bah ! Il s'en tirera en invitant la multitude des *missi dominici*[1] domestiques à lui remettre des rapports circonstanciés, en bonne et due forme, qui s'en iront tout doucement dormir dans les archives célestes.

---

1 Envoyés du Seigneur.

Voilà pourquoi, j'imagine, malgré l'utilité incontestable de cette institution, l'ordre des choses ne change pas au séjour des mortels : d'honnêtes gens y meurent toujours de faim, alors que plus d'un fripon y roule sur l'or.

4 février.

Il semble que l'année soit virtuellement finie avec le départ de *Ông Táo.*

On sent davantage l'approche du *Tết.* Sur les routes, la circulation devient plus intense. Les *nhà quê* reviennent du chef-lieu, leurs emplettes dans des paniers qu'ils portent les uns au bras, d'autres sur la tête, d'autres suspendus aux extrémités d'un *đòn gánh* posé en équilibre sur leurs épaules. Ces grands enfants s'interpellent joyeusement en se croisant. On voit bien qu'ils ne sont pas dans un salon. Vivant au grand air, habitués aux larges horizons, ils causent de leurs affaires sans nulle contrainte, de cette voix de cloche fêlée, secouée d'un gros rire, qu'on remarque chez tous les paysans. On entend surtout le glapissement aigu des femmes qui, tout en cheminant à petits pas pressés, ne perdent pas un coup de langue.

L'agitation générale gagne notre maison ; les meubles sont déplacés, les murs rebadigeonnés, le carrelage lavé à grande eau, les objets de culte fourbis. On fait même la toilette des tombeaux. Êtres et choses font peau neuve ; il ne faut rien laisser subsister de l'année qui s'en va...

5 février.

A idée de ses gens, maman s'est mise en devoir de préparer gâteaux, confitures et victuailles dont une faible partie sera offerte aux ancêtres. Le reste composera un copieux festin pour nos fermiers et les habitants du canton.

Cette alléchante perspective donne à tous du cœur à l'ouvrage.

Deux jours sont consacrés aux gâteaux pour lesquels maman a requis le concours des femmes, servantes et voisines, jeunes et vieilles. J'ai assisté en simple spectatrice à tout ce remue-ménage, car, ces bonnes choses dont je mange volontiers, j'ignore comment on les fait. Tout en s'affairant, mes petites camarades d'autrefois se sont moquées de mon abstention qui les scandalisait quelque peu au milieu de leur activité fébrile. Tandis que leurs mains expertes se remuaient, elles m'ont criblée de coups d'épingle. Je les ai laissées faire sans m'émouvoir : il faut bien que chacun tire vanité de ses petits talents. J'ai les miens qui valent bien mieux que les leurs ; mais ce n'était ni le lieu ni le moment de les produire.

Cependant, elles pesaient, avec le soin méticuleux d'un pharmacien dosant une potion, les divers ingrédients entrant dans la composition des pâtes et dont les proportions, déterminées une fois pour toutes comme une formule du Codex, n'ont jamais varié. Cela n'empêche pas ces cachottières de cacher jalousement leurs recettes. Et gare au moindre regard profane ! La pâte battue s'obstine-t-elle à rester lourde telle de l'huile ? Honnie soit l'indiscrète ! Le gâteau demeure-t-il désespérément rassis et terne comme la tête rassis d'un bonze ? Haro encore sur la curieuse ! Il n'y a à ces accidents d'autre cause que le mauvais œil. Excuse commode pour les maladroites !

Prise de vertige devant tout ce va-et-vient, pleurant et toussant dans la fumée, agacée par le floc-floc de la pâte qu'on battait, j'ai réintégré au plus vite mon appartement, comme un pigeon effarouché regagne à tire-d'aile son colombier.

La cuisson commencera demain, lorsque les pâtes seront levées.

6 février.

Je suis allée jeter un coup d'œil à la cuisine. Les gâteaux sortaient des chaudrons, des bassines, du four, où ils cuisaient dans la vapeur, dans l'eau, au feu. Rangés au fur et à mesure, ils débordaient des tables, déferlaient sur les lits de camp, envahissaient le buffet : ici, des *bánh bò* épanouis en fleurs blanches comme du calcaire, des *bánh thuẫn* dorés et croustillants, des *bánh men* fondants, là, du *bánh bông lang* poreux et compressible comme des éponges, des *bánh kẹp* embaumant la cannelle et le girofle, du *bánh gia long* aux couches polychromes superposées ; plus loin, d'autres *bánh* de toutes formes et de toutes couleurs.

On apprêtait les pièces de résistance ; *bánh tét* de forme cylindrique, enveloppés dans des feuilles de bananier, ficelés de lacets de bambou, *bánh ô* bruns, saupoudrés de sésame, semblables à des crêpes de caoutchouc.

Autrefois, à pareille époque, on faisait ample provision de ces deux variétés de gâteaux de riz, en prévision d'un soulèvement toujours à redouter. En effet, les Cambodgiens, qui subissaient impatiemment le joug des Annamites, profitaient du désordre et de la négligence résultant des préparatifs du *Tết* pour s'insurger contre leurs oppresseurs. Les habitants, saisis de panique, fuyaient devant les rebelles, emportant à la hâte quelques bardes et des vivres. De là l'utilité du *bánh tét* et du *bánh ô,* lourds, indigestes et peu encombrants. On y ajoutait du riz restant après les repas, que les *bà già* prévoyantes faisaient sécher au soleil en vue de cette éventualité.

Que d'incendies, en revanche, à cause de cet innocent *bánh tét !* On le faisait cuire généralement pendant la nuit ; les femmes chargées de ce soin finissaient par céder au sommeil, vaincues par la fatigue et l'ennui. Tout à coup, une étincelle s'échappait du foyer et allait mettre le feu à la paroi en *cái phên.* L'incendie était allumé, et voilà le *Tết* endeuillé pour les victimes du sinistre, qui se trouvaient du jour au lendemain dénuées de tout et sans abri.

10 février.

Depuis quatre jours, je n'ai pas ouvert ce cahier, ayant un peu perdu la tête au milieu de tout le branle-bas qui se faisait autour de moi.

Après les gâteaux, on est passé aux confitures ; gingembres aux branches souples et blanches comme des doigts de femme, *bí đao*, courge dont la chair débitée en tranches est translucide comme du mica. Maman y a ajouté des fruits grossièrement confits achetés aux Chinois ; tomates, oranges, citrons, graines de lotus, dattes, etc. noyés dans une gangue de sucre poisseuse.

Ç'a a été ensuite le tour des victuailles. On a immolé plusieurs de ces animaux habillés de soie, pour employer une périphrase à la Delille, mettons le mot, des *con heo.* Les différentes parties de leur corps douillet et gras à souhait, dépecées, découpées, accommodées de différentes façons, relevées de condiments, de sauces variées, ont mijoté doucement dans des marmites de toutes dimensions. De quoi remplir l'estomac de Gargantua !

Nous voici au dernier jour de l'année. Maman a jeté sur chaque chose le coup d'œil du maître. Tout va bien. Sur l'autel des ancêtres, la garniture de cuivre reluit comme une chasse ; les couleurs claires des oranges, des pamplemousses, des bananes étagés en pyramide, ressortent en vigueur sur la peau vert sombre, presque noire, des pastèques pansues voisinant avec une assiette de *đường phổi*, cassonade en tablettes qui passe pour être fort appréciée, avec le melon d'eau, des habitants de l'autre monde ; des rouleaux de papier à ramages de diverses nuances, destinés à renouveler la garde-robe de nos hôtes, y sont rangés en bon ordre comme chez les marchands de soieries.

Pendant trois jours, l'autel sera encombré, au moment des repas, des meilleurs plats de la cuisine annamite. Les vivants n'oublient pas les morts dans leurs plaisirs ; ils les y associent et leur en offrent, dans une pensée touchante, la primeur. Ce pieux devoir leur est d'ailleurs d'autant plus facile à remplir que les mets servis aux convives invisibles, qui sont censés y goûter, restent intacts et ont seulement besoin d'être réchauffés pour s'engloutir dans des estomacs bien vivants, où ils disparaissent sans retour.

Ce soir, à l'heure accoutumée, nous avons accueilli par des pétards l'arrivée des chers revenants. Nous les avons salués par des *lạys*. Papa et maman leur ont murmuré des paroles de bienvenue, en demandant leur bénédiction pour eux et pour moi. Je me suis bornée, pour ma part, à exécuter silencieusement les prosternations rituelles : trois inclinations debout les mains apposées à hauteur de la poitrine, les pouces écartés, puis assise, les jambes repliées, quatre profonds saluts, les mains se séparant pour se poser à plat sur la natte chaque fois que le front touche celle-ci, puis, relevée, trois nouvelles inclinations.

La maison a été balayée dans les coins et recoins ; les vêtements de fête ont été extraits des armoires et des malles. Demain, rien ne devra être déplacé ni dérangé. Nos gens ont reçu de maman la consigne sévère de ne pas heurter la vaisselle en la maniant, et surtout de ne rien casser, sous peine d'encourir sa terrible colère et tout ce qui s'ensuit.

Je veille maintenant avec toute la maison dans l'attente de l'heure de minuit. Un an de plus va s'appesantir sur ma tête ; dix-sept ans se sont écoulés pour moi dans une joyeuse insouciance, grâce à la tendresse de mes bons parents qui me les ont faits doux à vivre. Que m'apportes-tu, année qui vient ? Joie ou tristesse, satisfactions ou déboires ? Quel sera pour moi ton visage ? Ami ou hostile ?

Je me pose ces questions destinées à demeurer sans réponse, le cœur agité d'inquiétude et d'espoir... Le ciel, d'un noir d'encre, donne une impression de mystère et d'immensité plus profonde que par les nuits éclairées. Comme je comprends le mot de Pascal : « Le silence éternel de ces espaces infinis m'effraye. ». Oui, c'est de l'effroi que j'éprouve. Si, comme nous le croyons, ce sombre abîme est habité, ces ténèbres ne peuvent être peuplées que de génies malfaisants, jaloux du bonheur des mortels. Nos aïeux, de qui mes parents ont appelé tout à l'heure la bénédiction sur ma tête, pourront-ils détourner de moi les douleurs morales et physiques dont chacun ici-bas a son lot ?

Allons bon ! Voilà que mes idées ont pris la couleur de la nuit ! La solitude ne me vaut rien dans cette obscurité déprimante. Je vais retrouver maman pour secouer cette mélancolie qui m'entraîne sur la pente des moroses spéculations métaphysiques.

14 février.

Le *Tết* s'est bien passé. Trois jours durant, notamment pendant les deux premiers, notre maison a été envahie par une foule sans cesse renouvelée. J'ai été étourdie par le crépitement des pétards, les bavardages et les rires qui se sont donnés libre cours dans l'effusion un peu familière des fêtes. C'est aujourd'hui seulement que, rendue à moi-même, j'essaie de démêler les impressions confuses que j'ai ressenties au milieu de ce joyeux tumulte.

Le matin du premier de l'an, papa me fit une surprise on ne peut plus agréable. Après avoir répondu par un mot ému à mon souhait affectueux, il me tendit un écrin en disant : « Ouvre ceci, ma chère enfant. Tu me diras si tu trouves à ton goût ce qui est dedans. ». J'obéis avec empressement, et, à mes regards charmés, deux bracelets d'or enrichis de brillants apparurent, couchés sur un lit de peluche bleue, reflétant toutes les couleurs du prisme sous les rayons du soleil levant.

J'aurais bien voulu sauter au cou de ce bon papa pour le remercier de ses jolies étrennes. Mais un sentiment inexplicable retint mon élan, et je me contentai de m'exclamer :

— Oh ! Que vous êtes bon, papa chéri ! Puissiez-vous vivre cent ans, et puissé-je demeurer toujours auprès de vous pour jouir de votre affection !

— Voilà un vœu bien inconsidéré ! fit papa, moqueur. Je ne veux pas qu'il soit exaucé. Tu serais la première à regretter d'être prise au mot.

Un peu plus tard, le *Đốc phủ*, délégué administratif de la circonscription, se présente le premier, sa croix de la Légion d'Honneur mettant une tâche rouge sur sa robe de brocart bleu brodé de grandes fleurs d'argent. Le haut fonctionnaire a tenu à donner cette preuve d'estime particulière à papa qui en est très flatté et tout heureux, car le respectable personnage, chargé d'ans et comblé d'honneurs, doit porter bonheur à la maison. Si l'année est bonne, c'est à lui qu'en reviendra le mérite. Surviendra-t-il, au contraire, quelque évènement fâcheux, ce sera lui le bouc émissaire. Ainsi, on saura toujours à qui s'en prendre, au lieu de se plaindre platoniquement du Destin, qui est intangible et qui s'esquive comme un sournois voleur, une fois son coup fait.

L'écluse se trouve dès lors ouverte : c'est un flot ininterrompu de visiteurs de tout sexe, de tout âge, de toute condition. Les civilités faites aux ancêtres sous forme de *lạys*, ils échangent avec nous, dans les formules sacramentelles, des vœux de bonheur, de prospérité, de longévité et de nombreuse descendance. À moi, en particulier, ils souhaitent un mari digne de mon rang et de ma fortune. Confuse, je balbutie des remerciements, des phrases que je laisse un pied en l'air pour aller glisser dans les mains des *nhỏs* des piécettes blanches enveloppées dans du papier rouge et les bourrer de dragées.

Ensuite, on prend place, les hommes sur les chaises, les femmes sur les lits de camp (les *nhỏs* restent debout ou s'en vont gambader au dehors) autour des tables et des plateaux chargés de bonbons, de fruits confits, de liqueurs, de bétel, de cigarettes. Tout en prenant de ces friandises, nos hôtes d'un moment devisent avec les maîtres de la maison du temps qu'il fait, du cours du paddy, de la récolte qui a été bonne. De leur côté, mes parents s'informent des enfants nés pendant l'année écoulée, s'exclament devant la rapidité avec laquelle les jeunes gens ont poussé, tapotent amicalement des joues barbouillées de sucreries, caressent des têtes aux crins drus et courts. Au bout d'un instant, les visiteurs se lèvent ; les notables sont reconduits au bruit des pétards qui répandent une odeur âcre de poudre.

Nous sortons à notre tour pour rendre leurs politesses à nos visiteurs. Sur la table du salon est placé un plateau en laque du Japon, où ceux qui viendront en notre absence déposeront leurs cartes multicolores ; cartes chinoises, grands rectangles de papier de couleurs vives souvent historiés de dessins allégoriques, où les noms se détachent en gros caractères calligraphiés ; cartes à la mode européenne, beaucoup plus petites, en bristol rouge, rose, mat ou moiré, parfois enjolivées d'une petite fleur dans le coin, portant des noms orthographiés en *quốc ngử*, suivis de titres ou de qualités en français. Quelques esprits forts y glissent des cartes blanches, tels des anarchistes plaçant des bombes. Qui se douterait que le blanc virginal et candide est révolutionnaire en ce pays... en matière de cartes de visites, et qu'il effarouche les *bourgeois* timorés qui le prescrivent comme étant la couleur du deuil ? On a beau se piquer de suivre le train, on est toujours de son patelin par quelque endroit.

Notre auto marche à vive allure et nous dépose devant les *cái nhàs*, d'où nous ressortons presque aussitôt, ayant à remplir un programme très chargé. À chaque fois, nouvelles congratulations, réédition de souhaits réciproques, stéréotypés dans le même sourire figé et dans des *clichés* invariables. Notre corvée expédiée, nous poussons un soupir de soulagement.

Au retour, nous nous arrêtons, en passant, maman et moi, à une pagode dédiée à une puissante divinité. Comme je la vois remplie de femmes qui viennent y faire leurs dévotions et chercher des pronostics sur l'année nouvelle, je cède à la tentation de consulter, moi aussi, la déesse. Je prie maman de le faire pour moi, car je ne sais comment on s'y prend et j'ignore la formule d'invocation.

Prosternée devant l'autel, maman murmure des mots incompréhensibles, puis, prenant dans ses mains un vase contenant des baguettes de bois taillées en spatule à une de leurs extrémités et marquées de numéros, elle l'agite de bas en haut. Les baguettes tressautent et produisent en s'entrechoquant un bruit de haricots secs secoués dans une boîte en fer-blanc. Tout à coup, l'une d'elles s'échappe, comme tirée par une main invisible, et tombe. Maman la ramasse et la donne à un vieux lettré attaché au service de la pagode, lequel lui remet une mince feuille de papier jaune imprimée en caractères chinois et portant le numéro correspondant : c'est le *xâm*, la réponse de la déesse.

Moyennant une pièce de dix cents, le lettré interprète pour nous l'oracle.

L'oiseau *Loan*, nous explique-t-il, sera contrarié par le vent et les nuages ; mais il joindra l'oiseau *Phụng* après maints détours.

—Ce qui veut dire en langage ordinaire ? insiste maman.

—Cela signifie, madame, que la personne dont il s'agit (ici, le lettré me regarde à la dérobée) aura des ennuis, mais qu'elle se mariera et sera heureuse.

Je me perds en conjectures sur ces révélations d'au-delà. Des ennuis. Ce mot me rend toute songeuse. Du vent et des nuages, ce doit être plus que des ennuis. Comme cet oracle est énervant avec ses termes sibyllins !

Du vent ! Mais quel vent ? Sera-ce la bourrasque qui précède les orages d'été ? Ce vent-là tombe vite ; c'est le moins dangereux. Sera-ce plutôt le typhon qui déracine les arbres, renverse les maisons, démâte les navires et les jette à la côte, vent de désastre qui sème la mort et le deuil sur son passage ? Déesse tutélaire, prenez en pitié ma faiblesse ! Choyée par de tendres parents, je n'ai eu jusqu'ici que des chagrins d'enfant vite consolés. Un coup rude du sort m'abattra comme une plante délicate grandie à l'ombre d'un grand arbre.

Et les nuages, mon Dieu? Les uns se résolvent, sous les rayons ardents du soleil, en une ondée bienfaisante qui rafraîchit les végétaux altérés, comme une rapide crise de larmes soulage l'âme. D'autres s'amoncellent en masses noires, menaçantes, nuages chargés d'électricité d'où tombe la foudre qui tue et allume des incendies. C'en est fait de moi si ces nuées de malheur se forment à mon horizon.

Un jeu vraiment récréatif que de chercher à deviner ce rébus ! Plus je m'y entête, plus mes suppositions se font pessimistes en évoquant des images de plus en plus désolantes. J'y renonce ; c'est ce que j'ai de mieux à faire.

Quoi qu'il en soit, il est certain que j'aurai à traverser des épreuves. Pourquoi serais-je un être privilégié? Seulement, ces épreuves seront-elles bénignes ou cruelles, voilà pour moi le point capital de la question. Si le fardeau est trop lourd pour mes épaules, j'y succomberai, écrasée par le poids de mes peines. Mais j'ai droit à ma part de bonheur, il me la faut, et je l'aurai. J'ai à peine trempé mes lèvres dans ma coupe, je veux la vider, dût l'amertume en altérer le miel ! Le souffle puissant de la vie n'est pas encore passé sur les joies qui composent la trame unie de mon existence d'enfant gâtée. J'ai vécu comme un petit oiseau. Me voici au bord du nid, clignotant des yeux à la lumière trop crue, saisie de vertige devant l'immensité... Et j'hésiterais à prendre mon essor, je replierais mes ailes au premier baiser de l'air vif des libres espaces ? Non, mille fois non ! Je souffrirai. Eh bien, soit ! Je résisterai à l'orage. Mes bons parents amortiront pour moi les chocs, mes aïeux étendront sur ma tête leur main invisible. Vivants et morts n'abandonneront pas une fille de leur sang.

Oh ! Que je suis fâchée d'avoir cédé à un mouvement de curiosité irréfléchi ! J'étais vaguement inquiète, je suis maintenant angoissée. Je voudrais ne pas ajouter foi à cette prédiction en essayant de la tourner en dérision comme une superstition barbare ; mais j'y pense toujours comme à une obsession, tant nous croyons aisément ce que nous redoutons.

Pour faire diversion à mes idées noires, je descendis regarder maman qui jouait aux cartes à quatre couleurs, le *tứ sắc*, avec trois partenaires, à un *đồng diệu,* le point. Elle avait voulu, elle aussi, tenter la chance ; mais à la fin de la partie, elle se trouva avoir perdu près d'une piastre. Levant les bras au ciel, en proie à un désespoir comique, elle disait à ses jeunes partenaires, des filles de fermiers :

—Vous m'avez dévalisée, mes petites. Il faut que vous ayez triché pour avoir eu une veine si insolente !

Je ne pus m'empêcher de rire :

—Maman, lui fis-je remarquer, vous avez une drôle de façon de vous divertir. Vous avez mis quatre longues heures à gagner une forte courbature et à perdre une grande piastre par-dessus le marché. Ajoutez-y le prix d'un flacon d'alcool camphré pour les frictions. Total, une piastre trente de perte sèche.

—Petite sotte ! répliqua maman, exaspérée de ma plaisanterie. Chacun s'amuse comme il l'entend. Est-ce bien à toi à te moquer de moi quand tu passes tout ton temps à noircir du papier et à lire des histoires aussi menteuses que le *Phong Thần* ?

Pour la calmer, il fallut que je lui lise un chapitre du grand roman chinois « *Tái Sanh Duyên* », ouvrage interminable d'un style filandreux et maniéré qui fait ses délices.

Maman prit sa revanche le lendemain en gagnant quarante cents, ce qui la transporta de joie. Le surlendemain, troisième partie qui se solda par une nouvelle perte d'une piastre vingt cents. Seconde scène de désolation, à la suite de laquelle maman fit jeter les cartes au feu, jurant qu'on ne l'y reprendrait plus.

Pauvre chère maman ! Ce n'est pas une pareille perte qui aura diminué notre fortune. Cependant, partout ailleurs, le jeu, sous toutes ses formes, battait son plein et fera rage jusqu'à la fin du mois : *tứ sắc*, *câu tôm*, *câu cá*, *xá ho*, *ba quan*, etc., etc. En cette matière, l'imagination inventive des Extrême-Orientaux a été plus féconde que celle des Européens. Les pauvres *nhà quê* se dépouillent de leur dernier sou et vont jusqu'à hypothéquer le produit de tout leur labeur de l'année nouvelle.

La passion du jeu est la plaie du pays. Les Chinois, en gens avisés, l'exploitent sans scrupule ; comme une mine inépuisable. Les femmes même n'y échappent pas ; certaines font le malheur de leur famille avec le leur ; plus d'une tombe, paraît-il, plus bas encore.

Grâce au ciel, je n'ai aucun goût pour ce passe-temps dangereux. C'est toujours un défaut de moins à mon passif. La nature humaine est assez faible pour qu'on n'ait pas besoin d'éveiller ses mauvais instincts par le désir du lucre et de l'énerver par des émotions qui brisent le ressort de l'âme.

15 février.

Le théâtre a rouvert ses portes hier soir. Papa nous y a conduites, maman et moi. Des places nous avaient été réservées à l'étage. Pas de loge, des fauteuils d'osier représentent le *summum* du confortable.

On inaugurait l'année par une pièce au dénouement heureux : *Le mariage mouvementé du roi Lưu Bi*. Papa nous en a donné l'analyse : le roi Lưu Bi avait enlevé par surprise à son puissant voisin, Ngô tôn Quòn, la terre de Kinh-Châu qu'il s'obstinait à garder en leurrant ce dernier de promesses dilatoires. En désespoir de cause, Tôn Quòn recourut à un stratagème qui lui avait été suggéré par son conseiller, Châu Đỗ. Il dépêcha à Lưu Bi un messager porteur d'une lettre apocryphe de la reine-mère, mandant au roi, qui était veuf, qu'elle était disposée à l'agréer pour gendre et l'invitant à se rendre, dans ce but, à sa cour. « Une fois tombé entre nos mains, se disaient les auteurs du complot, l'imprudent, le couteau sur la gorge, sera bien forcé de nous rendre notre bien, trop heureux encore d'avoir la vie sauve à ce prix. ».

Mais ils avaient compté sans l'astucieux Khổng Minh, le Richelieu de Lưu Bi, profond politique et quelque peu magicien. Le roi, qui avait flairé le guet-apens, hésitait entre cette alternative : ou aller se mettre bénévolement dans la gueule du tigre, ou avoir l'air de s'abstenir par lâcheté. Khổng Minh décida son maître à accepter l'invitation en le persuadant que, moyennant certaines contre-mesures qu'il lui indiqua, Tôn Quòn se prendrait à son propre piège.

Voici Lưu Bi à la cour des Ngô, entouré d'une maigre escorte. Innocemment, il se présente à sa future belle-mère malgré elle. La mèche est éventée. La bonne douairière apprend avec une stupeur indignée la machiavélique machination dans laquelle son nom avait servi de gage de bonne foi et sa fille d'appât. Elle fait une scène terrible à Tôn Quòn, après quoi, tenant sa parole pour engagée, elle accorde à Lưu Bi la main de la princesse. Quoique fils du premier lit du roi défunt et l'ainé de sa maison, Tôn Quòn vénère et craint sa marâtre. La rage au cœur, il fait semblant de souscrire à l'alliance, sans renoncer à ses projets ténébreux.

Après des tribulations multiples, protégé par sa belle-mère qui l'aime et sa femme qui l'adore, pleurant toujours comme une Madeleine, selon la recommandation de Khổng Minh, qui avait eu l'idée géniale d'opposer ses larmes aux poignards des séides de son ennemi, Lưu Bi parvient à regagner son royaume avec sa nouvelle compagne. Tout est bien qui finit bien.

Au moment où nous sommes entrés, Lưu Bi était en train de se lamenter. C'est, me dit-on, de bon augure, puisque le héros s'est tiré, en fin de compte, avec avantage d'un fort mauvais pas.

Je n'ai pas eu cependant le courage de rester pour assister au réconfortant dénouement. L'air vicié par la respiration de centaines de personnes était étouffant. Les spectateurs n'en paraissaient nullement incommodés ; ils chiquaient, fumaient, riaient, jacassaient, se saluaient de leurs places en s'interpellant par-dessus la tête de leurs voisins et se baissaient pour expectorer la sécrétion produite par la chique. Je me faisais toute petite en rentrant mes pieds sous mon fauteuil pour préserver mes vêtements, car ces jets de salive rouge font, en giclant, d'hideuses tâches de sang violacé.

Sur le côté gauche de la scène était installé l'orchestre composé d'un tam-tam, de cymbales, d'un gong, d'un *kèn* qui faisaient rage pour se mettre au diapason des éclats de la colère épileptique de Tôn Quòn et de ses acolytes, furieux de voir leur plan s'écrouler comme un château de cartes au souffle d'une femme. Les paroles, les plaintes interminables, les chants de la reine-mère de Lưu Bi et de sa femme étaient accompagnés par le *đờn cò*, violon à deux cordes pourvu d'une petite caisse de résonance de la dimension d'une boîte de lait.

Au pied de la scène, un peu en avant de la première rangée de banquettes du parterre, on voyait un grand tam-tam, le *trống chậu*, qui ne faisait pas partie de l'orchestre et derrière lequel trônait, sur une chaise, le *hương chủ*, premier notable du village du chef-lieu. Cette place est, en effet, une place d'honneur ; celui qui l'occupe est censé exprimer le sentiment du public, en ponctuant le débit des acteurs de coups de tam-tam placés aux bons endroits. Le *trống chậu*, tantôt pris d'enthousiasme, tantôt subitement devenu somnolent, marque l'éloge par des coups se suivant à intervalles rapprochés, le blâme par des coups très espacés. Cela remplace les applaudissements et les sifflets ; c'est une façon impersonnelle de dire à un pitoyable m'as-tu-vu : « Assez, va-t-en ! » ou au brillant premier rôle : « Bravo ! Voici un bon point pour toi ! Continue. ».

Ce soir-là, le *trống chậu* était en bonnes mains ; le *hương chủ* est un fin dilettante. Il n'avait pas l'approbation facile ; d'une main posée et sévère, il distribuait parcimonieusement les coups de tam-tam. Les artistes, tout en déclamant, jetaient vers lui des regards inquiets. Il leur inspirait visiblement une estime mêlée de crainte.

Singulier plaisir tout de même que de se disloquer le poignet à frapper à tour de bras sur une peau de buffle ! Encore cet honneur ne va-t-il pas sans péril : le Capitole y est près de la Roche Tarpéienne. Gare au novice qui assumerait d'un cœur léger ce rôle de… critique dramatique ! Qu'il interrompe un acteur au beau milieu de sa tirade par des coups de tam-tam intempestifs, il s'en ferait tout de suite un ennemi mortel qui considérerait sa gaffe comme une sanglante injure. Le comédien, à qui il aurait coupé malencontreusement ses effets, se vengerait incontinent par des lazzi à peine voilés dont la galerie s'égayerait à ses dépens.

Sur la scène, des guerriers horriblement barbouillés vociféraient des airs de bravoure, en énumérant avec complaisance leurs exploits, les citadelles emportées d'assaut, les pays conquis à la pointe de l'épée, défiant leurs ennemis à pied, à cheval, un à un et tous ensemble, se contorsionnant, tournant sur eux-mêmes comme des toupies, lançant en tous sens leurs bras et leurs jambes. Les gestes et la voix des actrices étaient moins éloignés de la vérité. Les principaux personnages portaient des oripeaux chamarrés, brodés sur toutes les coutures, les autres des vêtements sordides. Misère et grandeur du chariot de Thespis ! Où es-tu, Scarron ? Le décor était fort rudimentaire : une forêt était représentée par une branche d'arbre, un fleuve par une bande d'étoffe qu'on faisait onduler pour imiter le mouvement des flots.

Ce spectacle me reportait quatre cents ans en arrière, à la France du Moyen-Age, au temps lointain des mystères. Même simplicité dans la mise en scène, même absence de sens dramatique chez les auteurs et de nature dans le jeu des interprètes. Encore la comparaison est-elle à l'avantage du vieux théâtre français : là, c'est la spontanéité exubérante d'un enfant débordant de vigueur et de sève ; ici, au contraire, c'est la redondance emphatique d'un avorton vieillot qui s'essaie gauchement à des poses nobles et tragiques, À première vue, on serait tenté de croire que la fantaisie conduit seule au hasard ces mouvements désordonnés et ces voix fausses. Erreur ! Des règles observées avec un respect plus fétichiste que la fameuse règle des trois unités du temps de l'auteur du *Cid* président aux moindres gestes comme aux moindres inflexions de ton des artistes. Depuis quelque temps, un courant se dessine en faveur du réalisme ; mais les essais qui ont vu le jour n'ont pas encore donné de résultats concluants. Il faudrait un Corneille ou un Racine pour accomplir une véritable révolution dans notre théâtre et l'imposer par l'empire du génie non seulement aux acteurs, mais aussi au public qui ne se montre pas le moins réfractaire aux innovations.

Pour le moment, les spectateurs n'en riaient pas moins franchement aux pitreries au gros sel des *thằng hề*. Les femmes pleuraient même aux endroits pathétiques, croyant tout bonnement que « c'était arrivé ».

Mais la place n'était plus tenable : nous sommes partis, laissant Lưu Bi énumérer d'une voix dolente à sa femme, — quel gai sujet de conversation pour une mariée ! — les dangers qui les attendaient sur le chemin du retour…

18 mars.

La vie a repris pour tout le monde son train monotone. Hier, un grand mariage est venu m'apporter un peu d'imprévu et de distraction : un ami de papa mariait sa fille au fils d'un richard. Mes parents et moi, nous étions invités aux noces.

Dès notre arrivée, nous nous sommes trouvés submergés dans une foule en habits de fête. Les vêtements de couleurs voyantes des jeunes filles faisaient un violent contraste avec la tenue sévère des hommes revêtus du costume national. Quelle orgie de couleurs ! Les *cái áo* et les *cái quần*, verts, bleus, violets, mordorés, mauves, se mêlaient, se heurtaient, juraient avec l'or criard des bijoux étalés à profusion. Une polychromie d'Epinal !

J'avais tenu à me distinguer par une toilette sobre et de bon goût : robe de cachemire vert émeraude à semis de fleurettes scintillantes, pantalon de satin blanc à petits carreaux disposés en damier. En guise de bijoux, un sautoir avec pendentif en brillants au cou, deux chapelets de grains d'or s'enroulant autour des poignets, et sur l'avant-bras, les deux bracelets que j'ai reçus au *Tết* pour mes étrennes. Aux pommettes, un soupçon de poudre de riz rose pour donner à mes joues le velouté d'une pêche mûre.

Mais voici les mariés : le jeune homme vêtu d'une large tunique bleue doublée de soie vermillon, chaussé de babouches brodées, garde une contenance assez embarrassée ; la jeune fille, dont le corps fluet se perd dans une tunique violette, a le visage aussi rouge que la doublure de son habit, toute confuse des regards braqués sur elle.

Des libations sont faites aux ancêtres, dont on invoque la protection en faveur des nouveaux époux prosternés devant l'autel. C'est ensuite le tour des parents qui ont pris place sur des chaises, derrière une table recouverte d'un tapis rouge. Un vieillard à la tête chenue, choisi pour sa nombreuse descendance et son grand âge, s'avance avec un plateau qu'il pose devant eux, en leur disant d'une voix solennelle : « Monsieur et Madame, ces jeunes gens se présentent devant vous pour recevoir votre bénédiction. Veuillez avoir pour agréable cette marque de respect de leur part. Buvez, Monsieur, cette coupe d'alcool ; prenez, Madame, cette chique de bétel, et réjouissez-vous avec eux en ce jour bienheureux. ». Nouveaux *lạys* du couple. Le père vide le petit verre de *chum chum*, la mère prend la chique. Tous deux prononcent quelques mots, l'un se raidissant contre l'émotion, l'autre la voix mouillée d'attendrissement.

Le même manège se répète pour les plus proches parents. Mais, par égard pour les mariés et aussi par compassion pour leurs pauvres genoux endoloris, ils se dérobent en se levant, et les félicitent avec une bonhomie un peu forcée ; les plus aisés offrent un cadeau à l'épousée.

Puis la noce s'achemine vers la demeure des parents du marié. En tête du cortège, l'*ông mai* se pavane sous un parasol. C'est lui qui a mené les négociations en fin diplomate et conclu le mariage au mieux des intérêts de la famille du marié. Ayant été à la peine, le voici à l'honneur. Il est suivi du marié, pourvu également d'un parasol. La mariée vient après, entourée d'un groupe de personnes destiné à lui servir d'écran contre les regards indiscrets des badauds. Les invités des deux sexes forment des deux côtés une haie mouvante. Coiffée du *non chao*, chapeau de latanier semblable à une bassine renversée, les femmes s'avancent en balançant dans un large rythme leurs bras enfouis dans les manches de leurs *đồ rộng* amples comme des toges d'avocat.

Dans un instant, les *lạys* faits aux ancêtres et aux parents du marié, le couple fera son entrée dans la chambre nuptiale. Le vieillard de tout à l'heure y allumera les deux bougies rouges placées sur l'autel de l'*Ông Tô* et de la *Bà Nguyệt*, les hyménées asiatiques qui président au mariage. Après quoi, il attachera les fils rouges symboliques aux orteils des mariés, et se retirera. Si la cire forme en coulant de jolies arborescences et si les restes des bougies consumées sont de même hauteur, l'union sera heureuse. Mais que, par malheur, l'une d'elles vienne à s'éteindre avant l'autre, la mort ou la mésintelligence séparera les époux. Fondée ou non, souhaitons aux intéressés, pour leur bien, de n'avoir pas à vérifier cette croyance.

Mais laissons-les en tête-à-tête et revenons à la maison de la mariée. Le cortège parti, les invités restants—j'étais du nombre—s'étaient installés sur des lits de camp servant à la fois de table et de siège, autour de vastes plateaux en cuivre encombrés d'assiettes et de bols. On causait et riait sans perdre un coup de dent. C'était un brouhaha indescriptible, renforcé du bruit des pétards, de la vaisselle s'entrechoquant et des bols tintant au contact des baguettes en mouvement.

Mes jeunes camarades et moi, nous faisions bande à part ; plus on est de folles, plus on s'amuse. Notre groupe était, par conséquent, le plus animé. À chaque instant, les rires partaient comme des fusées. On critiquait les plats : celui-ci n'était pas assez salé, cet autre mal cuit…

Les *đủa* hésitaient entre mes doigts ; assistant pour la première fois à un repas de noce, je voyais beaucoup de choses nouvelles pour moi. Avant chaque bouchée, je délibérais gravement dans mon for intérieur, tant il m'était difficile de me reconnaître parmi tous ces mets servis à la fois. Fallait-il accompagner ceci de légumes ? Cela se prenait-il avec du *nước mắm* ? J'étais fort perplexe…

Tout à coup, j'avise de minces rondelles qui me semblaient être des tranches de saucisse. Du bout de mes baguettes, je tâte avec circonspection les appétissantes rondelles, j'en prends une délicatement, je l'approche de la petite assiette à sauce… et une explosion de rires suspend ma main en l'air.

Les petites folles s'en donnaient à cœur joie, se tordant, se roulant, secouées d'un rire inextinguible, faisaient une petite pause pour reprendre haleine, puis repartaient de plus belle…

Je les regardais, piquée de cette hilarité dont je faisais les frais, m'évertuant à les presser de questions impatientes. Enfin, à bout de souffle, elles se sont arrêtées et m'ont expliqué à travers des hoquets convulsifs que les prétendues tranches de saucisse n'étaient… que de… la farine coloriée… et ne se mangeaient pas…, que c'était tout simplement… un ornement, un attrape-nigaud… mis là charitablement à l'intention des… gourmandes !

J'étais confuse et vexée. Il y avait bien de quoi. D'abord, tout ce qui se fait avec de la farine doit être mangeable. Et puis, pourquoi cette plaisanterie d'un goût douteux ? On aurait pu, à la rigueur, faire figurer cet ornement, si ornement il y a, au dessert, pour le plaisir des yeux.

Les gâteaux ont été bientôt servis ; mais là, j'étais en pays de connaissance. Je pouvais choisir à bon escient. Je ne risquais pas, par exemple, de dévorer ces dragons, ces chimères, ces tortues et ces phénix — les quatre animaux symboliques — en miniature, faits avec de la pâte décorée de couleurs vives et durcie au four. C'était gracieux et mièvre comme des joujoux japonais. J'en ai emporté un de chaque espèce; ils sont encore sur la console.

On s'est séparée enfin, dans un tohubohu de rires, d'interjections, de pétards. Ces petites sottes m'ont poursuivie de leurs quolibets jusqu'à la portière de notre auto. Elles n'en ont pas, elles ! Toutes rentraient à pied. C'est du moins un avantage que j'ai sur elles. En les dépassant, j'ai eu le plaisir de voir notre voiture couvrir leurs beaux habits de poussière. Il n'est pas de petite vengeance !

20 avril.

J'ai consacré tout le mois écoulé à combler les lacunes de mon éducation. Mortifiée jusqu'au sang de ma mésaventure au repas de noce, je m'étais juré de battre sur leur propre terrain les petites pimbêches qui m'avaient mystifiée. L'amour-propre fouetté par le souvenir de leurs impertinences, je me suis mise au travail, sous la direction de maman, avec mon ardeur accoutumée qui entrait, pour une fois, trop dans ses vues pour qu'elle crût devoir la refréner.

Pour dire la vérité, cela n'a pas marché tout seul; j'ai commencé par gâcher des monceaux de farine, des paniers d'œufs, des kilos de sucre. Ce n'était pas tout de soigner le dosage et l'exécution matérielle; il fallait encore le tour de main. Ne l'ayant pas au début, j'ai essuyé des échecs, pis, des déconfitures, des Waterloo. Nos gens se sont gavés comme coqs en pâte des débris de ces désastres, en se gaussant sournoisement de moi, sans se dire — les ingrats ! — que c'était justement à ma maladresse qu'ils devaient cette aubaine.

Certes, il eût été difficile de baptiser d'un nom précis ces fruits de mon travail, mais c'était toujours de la farine battue, sucrée, agrémentée d'ingrédients plus ou moins odorants, en un mot, une matière bonne à manger, à remplir l'estomac et à donner des indigestions, tout aussi bien que les gâteaux sortant de chez le meilleur pâtissier. Inconséquence humaine ! Maintenant que je suis devenue habile à en remontrer aux plus habiles, ce qui sort de mes mains est réservé à la table des maîtres. Nos domestiques n'en attrapent plus que des miettes.

Je suis passée ensuite à un autre exercice, comme au cirque, en m'attaquant aux confitures. Chapitre peu compliqué. Les mêmes accidents se sont renouvelés, mais plus rares. Ils ne m'en ont pas moins mis sur la conscience un nombre assez respectable de coliques.

Je n'ai eu garde de m'arrêter en si beau chemin. J'ai eu l'ambition de devenir un cordon bleu. M'étant procuré un livre de cuisine bourgeoise française, je me suis livrée à des expériences, que je poursuis toujours, parfois malheureuses mais généralement couronnées de succès. Comme je sais papa un peu porté sur la bouche, je lui prépare des entremets, des petits plats. Le cher homme en prend et en redemande, en répétant : « Mais cette petite est une ménagère accomplie. ». Dans ces moments-là, je bois positivement du lait ; c'est bien le moins que je lui rende un peu ses gâteries, à mon papa gâteau.

Maman formulait encore des réserves. Oui, j'avais fait des progrès, mais il me restait pas mal de choses à apprendre, la coupe et la couture, par exemple.

— J'espère, m'a-t-elle dit, que tu n'auras jamais à confectionner toi-même tes vêtements. Il est utile néanmoins de savoir comment on s'y prend, pour ne pas te laisser voler à ton nez par les tailleurs, qui riront de ton ignorance derrière ton dos.

Maman a donc fait venir un tailleur originaire de Huế. La matière ne nous manquait pas : faisant d'une pierre deux coups, j'avais saisi l'occasion pour augmenter ma garde-robe. Au bout d'une dizaine de jours d'apprentissage, m'estimant suffisamment instruite, j'ai essayé de me tailler une robe dans une belle pièce de soie brochée, commandée spécialement à Lyon, à soixante francs le mètre. D'une main hardie, j'ai coupé en pleine étoffe. Catastrophe ! J'avais mis le devant à l'envers. Et maman de crier à l'abomination de la désolation. Mon maître improvisé était atterré. Heureusement, papa, qui est pour moi d'une inépuisable indulgence, a dit philosophiquement à la digne femme :

—Laisse donc, ma bonne. On ne fait pas d'omelette sans casser des œufs.

À part cet accident, je me suis très bien tirée de ma nouvelle entreprise.

Le métier de tailleur n'a plus de secret pour moi. J'ai réussi une robe de dentelle, doublée de soie du Japon, une soie fine et satinée comme une feuille de bananier encore roulée, ce qui est le comble de l'art. Mon professeur, que nous avons remercié avec une honnête gratification, m'a déclaré, en guise de compliment, qu'il ne ferait pas bon pour lui d'avoir beaucoup de clientes de ma force, car elles lui rendraient la vie trop dure.

1er mai.

Je viens d'être demandée en mariage. Je n'ai pas lieu de m'en vanter. Quelle plaisanterie ! J'en ris encore. L'héritier présomptif d'un riche propriétaire du voisinage m'avait vue aux noces de l'autre jour. Je lui avais, à ce que j'ai cru comprendre, tout de suite plu. Le coup de foudre, ni plus ni moins. Sans se donner le temps de se demander si, réciproquement, il m'avait produit le même effet, il avait jeté son dévolu sur moi.

Hier donc, on dépêcha vers mes parents, pour tâter le terrain, un *ông mai*, ami commun des deux familles. L'ambassadeur s'étendit longuement sur la fortune considérable du richard, sur l'influence, l'estime dont il jouit dans la région, sans omettre les qualités de l'aimable prétendant. Bref, il s'acquitta en conscience de sa délicate mission. Il se laissa même entraîner au-delà de la vérité par son ardeur à contenter ses commettants, alléché par la promesse d'une généreuse récompense en cas de succès.

Au dîner, en sortant de table, papa, après avoir préludé par quelques *hem ! hem !* qui me firent tout de suite dresser l'oreille, me mit au courant de l'événement. Dès ses premiers mots, je refusai net, en donnant mes raisons, auxquelles maman répliqua non sans aigreur. Elle et moi, nous représentions les deux extrêmes. Papa, tenant la balance égale entre les deux parties, jouait le rôle de médiateur. Les objections et les ripostes, en se croisant, donnaient à notre discussion un tour animé, passionné même à de certains moments.

Papa répétait en écho fidèle, sans trop de conviction, il est vrai, le boniment de l'*ông mai*, lorsque je l'interrompis au beau milieu de son exorde :

—N'allez pas plus loin, cher papa. Ma réponse est toute prête : je suis d'avis de décliner la proposition.

Maman blâma ma précipitation en me représentant que c'était un beau parti :

—Pense donc ! Le père est aussi riche que nous ; le fils instruit, intelligent, bien élevé. Que veux-tu de plus ?

—Il ne te plaît donc pas ? s'enquit papa.

—Franchement, non, répondis-je. Il mène, dit-on, une vie de polichinelle ! Quant à la fortune de son père, je n'en ai cure. Dieu merci, la vôtre me suffira largement. Le bruit court d'ailleurs que ce digne fils commence à écorner le patrimoine paternel. Qu'il le mange en entier, je n'y vois aucun inconvénient. Mais ce serait pour le moins imprudent de notre part de mettre de gaieté de cœur nos biens à la portée d'un appétit aussi vorace.

Mon libre langage irrita maman.

—Je me demande qui a bien pu te fourrer ces idées dans la tête. De mon temps, en matière de mariage, l'initiative de la décision appartenait exclusivement aux parents, et cela s'explique. Les vieilles gens ont l'expérience de la vie, ils ne se payent pas de mots ; connaissant à fond leurs enfants, ils discernent ce qui est bon ou mauvais pour eux. Lorsque les parties paraissaient se convenir sous le rapport des biens, du rang social, et que l'horoscope tiré était favorable, les filles n'avaient qu'à s'incliner. Elles ne s'en trouvaient pas mal, au contraire. Aujourd'hui, des morveuses comme toi prétendent discuter les mérites des candidats ; elles discourent à tort et à travers sur ce grave sujet, sans savoir ce que c'est que la vie. Te doutes-tu seulement, malheureuse, de ce que c'est ? Eh bien ! Je vais te le dire. La vie ne ressemble en rien à ces histoires merveilleuses inventées de toutes pièces par des lettrés désœuvrés, à l'imagination déréglée, et dont tu te farcis la tête. Elle est faite, pour beaucoup, de moments pénibles ; c'est un chemin plein de fondrières et qui côtoie des précipices. On y glisse, on y tombe souvent, et quand on a le malheur d'être privé de soutien, on ne se relève pas. Elle comporte aussi des joies, c'est vrai. Mais ces joies, on ne peut les avoir et en jouir longtemps que si l'on s'appuie au bras vigoureux d'un homme qui regarde la réalité en face et vous défend contre mille embûches. Cet homme-là, ce n'est pas toi qui es capable de le découvrir. Tu es sans cesse dans les nuages ; tu rêves toujours l'impossible. Prends-y garde. Rien n'est parfait ici-bas ; il faut faire la part des imperfections inhérentes à la nature humaine : nous ne sommes pas des immortels. Ce sont tes livres qui t'ont donné ces idées chimériques. On les lit pour se distraire ; mais c'est folie que d'aller y chercher des règles de conduite. Crois-en mon expérience, Hai ; les plus difficiles seront les plus mal lotis. Les proverbes ne se trompent jamais ; *Già kén chẹn hom; già lựa mắc dưa thúi.*[2]

Papa intervint, conciliant, pour radoucir le ton de ce débat familial qui tournait à l'aigre.

—Les conseils que tu donnes à notre enfant sont frappés au coin de la sagesse. Evidemment, il ne faut pas soupirer après un beau ténébreux, au regard fatal, à la moustache conquérante, qui court le monde et pourfend les géants pour plaire à la dame de ses pensées…

—Oh ! méchant papa ! Je ne suis pas si déraisonnable. Voyons, papa et maman, vous ne voulez pas faire le malheur de ma vie, je suppose ? Voilà un jeune homme fort, vigoureux, et riche de surcroît. À quoi pensez-vous qu'il emploie son intelligence et sa fortune ? À faire du bien ou simplement quelque chose d'utile, à lui ou aux autres ? Que non point ! Monsieur gaspille son temps et son argent à jouer au Don Juan de campagne. Et vous voulez faire mon mari de ce triste sire ? Ma présence vous pèse donc beaucoup que vous cherchez à vous débarrasser de moi au plus vite et n'importe comment ?

Papa, touché dans sa corde sensible, n'insista plus. Il s'empressa de déclarer qu'il jetait l'écervelé par-dessus bord, en reconnaissant que sa cause était par trop mauvaise. Puis, se

2 À force de choisir, on est réduit à se contenter de paddy de rebut, à force de trier, on tombe sur un melon gâté.

tournant vers maman, avec ménagement, car lui aussi redoute ses coups de boutoir, il essaya de la ramener à une opinion moins tranchante.

—Ma chère amie, nous retardons. Le temps a marché depuis l'époque où tu étais une jeune fille, et moi un jeune homme. Ah ! ce retour vers le passé ne nous rajeunit pas. Nous avons beaucoup changé depuis, et les mœurs aussi. Les jeunes filles d'aujourd'hui entendent être consultées sur le choix de leur petit mari. Elles n'ont pas tort, à mon sens, puisqu'elles sont les premières intéressées dans l'affaire. Naturellement, les parents sont là pour guider leur cœur, mettre un peu de plomb dans la tête des romanesques et user au besoin de leur droit de *veto*. Il ne suffit pas, en effet, de considérer seulement les fortunes, les positions sociales, les avantages matériels de l'alliance. Il y a par-dessus tout cela deux êtres en chair et en os à unir pour la vie ; il faut les étudier et se demander si, dans l'étroite intimité du ménage, leur caractère et leur tempérament s'harmoniseront, en d'autres termes, s'ils seront heureux.

—Voilà le grand mot lâché, riposta maman. Le bonheur ! Mais on le trouve dans l'accomplissement du devoir, tout comme on apaise la faim en mangeant.

Oui. Mais la nature veut que la bouche poursuive, en mangeant, la même fin que l'estomac, tandis que le mari et la femme peuvent très bien ne pas être d'accord et tirer à hue et à dia l'attelage conjugal. Je fis sentir cette différence à maman.

—Il y a un joint dans votre argumentation, maman. Vous oubliez que le mariage est une pièce à deux personnages et que le bonheur ne dépend uniquement ni de l'un ni de l'autre ; on le reçoit et on le donne. C'est l'amour réciproque seul qui peut l'assurer.

L'amour ! Ce mot scandalisa maman.

—Quel mot déplacé dans ta bouche. Il n'a rien à faire ici; il ne signifie rien! Moi qui te parle, est-ce que je connaissais ton père avant notre mariage? Je ne l'avais même jamais vu de près. Cependant, la vie commune, puis ta naissance ont créé, dans la suite, entre nous, des liens d'affection qui ont résisté à bien des épreuves.

Contre la logique impérieuse de maman, le raisonnement et l'attendrissement avaient échoué. Il fallait changer de batterie: j'eus l'heureuse inspiration de recourir au badinage.

—Vous tenez donc tant à ce petit jeune homme que vous vous constituez bénévolement son avocat d'office? Mais je vous le demande, ce freluquet, seriez-vous bien aise de l'avoir pour fils?

—Heu!... bégaya maman interloquée, je...

—Vous l'enverriez au diable, n'est-ce pas? repris-je, triomphante. Eh bien! Faites de même pour l'aspirant-gendre, et qu'il n'en soit plus question!

Et papa d'éclater de rire! Maman elle-même ne put garder longtemps sa mine revêche devant mes gamineries. Il est probable aussi qu'elle aura fini par comprendre qu'elle avait tort de me tarabuster pour un fantoche médiocrement intéressant.

20 avril.

Il y a deux jours, une *bà già* des environs vint me trouver, une lettre à la main. Sans doute, pensai-je, des nouvelles de son fils, un très bon mécanicien sorti de l'Ecole Professionnelle de

Saigon, qui, engagé comme ouvrier spécialiste, travaille depuis un an à Paris, dans une grande fabrique d'automobiles.

—Le *tram*, me dit-elle, nous a apporté ce matin deux lettres arrivées de France, qu'il m'a dit. L'une était de mon fils. L'instituteur nous l'a lue. Mais celle-ci est écrite en français ; il n'a pu la déchiffrer à cause de ces caractères fins comme des pattes de mouches. Alors, j'ai pensé à vous qui lisez dans les livres. Seriez-vous assez bonne, Mademoiselle Hai, pour m'expliquer ce qu'il y a dedans ?

—À votre service, *Gì Năm*, fis-je en prenant la lettre.

Au léger parfum qui s'en dégageait, à l'écriture nerveuse aux traits déliés et pleins de fantaisie, je reconnus une lettre de femme. Je la dépliai et mes yeux tombèrent avec une agréable surprise sur les lignes suivantes :

Paris, le 5 mars 1918.

Madame et Monsieur,

Votre fils vous écrit par ce même courrier pour demander votre consentement à notre mariage. J'ai cru bien faire de m'associer à sa respectueuse démarche.

Nous nous aimons. Je suis sûre que je ferai son bonheur et lui le mien. Ça a été tout un roman. Couturière dans une maison de mode proche de son usine, je l'ai abordé un jour qu'il se tenait sur le trottoir d'un air triste. Cédant à un sentiment de sympathie plutôt qu'à la curiosité, je l'ai interrogé sur son pays. Alors il m'a parlé de vous, ses parents, qu'il aime, de son cher village natal, dont il avait la nostalgie, et de son amour pour mon pays à moi, qu'il était venu, à travers l'Océan, défendre contre les Barbares.

C'est ainsi que j'ai fait sa connaissance. Je l'ai revu plusieurs fois dans la suite, m'intéressant chaque jour davantage à sa conversation où se révélait son cœur bon et simple. Un jour, nous nous sommes aperçus que nous nous aimions. C'est bien un vrai roman, voyez-vous. Nous n'attendons plus que votre consentement pour nous marier. Vous nous le donnerez, dites ? Je serai si contente de vous voir m'adopter pour votre fille !

La France sortira victorieuse, mais affaiblie, de cette guerre terrible qui lui a pris et lui prendra encore tant d'hommes, et des meilleurs. Pour jouir des fruits d'une victoire si chèrement payée, il lui faudra rester forte et puissante, remplacer ses morts moissonnés comme le blé mûr. Vous, qui lui avez donné sans hésiter votre fils, vous ne refuserez pas, je pense, de l'aider dans son œuvre de régénération en permettant à votre enfant de fonder un foyer avec une de ses enfants à elle, pour que nous lui en donnions à notre tour. Car nous en aurons, j'en suis certaine. Je les aime et désire tant en avoir, les jolis chérubins, que le bon Dieu n'aura pas le courage de rester sourd à mes prières.

Un jour, lorsque nous aurons assez d'argent (car le voyage coûte, paraît-il, très cher), nous irons tous vous embrasser là-bas et voir le pays par la même occasion.

En attendant, chers beaux-parents, —vous me permettrez de vous appeler dès maintenant ainsi, n'est-ce pas ? —croyez à mes sentiments affectueux.

Louise HIRON.

—C'est une jeune française qui désire se marier avec votre fils, expliquai-je à la *bà già*, en repliant la missive.

—Mon fils, épouser une demoiselle française ! s'écria la vieille, toute effarée, en levant vers moi sa figure terreuse et parcheminée où les fatigues du labeur quotidien avaient imprimé de bonne heure leurs stigmates. Il veut épouser, dites-vous, une de ces belles *madames* que nous voyons à la ville, qui portent des robes si jolies, effroyablement chères, qu'on dirait quasi des fées. Mais il est fou, ce *Liên*, pour avoir osé lever les yeux jusqu'à une de ces dames. Il n'est même pas digne de délier les cordons de leurs souliers.

—Voyons, *Gì Năm* ! Oui, ce doit être une jeune fille charmante, et bonne, et jolie, comme vos belles *madames*. Mais elle est d'une autre condition que ces dames. Elle est, sans doute, aussi pauvre que votre fils et vit honnêtement, comme lui, du travail de ses mains.

—Raison de plus pour qu'ils ne fassent pas la folie de s'épouser. Où mon fils trouverait-il de l'argent pour lui donner ces robes riches, ces chapeaux couverts de fleurs ? Il ne pourrait pas, le pauvre garçon ! Alors, ils se querelleraient tout le temps et se rendraient malheureux.

—Je vois que vous ne connaissez pas ces jeunes filles.

Et je me mis à dépeindre à la bonne vieille ces Mimi Pinson, si gracieuses, si séduisantes, élégantes comme des princesses avec leurs robes très simples, embellissant tout ce qu'elles touchent de leurs doigts de fée, vivant comme des oiseaux, économisant sur leurs maigres repas quelques sous pour fleurir leur corsage d'un petit bouquet de violettes, le cœur sur la main, promptes à s'enthousiasmer, pleurant sur les malheurs de Mignon, amoureuses de Lagardère, toujours gaies.

Cette fleur dans son cœur éclose
Landerirette
C'est la gaieté

Et avec cela, braves contre le danger comme des chevreaux à qui les cornes viennent de pousser, faisant un pied-de-nez à l'adversité, qu'elle désarme par leur crânerie. Comme elles ont dû conspuer Bolo et s'égosiller à acclamer M. Clémenceau revenant du front dans son auto toute cabossée par des éclats d'obus.

—C'est égal, murmura mon interlocutrice. Nous n'avons que celui-là, d'enfant ! Qui veillera, après nous, au culte des ancêtres et à l'entretien de leurs tombeaux ? Ils ont beau dire qu'ils reviendront un jour au pays ; je sais que notre fils est perdu pour nous. Et dire que nous avions des vues pour lui sur une petite *nhà quê*, humble comme lui et nous ! Celle-là, nous l'aurions appelée sans hésiter notre bru. Mais l'autre… Enfin, je vais en causer avec mon homme. Merci bien, mademoiselle.

La *bà già* me quitta en secouant la tête, pensive.

Voilà un problème particulièrement délicat. *La Revue Hebdomadaire* a publié récemment sur ce sujet d'actualité, sous le titre : *Les Disparates*, un article du Duc de Montpensier, qui n'est en somme qu'un long commentaire de la phrase suivante du célèbre écrivain anglais Rudyard Kipling :

> *Il faut, quoi qu'il puisse arriver, rester dans sa race, sa caste, son milieu. Que les Blancs aillent aux Blancs, que les Noirs aillent aux Noirs ; alors, si l'on a des ennuis, ils ne sortent pas du cours ordinaire des événements, ils n'ont rien de soudain, d'étrange, d'imprévu.*

Tout d'abord, Kipling dément sa propre thèse. Il est, ainsi qu'on l'a fait remarquer, un Eurasien, autrement dit un métis, un anglo-indien. C'est sans doute à cette dualité de race qu'il doit son talent si neuf, si original ; c'est grâce à elle qu'il a pu comprendre et pénétrer les mœurs Hindoues qu'il peint dans ses ouvrages avec la verve truculente d'un Goya.

Quant au Duc de Montpensier, il voit surtout dans les unions entre Françaises et Annamites une mésalliance du genre de celles que commettent les nobles de la Vieille Europe qui redorent leur blason avec les millions d'opulentes héritières d'empereurs de l'industrie, empereurs des porcs, du lard, de l'acier, etc., etc., de tout ce qui se mange, se consomme et se vend, citoyens de la libre Amérique. Ici, la déchéance est d'autant plus grave à ses yeux que c'est la femme qui s'abaisse au niveau de l'homme au lieu que ce soit l'homme qui élève jusqu'à lui la femme de modeste extraction. Sentiment de prince, dont l'orgueil aristocratique se cabre devant la montée des couches d'en-bas. Cela me fait penser au mot d'un jeune duc qui, ayant troqué provisoirement son costume de soie et de velours, mouillé par une averse subite, contre les frusques de son valet de chambre, disait naïvement à son domestique : « Tiens ! Est-ce que, par hasard, nous serions faits tous les deux de la même façon ? Tes vêtements ne me vont pas trop mal. ».

Mais le branle est donné ; rien ne saurait enrayer le mouvement. La Révolution a déclenché la démocratisation des peuples qui, réalisée en France, se continue dans le reste du monde. La démocratisation de la société humaine a commencé avec la guerre actuelle. Une multitude d'hommes venus des quatre coins du globe et rassemblés dans un espace relativement restreint pour la défense d'une même cause, à force de s'être vus mutuellement se comporter devant le danger, la souffrance et la mort, se sont aperçus qu'en dépit de la différence de race, de couleur, de religion, de langage, ils ont un fonds d'idées communes, résultat plus ou moins heureux de siècles d'expériences. Se connaissant mieux, ils s'estiment davantage ; beaucoup de préjugés ont disparu, plus d'une barrière est tombée. Si bien qu'on a entrevu la possibilité de condenser cet accord des consciences sur les principes essentiels de la morale formant la conscience universelle dans un code international qui règlera les relations de peuple à peuple, comme la loi préside aux rapports entre citoyens. C'est ainsi que le Président Wilson, dans un manifeste à jamais mémorable, a posé les assises de la Société des nations.

Ce sont ces dispositions latentes qui permettent aux individus transplantés dans un pays étranger d'en assimiler les usages après un court séjour. L'atavisme n'est qu'un mot vague qui séduit; l'imagination par son apparence pseudo-scientifique et qu'on emploie pour expliquer avec une nuance de dédain des phénomènes en réalité inexplicables. N'est-il pas démontré, en biologie, que les animaux s'adaptent au milieu dans lequel ils vivent, et subissent de ce fait, dans leur structure et leur conformation, des transformations très sensibles? On en a déduit l'axiome célèbre: la fonction crée l'organe. Pour quelle raison ce qui est vrai dans le domaine physiologique ne le serait-il pas dans le domaine psychologique? Je suis même portée à croire que cette métamorphose s'opère plus vite pour les caractères et les sentiments que pour les formes plastiques. Ce qui se passe dans la grande république Américaine en offre un exemple frappant: les nationalités les plus diverses viennent s'y fondre si bien dans la masse de la population que les descendants des immigrants ne sont plus ni Anglais, ni Français, ni Hollandais, ni Italiens, mais des Américains, qui le sont dans l'âme, avec les traits caractéristiques du Yankee.

L'objection tirée de la différence de mœurs, de mentalité n'est donc pas, selon moi, irréfutable. Hé quoi! Le lit de camp, on s'y fait comme beaucoup d'Européens, et non des moindres, se sont faits au *nước mắm*, Qu'on interroge là-dessus les vieux coloniaux, ils diront: la première fois qu'on en sent l'odeur, on se sauve, le cœur soulevé, le nez dans le mouchoir sorti en toute hâte de la poche, puis, poussé par la curiosité, on y goûte un jour, et l'on finit par l'apprécier à tel point qu'on ne peut plus s'en passer. Le rire si spontané, si exempt de joie maligne, excité par la chute d'une personne, est-il autre chose qu'un mouvement réflexe provoqué en nous par le spectacle insolite d'un être marchant normalement sur ses deux pieds, étalé inopinément de tout son long ou couché sur le dos, les quatre fers en l'air ? De même, des habitudes et des usages nouveaux nous choquent au premier abord parce qu'ils diffèrent des nôtres. On a trop tendance à oublier la loi de relativité et à vouloir tout rapporter à un type considéré comme un idéal immuable, intangible. Hors de là, point de salut ! Que les intransigeants mesurent la distance qu'il y a entre le souvenir de leur première cigarette de potache et le cas qu'ils font présentement d'un havane authentique après un bon dîner ! Cette petite opération mentale les rendra moins absolus dans leurs opinions.

Et puis, on raisonne sur la question avec la logique abstraite d'un mathématicien maniant des chiffres. On met en présence deux créatures humaines, un homme et une femme de races différentes, et l'on décide *ex cathedra* qu'ils feront ceci, qu'ils ne feront pas cela, comme l'on pousse les pièces d'un jeu d'échecs. Mais l'inclination qui les attire l'un vers l'autre, qu'en fait-on ? C'est une donnée aussi du problème ; c'en est l'imprévu, *l'inconnue*. Que serait la vie sans le soleil, qui prête aux choses la féérie de sa lumière ? De même, il y a une magie de l'amour qui transfigure son objet, le pare de toutes les qualités, adoucit les angles et fond les contrastes.

L'affection la plus tendre, dira-t-on encore, ne résiste pas à l'action dissolvante de la pauvreté, des difficultés mesquines de l'existence. L'amour aime à planer au-dessus de la vie dont il ne veut connaître que le beau côté. C'est, je l'avoue, l'argument le plus sérieux. Les Annamites peu fortunés feraient bien de s'y arrêter, s'ils ne veulent se condamner à s'exiler perpétuellement de leur pays ou s'exposer à des déboires en y rentrant avec l'étrangère qu'ils auront épousée.

N'empêche que si l'on demandait leur sentiment aux intéressés, ils répondraient gaiement :

—La seule raison que nous ayons de nous marier, c'est que nous nous aimons. Celle-là nous suffit ; nous n'en cherchons pas d'autres. Si l'aventure comporte des risques, nous les courrons d'un cœur léger. La vie n'est-elle pas faite de bonheur et de malheur, de hasard, en un mot ? Qui dira cependant qu'elle ne vaut pas la peine d'être vécue ?

Et ils n'auraient pas tort : comme l'a si bien dit Pascal, le cœur a des raisons que la raison n'entend pas.

La *bà già* revint dans l'après-midi. Répondant à mon regard interrogateur, elle me dit d'un air triste :

—Mademoiselle Hai, nous, avons réfléchi et nous nous sommes dit que le cœur de notre garçon est fortement pris. Que pouvons-nous à cela ? Ce qui est fait est fait. Comment aurait-il pu ne pas s'éprendre d'une si jolie fille ? Nous sommes donc bien forcés de donner notre consentement, mais…

—Pas de mais. Ne gâtez pas la joie de ces jeunes gens.

—En ce cas, Mademoiselle, vous serez bien aimable de lui écrire, à notre future bru. Ah ! je ne me ferai jamais à l'idée qu'elle puisse être notre bru !

—C'est entendu. Vous viendrez prendre la lettre ce soir ou demain matin.

Je m'assis à ma table et rédigeai tout d'une haleine la réponse des vieux, en laissant courir ma plume, qui écrivait sous la dictée de mon cœur. Cette gentille Parisienne ne se doutera jamais qu'une petite Annamite a plaidé sa cause auprès de ses beaux-parents. Je mis beaucoup du mien dans la lettre, dont je me rappelle encore très bien les termes. Voici comment je la tournai :

Mademoiselle,

Je dois à un hasard, dont je me félicite, le plaisir de vous écrire. S'étant fait traduire par moi la lettre que vous lui avez adressée, à elle et à son mari, votre future belle-mère a saisi l'occasion pour me prier de vous répondre en leur nom à tous deux. Je suis heureuse de m'acquitter de cette commission, qui n'a pour moi rien que d'agréable.

Il m'a été donné, en effet, d'entrevoir à travers les lignes de votre charmante lettre une petite Française, et qui plus est, une Parisienne, jolie comme vous seules savez l'être, vaillante et... un peu romanesque, si je ne me trompe. S'il en est ainsi, nous sommes logées à la même enseigne, pour le romanesque seulement, bien entendu, car je suis loin, j'en suis certaine, d'avoir votre gentillesse et votre courage.

Pour revenir à l'objet de ma lettre, vos futurs beaux-parents vous donnent, à vous et à votre fiancé, outre leur consentement—cela va sans dire, tout l'honneur est pour eux—leur affectueuse bénédiction. Si la sympathie d'une inconnue ne vous est pas indifférente, permettez-moi d'y ajouter mes chaleureuses félicitations et mes meilleurs vœux de bonheur.

Je voudrais que beaucoup de vos compatriotes imitassent votre exemple. Les mariages comme le vôtre achèveront d'unir indissolublement la Grande France d'Europe à la France d'Asie.

Certes, au cours de la vie que vous allez partager avec votre mari, des divergences d'opinions apparaîtront entre vous deux en plus d'une circonstance, mais je suis convaincue que vous vous ferez des concessions réciproques. Et puisque vous êtes, Mademoiselle, fine et aimable, vous convertirez sans peine votre compagnon à vos idées. Il se dégrossira à votre contact et se dépouillera du vieil homme. Et vous lui serez indulgente, n'est-ce pas, Mademoiselle, parce que vous êtes bonne et que vous l'aimez ?

Pardonnez-moi, je vous prie, ce bavardage. N'y voyez pas surtout des conseils. Je n'ai aucune qualité pour vous en donner ; je ne suis pas une parente de votre fiancé, je n'ai ni l'expérience de la vie, ni l'autorité de l'âge ; je suis, comme vous, une jeune fille, combien plus naïve, plus ignorante du monde, combien moins vaillante aussi, gâtée par mes parents qui m'ont élevée dans du coton. Mais je me suis laissé entraîner, à mon insu, par la sympathie que j'éprouve pour vous, à causer avec vous comme avec une amie de ma race que je connaîtrais depuis longtemps, depuis toujours...

Mais il est temps que je vous laisse à vous-même, à votre bonheur qui est maintenant complet.

Je vous renouvelle, Mademoiselle, l'expression de ma sympathie et de mon estime.

4 juin.

Mon cabinet vient de s'enrichir d'un piano. Papa me l'a acheté pour me permettre d'égayer mes heures d'un peu de musique. Pour le moment, j'en suis encore à prendre des leçons de Mlle Marguerite Mellin, la fille du payeur de la province, qui est excellente musicienne. Notre auto va tous les matins la chercher chez elle pour l'amener ici. Mais les exercices de doigté sont si fastidieux et si fatigants que nous coupons volontiers nos séances de longues causeries.

Mlle Mellin pourrait me servir de professeur en toute autre chose qu'en musique ; elle m'est supérieure en tout. Et belle donc ! Elle a une beauté impérieuse, avec son visage régulier, son lourd casque de cheveux bruns, sa taille souple et cambrée, ses yeux marrons pailletés d'or, sa carnation vermeille, resplendissante de santé, ses lèvres rouges et sensuelles, son menton saillant et ses mouvements réfléchis et décidés.

Nous venons d'avoir incidemment tout à l'heure une longue discussion sur l'amour, sujet palpitant s'il en fut. Mlle Mellin tenait pour la raison, et moi pour le cœur. Nous avons vigoureusement rompu des lances sans qu'aucune n'ait remporté un avantage marqué, et nous sommes restées sur nos positions respectives. Nous causions littérature. Mlle Mellin s'est déclarée pour Corneille ; moi, j'ai avoué ma préférence pour Racine.

—Corneille, a dit Mlle Mellin, est le poète de la force d'âme, ou mieux, pour employer une expression moderne, un professeur d'énergie. La volonté apparaît magnifiée dans toutes ses œuvres, qui en forment, comme l'épopée, en plusieurs chants. Quelle impression de grandeur nous donnent ces forces en action ! Même déviées, perverties, elles ont encore la tragique beauté des cataclysmes de la Nature. Les obstacles ne font que les exciter à rebondir plus haut pour atteindre leur apogée.

De la volonté, encore de la volonté, et toujours de la volonté ! C'est la faculté maîtresse des personnages de Corneille. Ils font eux-mêmes leur destinée ; leurs actes appellent un verdict d'absolution sans réserve ou de condamnation sans circonstances atténuantes. Ecoutez Auguste s'affirmant à soi-même sa ferme résolution de pardonner à Cinna :

Je suis maître de moi comme de l'Univers.
Je le suis, je veux l'être. O siècles ! O mémoire !
Conservez à jamais ma dernière victoire.
Je triomphe aujourd'hui du plus juste courroux
De qui le souvenir puisse aller jusqu'à vous.
Soyons amis, Cinna, c'est moi qui t'en convie.

«Que c'est beau! Songez que le grand Condé versa des larmes en entendant ces vers sublimes qui allaient droit à son cœur généreux.»

—Quel enthousiasme, ai-je fait remarquer, pour un acte de clémence d'un tyran qui ne s'y décide qu'à grand peine, après un laborieux débat avec lui-même, comme s'il s'arrachait les entrailles.

—C'est ce qui fait précisément son mérite. Endurci par ses cruautés antérieures, il avait plus de difficulté à se vaincre qu'une âme vertueuse qui n'aurait eu qu'à suivre sa pente naturelle. Ce n'est que par un effort surhumain de volonté qu'il a finalement endigué les débordements de sa nature vindicative et violente.

«Ainsi le théâtre de Corneille est tout volonté. Pas de compromis avec la conscience ni de transaction avec le devoir. Le cœur se tait quand la raison parle. L'amour lui-même exige, quand il le faut, qu'on le combatte et qu'on lui impose silence. Voyez comment Rodrigue se justifie aux yeux de Chimène:

Qui m'aima généreux, me haïrait infâme...
Je t'ai fait une offense et j'ai dû m'y porter
Pour effacer ma honte et pour te mériter.

«Chimène, de son côté, pour rester digne de Rodrigue, ne pense qu'à son devoir immédiat, qui lui commande de tirer vengeance du meurtrier de son père.»

—Oh ! pour ça, la mâtine sait bien que son cher Rodrigue, vainqueur des Maures, ne courra pas de danger dans un duel avec un jeune seigneur falot, novice aux armes. Au fond, ce qu'elle fait, c'est uniquement pour « sauver la face ».

—Permettez ! Elle est absolument sincère. La preuve, c'est que son amour éclate avec sa douleur lorsqu'elle croit son amant mort et son père vengé.

« Chose paradoxale, a continué Mlle Mellin, l'amour dominé par la volonté semble cependant inconstant, versatile. Mais regardez-y de près ; la contradiction disparaît : l'amour, étant fondé sur l'estime, la connaissance, doit logiquement changer d'objet quand il en voit un autre plus digne. Il va ainsi s'épurant de degré en degré, en se transportant du moins parfait au plus parfait C'est dans *Polyeucte* que nous saisissons sur le vif ce processus de l'amour cornélien. Polyeucte idolâtre, tout à ses joies terrestres, aime Pauline « cent fois plus que lui-même » ; touché de la grâce, il l'aimera « beaucoup moins que son Dieu, mais bien plus que lui-même ». De même pour Pauline : elle aimait Sévère, qui lui paraissait noble et beau. Mais voilà que Polyeucte se révèle sublime d'audace et de foi, son amour exalté va sans hésiter an martyr. Et tous deux s'adorent en Dieu, c'est-à-dire la perfection même. »

—Pour, moi, Racine est moins tendu, plus naturel. Corneille plaide comme un avocat Normand qu'il est toujours resté ; c'est un grand avocat d'assises, dont le verbe oratoire, souvent emphatique, se déploie à l'aise dans des causes retentissantes. Il argumente, ergote en s'empêtrant dans de longues périodes, puis, brusquement, prend un vigoureux essor et va planer à des hauteurs… Racine laisse parler son cœur ; c'est un poète qui comprend profondément la passion féminine par sympathie et l'exprime à merveille pour l'avoir éprouvée lui-même, car il aima une femme et goûta la douceur des larmes. Quelle pénétration psychologique dans le dessin des caractères ! Quelle délicatesse de touche dans la peinture de ces sentiments contenus, voilés qui sont la séduction de la femme ! Ses héroïnes sont vivantes ; ce ne sont pas des statues d'une seule pièce, mais des âmes faibles, ballottées entre leurs passions, qui se jouent d'elles comme les vagues de la mer d'une barque. Imbu de la doctrine janséniste de la grâce et instruit par sa propre expérience, Racine croit que les passions ont plus d'empire que la raison sur la nature humaine, généralement faible. Aussi n'apporte-t-il aucun parti-pris dans la construction de ses pièces ; chez lui, les femmes sont ondoyantes, diverses, remplies d'incohérences et de contradictions, énigmes pour les autres comme pour elles-mêmes. Elles ne ressemblent pas aux hommes, comme chez Corneille, qui virilise ses héroïnes en leur donnant systématiquement, pour unique ressort, une volonté trop inflexible.

« Bérénice, en opposant les deux auteurs, fit éclater les dissemblances de leur génie. On sait que Corneille et Racine, sollicités tous les deux par Henriette d'Angleterre, écrivirent simultanément une tragédie sur ce sujet, à l'insu l'un de l'autre. Désireuse de s'incarner sur la scène dans une héroïne romaine dont l'histoire était analogue à la sienne, la princesse mal mariée trouvait peut-être piquant aussi de voir se rencontrer, par la même occasion, dans un tournoi littéraire, les deux rivaux, qui avaient leurs partisans et leurs détracteurs. Le thème à développer tenait en entier dans cette courte phrase de Suétone : « Titus, qui aimait passionnément la reine Bérénice et qui même, disait-on, avait promis de l'épouser, la renvoya de Rome, malgré lui, malgré elle. » *Malgré lui, malgré elle !* Ce fut l'étincelle qui enflamma l'imagination ardente de Racine ; une profusion d'images et de sentiments exquis s'y levèrent et s'épanchèrent en un courant harmonieux qui berce délicieusement l'oreille et le cœur. Ces quatre petits mots constituent le pivot autour duquel gravitent tous les sentiments du cœur, avec mille nuances délicates et fugitives, pour se fixer, se cristalliser enfin dans ce cri désespéré de Bérénice : « *Je l'aime, je le fuis ; Titus m'aime, il me quitte.* », en quoi se concentre toute la substance du sujet.

« C'est que Racine avait connu, lui aussi, sa Bérénice, à Uzès, chez son oncle, le chanoine Sconin. Il n'eut qu'à se remémorer ses émotions et ses douleurs passées pour se trouver replongé tout frémissant dans l'atmosphère brûlante de ses premières amours. Grâce à ce don merveilleux de faire siennes les impressions d'autrui et de les ressentir intensément ; il vibra et gémit, il « entra dans la peau de ses personnages », pour employer un terme de théâtre. De fait, je ne serais pas étonnée qu'il possédât des dispositions pour le métier d'acteur, en particulier ce don de dédoublement de la personnalité, qui permet au comédien de se regarder vivre et agir et de noter ses sensations. Il avait surtout une nature de femme, passionnée, sentimentale, tendre, susceptible, douée d'une sensibilité extrêmement vive qui répercutait le plus léger choc et le prolongeait, en l'amplifiant d'écho en écho, jusqu'au tréfonds de son âme.

« Corneille, lui, peu habitué à manier l'amour, dérouté par cette matière aride, accoucha laborieusement d'une déclamation grandiloquente émaillée de fadeurs. Sa verve, essentiellement héroïque, tomba à plat, faute d'élan pour s'élever. On dirait Hercule filant aux pieds d'Omphale.

« On aurait cependant une idée incomplète du génie de Racine si on ne le considérait que comme le peintre des affections douces, faites pour se dévouer et se sacrifier. Il a su camper aussi des figures mâles, violentes, éclairées en puissant relief par des passions impérieuses qui mettent ceux qui en sont possédés hors d'eux-mêmes et les entraînent jusqu'au crime. Que sont, au fond, ses tragédies, dépouillées du prestige de la poésie, sinon des faits-divers du genre de ceux qui défraient la chronique des journaux ? À telles enseignes que certains critiques sont allés jusqu'à trouver qu'il y a du fauve, et du plus sanguinaire des fauves, du tigre, sous la souplesse et la grâce un peu inquiétantes de ses personnages. Voilà qui doit flatter votre goût du fort et du violent.

« J'ai, quant à moi, une prédilection particulière pour ces suaves créations : Iphigénie, Junie, Bérénice, Monime, en qui s'incarne l'amour innocent. Sœurs par la timidité et la douceur, ces quatre jeunes filles ont cependant chacune sa physionomie propre, grâce à ces traits de caractère subtils que Racine seul pouvait saisir et rendre : Iphigénie, soumise et fière ; Junie, tendre et compatissante ; Bérénice, rêveuse, mélancolique, se rappelant aux moments critiques qu'elle est femme pour se servir de sa coquetterie comme d'une arme ; Monime, pudique, touchante dans sa dignité, sa douce obstination, son attachement à ses devoirs, à ses affections… »

— Pour ce que cela leur réussit ! …Voyez plutôt : Iphigénie sacrifiée à l'ambition d'un père dénaturé, Junie assistant impuissante au meurtre de celui qu'elle aime, Bérénice se séparant, la mort dans l'âme, de son amant ; Monime obsédée de la passion sénile et ombrageuse d'un vieux tyran, toutes quatre sont des victimes. Elles n'ont pour se défendre que leur beauté et leur coquetterie, armes fragiles, armes à double tranchant qui n'éloignent momentanément le danger que pour le rendre plus pressant, en ancrant plus fortement la passion chez ceux dont elles repoussent les assiduités.

— C'est leur faiblesse, leur impuissance même qui les font paraître plus humaines, plus près de nous que les héroïnes de Corneille. On les comprend, on les aime, parce qu'on sent qu'on agirait comme elles si on était placé dans les mêmes conditions.

— Moi pas. C'est une conception morbide de s'imaginer que l'amour doit se borner à s'évaporer en soupirs, en larmes et en plaintes platoniques. Les âmes sans ressort ni initiative sont destinées à devenir tôt ou tard malheureuses. Il faut de l'énergie pour conquérir le bonheur, le garder et le défendre au besoin.

—Cependant ne pensez-vous pas qu'il soit bon pour une jeune fille d'épouser un homme qui lui fasse un nid doux et chaud, à l'abri des intempéries, qui prenne pour lui la part la plus lourde du fardeau de l'existence et ne lui demande, à elle, en échange de ses soins et de ses attentions, qu'un peu de tendresse pour avoir le courage de lutter pour leur bonheur, d'être enfin pour lui l'amie qu'il a choisie entre toutes ?

—Mais c'est du pur roman, cela ! s'est écriée Mlle Mellin en riant. Je vois ce qu'il vous faudrait : l'*Astrée* transportée des rives du Lignon sur les bords du Mékong, à trois cents ans de distance, ou bien la *Clélie* mise en action. Avec quelles délices vous voyageriez dans le royaume du Tendre, en visitant successivement les belles villes de Tendre-sur-Estime, Tendre-sur-Inclination, de Tendre-sur-Reconnaissance, pour, de là, vous rendre aux charmants villages de Petits-Soins, Billets-Doux, Billets-Galants ! Mais gare au retour à la réalité ! C'est pour avoir voulu vivre la vie de ces pastorales extravagantes que la Grande Mademoiselle gaspilla les meilleures années de sa vie dans les intrigues de la Fronde et dans la société des Précieuses, pour épouser sur le tard Lauzun, un aventurier, un seigneur quelque peu bohème, dont elle s'était amourachée, et qui la battit, elle, la petite-fille de Henri IV, la cousine du Roi Soleil, une princesse que les Condé et les Longueville se seraient estimés fort honorés de voir entrer dans leur famille, etc., etc. Voyez la célèbre lettre de Mme de Sévigné, étourdissante d'épithètes jaillissant en feu d'artifice.

« Si pareille mésaventure arrive à une princesse de sang royal, les petites filles par trop romanesques doivent s'attendre aux pires désillusions. Remarquez encore que la Grande Mademoiselle vivait à la cour la plus brillante et la plus policée de l'Europe, où la grande affaire pour les seigneurs était de plaire au Maître et aux dames, au temps des jolies révérences, des carrosses et des chaises à porteurs. Depuis, le galant baisemain a été remplacé par le démocratique *shake-hand*, on a inventé le chemin de fer, l'automobile, l'aéroplane. La femme a perdu le sceptre de sa fragile royauté ; elle est devenue l'égale de l'homme, voire sa concurrente dans des métiers autrefois réservés exclusivement au sexe fort. Dans le mariage, elle n'est plus pour son mari qu'une camarade, une associée qui ne demande à son compagnon que ce qu'il est raisonnable de désirer, sans se larguer de sa faiblesse pour réclamer des prévenances et des soins qui seraient plus utiles à des malades. De nos jours, les névrosées et les neurasthéniques ne sont plus intéressantes. On a autre chose à faire que d'écouter leurs plaintes sempiternelles et de s'inquiéter de leurs bobos imaginaires. Dans les voitures publiques, les voyageurs ne sont plus disposés, comme on l'était jadis, à céder avec empressement leurs places aux femmes. Est-ce un progrès dont il faille se féliciter ou une décadence qu'il y ait lieu de regretter ? Je ne sais pas. Toujours est-il que cela est. Etre ou ne pas être, voilà la loi du monde contemporain. Sous la pression des préoccupations terre-à-terre, les aspirations humaines perdent chaque jour de leur envolée et se font de plus en plus prosaïques. »

Mlle Mellin m'a expliqué ce phénomène social, que M. Guglielmo Ferrero, l'auteur de *l'Histoire de Rome*, appelle l'américanisation de l'Europe. Selon l'écrivain italien, l'idée du progrès, envisagé comme accroissement de la richesse et perfectionnement des instruments de production, a envahi la société européenne depuis cinquante ans. Dans le passé, les générations ont vécu, l'une après l'autre, contentes de peu, fidèles aux traditions, regardant toute nouveauté comme une rébellion contre Dieu et contre la mémoire des ancêtres. Evidemment, les hommes préféraient l'aisance à la pauvreté ; mais ils n'adoraient pas le veau d'or ; travailler à amasser le plus de ce métal précieux n'était pas leur principal souci. Ils avaient l'ambition de faire le monde plus beau et meilleur ; ils avaient le culte de la Beauté et de l'Idéal, qu'ils s'efforçaient de réaliser par l'art et la religion. Des artistes, encouragés par de généreux Mécènes, passaient obscurément leur existence à parfaire amoureusement une œuvre unique, qui leur survivrait.

Aujourd'hui, tout cela a changé ; les masses veulent du confort : on ne pense plus qu'à bien vivre. Les municipalités négligent les reliques du passé qui tombent en ruines, et les habitants des moindres villes montrent avec orgueil aux étrangers, épris de curiosités, leurs rues éclairées à l'électricité, où l'on ne rencontre âme qui vive une fois la nuit tombée.

Mais cela, c'est le progrès. Les écoles de sculpture, de peinture, d'architecture, de musique ont disparu ou sont en décadence, tandis que les écoles techniques vont en se multipliant.

Cet esprit pratique a gagné jusqu'à l'Italie, la terre classique de la beauté, où la tradition d'art se perd chaque jour. C'est que la civilisation moderne vise surtout à l'exploitation intensive de toutes les richesses de la terre et à l'augmentation de sa puissance. Les savants mêmes ne se livrent plus à leurs recherches avec la curiosité désintéressée de leurs devanciers ; ils cherchent à tirer profit de leurs découvertes. Ainsi s'en vont le rêve, la poésie…

—Donc, si j'ai bien saisi votre pensée, ai-je dit, ce courant d'idées vient de l'Amérique, où il a pris naissance. Or, les Américains ne sont pas seulement pratiques ; ils sont aussi idéalistes. Ils viennent de le prouver d'une façon éclatante au cours de la Grande Guerre, en se rangeant aux côtés des Alliés, qui défendent la bonne cause. Leur désintéressement ne fait pas l'ombre d'un doute, puisqu'ils ont déclaré dès le début qu'ils ne voulaient ni s'enrichir, ni s'agrandir aux dépens de personne. Leur geste et celui du roi Albert ont ennobli cette terrible tuerie, qui en a pris d'emblée une haute signification morale.

« En dépit de l'égoïsme envahissant, des instincts sauvages déchaînés par une lutte sans merci, en dépit des torrents de sang, de la vapeur délétère des gaz asphyxiants, la petite fleur bleue de l'idéal vit encore, elle vivra toujours. Et si, par impossible, elle venait à mourir, quel malheur ce serait pour l'humanité ! La vie serait alors bien triste, elle serait insupportable dans un monde tiré au cordeau, où les maisons seraient de gigantesques cubes de maçonnerie, où les objets affecteraient des formes rigidement géométriques, où tous les sentiments connus seraient classés et étiquetés, où toute manifestation de l'âme sortant de l'ordinaire, le rire montant d'un cœur dilaté de joie, le sanglot secouant un corps prostré de douleur, les larmes coulant de paupières brûlantes, serait considérée comme un phénomène pathologique et recevrait un vocable rébarbatif en *ite*. Brr ! Rien que d'y penser, j'en ai froid dans le dos.

« Ce monde mort, l'Allemagne disciplinée et organisée par la *Kultur* nous en donne dès maintenant un avant-goût. Le passé lui-même nous fournit, à cet égard, d'utiles enseignements. Pour avoir trop cru en la raison et en la science, pour avoir trop cultivé la desséchante analyse qui avait dissous la foi, l'autorité, la tradition, sans les avoir remplacées par rien de solide, la société française se trouva, vers la fin du XVIIIe siècle en proie à l'ennui et à la lassitude. Les hommes, comme les femmes, éprouvèrent le besoin de revivre par le cœur, de se rafraîchir l'âme aux sources de l'amour et de l'enthousiasme. Le mot *sensibilité* revenait dans les conversations et dans les lettres du temps avec une insistance qui tournait à l'obsession. Le lyrisme était né. Il devait trouver plus tard son expression achevée dans les chants si douloureusement beaux d'Alfred de Musset, dont on peut dire, en leur appliquant un vers du poète lui-même, qu'il en est « d'immortels qui sont de purs sanglots »...

Là-dessus, Mlle Mellin m'a interrompue en s'écriant, après un rapide coup d'œil jeté à sa montre-bracelet :

— Tiens ! Il est onze heures. Je me sauve. À demain. Nous reprendrons la discussion. Vos arguments ne m'ont pas du tout convaincue.

Et elle est partie en coup de vent.

Pas convaincue ! Et moi donc ! Elle ne me persuadera jamais que l'idéalisme ait été banni du monde.

26 juin.

Un nouveau visage aujourd'hui. C'est le fils d'un grand propriétaire du canton, M. Hùynh văn Minh, ingénieur de l'Ecole Centrale des Arts et Manufactures de Paris, ainsi que l'indique sa carte marquée des initiales bien connues *E. C. P.*, et actuellement lieutenant d'artillerie.

Blessé en mars dernier, du côté de Soissons, lors de la dernière offensive allemande, le jeune officier avait obtenu, à sa sortie de l'hôpital, une permission de trente jours pour aller se retremper dans l'air natal. Il est venu nous rendre visite, accompagné de son père.

Nous avons été présentés l'un à l'autre, par dérogation aux usages qui interdisent aux jeunes filles de se laisser voir aux étrangers. Mais nous ne nous sommes pas serrés la main, nous nous sommes contentés, lui, de s'incliner, moi, de lui rendre cérémonieusement son salut, les mains jointes.

Le nez droit, les yeux bien fendus, la bouche moqueuse, aux coins relevés et aux lèvres minces, ombragées d'une petite moustache, le teint bistré par la rude vie en campagne, bien pris dans son uniforme orné de la croix de guerre avec palme, notre visiteur, sans être un Apollon, était sympathique de prime abord.

Sur la prière de papa, M. Minh se met à raconter les impressions qu'il a ressenties au cours de cette guerre, où il s'est si vaillamment comporté. D'une voix émue, il dépeint la fiévreuse animation des jours de mobilisation, l'élan admirable des Français accourant à l'appel de la Patrie en danger; les groupes où des passants de tout âge et de toutes conditions se coudoyaient dans une cohue égalitaire, rapprochés par la menace d'épreuves communes, s'arrêtant recueillis devant les affiches aux drapeaux croisés; les réflexions inquiètes des mères, des femmes et des jeunes filles pensant aux périls menaçant les êtres qui leur étaient chers ; les gasconnades des jeunes gens, pris d'une ardeur belliqueuse; les mots plus graves des hommes mûrs et des vieillards, qui, n'ayant pas oublié, exprimaient leur joie de voir venir—enfin!—l'heure de la Revanche; les régiments qui passaient, drapeau au vent, musique en tête, partant pour la Belgique, acclamés par une foule frénétique…

—Je sentais, dit-il, des picotements sous mes paupières. On eût dit que ma poitrine était comprimée dans un corselet de fer tant elle était oppressée. Brusquement, de mon gosier jaillit un grand cri: *Vive la France!* comme s'il eût été délivré d'un abcès qui aurait crevé tout d'un coup. Ce fut une minute de délire. Je ne m'appartenais plus, je vibrais de toute mon âme dans cette atmosphère saturée d'enthousiasme patriotique; mon cœur battait à l'unisson de tous ces cœurs remués par un spectacle poignant…

Le narrateur poursuit son récit, en décrivant les péripéties du duel gigantesque dans lequel il a joué son rôle comme sous-lieutenant dans une batterie de ces merveilleux 75 qui eurent la tâche ingrate de soutenir, au début des hostilités, pygmées contre géants, la lutte avec les monstrueux 420 et les 305 autrichiens; la bataille de Charleroi; le recul des armées franco-anglaise; l'exode lamentable des réfugiés s'arrachant au logis familial qui les avait vus naître et où ils avaient espéré mourir, pour aller chercher, Dieu savait où, un asile précaire; le miracle de la Marne qui sauva le monde avec la France; la guerre de taupe à laquelle les soldats français ont dû plier leur bouillante impétuosité; les tranchées boueuses transformées par les furieux bombardements en charniers, et bien souvent, en tombeaux où vivants et morts s'ensevelissent pêle-mêle; les actes sublimes qui s'accomplissent face au soleil ou au fond des obscurs boyaux où l'ennemi se terre; la fièvre d'héroïsme qui fit explosion un jour dans ce cri d'un sergent: *Debout les morts !*, cri devenu légendaire, par où s'extériorisa le souffle qui galvanise la France guerrière, digne pendant le *Qu'il mourût* du vieil Horace, jailli par un trait d'intuition patriotique du cœur du grand Corneille, le poète français par excellence.

Puis, cédant à nos instances, l'officier parle comme à regret de sa citation à l'Ordre de l'Armée après la victorieuse riposte de Verdun, à la suite de laquelle il obtint la croix de guerre, de la blessure qu'il reçut à la poitrine touchée par un éclat d'obus, et qui lui valut son deuxième galon…

Je ne puis m'empêcher de dire au brave officier:

—Mais vous êtes un vrai héros, Monsieur! Permettez-moi de vous féliciter de votre brillante conduite, dont la gloire rejaillit sur tous vos compatriotes.

—Vous êtes trop bonne, Mademoiselle, répond mon interlocuteur. Je ne mérite pas tant d'éloges. Je n'ai fait que payer la dette de reconnaissance que nous avons contractée, notre pays et moi, envers la France. Je n'ai été, du reste, qu'un humble acteur perdu dans cette immense tragédie qui a vu bien des actes autrement émouvants.

M. Minh s'étend ensuite sur les soins dévoués qui lui furent prodigués dans une ambulance de Paris, sur le stoïque sang-froid des Parisiens et des Parisiennes qui gardaient le « sourire » sous les bombes des Zeppelins et des Gothas et les obus de la grosse Bertha.

—Ce naturel et cette élégance dans l'héroïsme, ajoute-t-il, m'ont séduit d'un charme imprévu, comme une fleur trouvée parmi des ruines.

Enfin, l'officier fait place à l'ingénieur. M. Minh attend avec impatience la fin de la guerre pour monter au chef-lieu une grande rizerie. C'est dans ce but qu'il est venu pour intéresser papa à son projet. Il brûle du désir de soustraire son pays à la mainmise des Chinois. Il a vu à quels dangers s'expose une nation qui dépend économiquement de l'étranger. C'est pour avoir offert une trop large hospitalité aux Allemands, qui venaient faire concurrence à ses nationaux jusque chez eux, que la France a failli être entraînée dans l'orbite de cette nation de proie, d'une activité dévorante. Les Allemands ont fait preuve dans la conquête des marchés étrangers d'une ténacité et d'un esprit de solidarité semblables à ceux des Chinois, stimulés encore par le gouvernement impérial, qui ne leur ménageait ni son concours financier ni son appui moral. Grâce à leur souplesse et leur obséquiosité, deux qualités que possèdent encore les *cautious*, ils s'infiltraient dans les maisons de commerce, les usines et les hôtels, où ils finissaient, grâce à leur esprit d'intrigue, par s'installer en maîtres.

Ce qui s'est passé en France avant la guerre doit nous servir de leçon. Que le Chinois soit un intermédiaire onéreux et indésirable, cela est évident. Mais encore faut-il nous mettre en mesure de nous passer de ses services, avant de nous poser ouvertement, vis-à-vis de lui, en concurrents. Comment ? En nous mettant résolument, sans fausse honte, à son école, en acquérant ses solides qualités : l'ardeur et l'opiniâtreté au travail, le sens des affaires et surtout ce remarquable esprit de solidarité qu'il montre en toutes circonstances à l'égard de ses congénères. Déjà, la tyrannique emprise de nos exploiteurs a suscité, dans plusieurs provinces, la fondation des syndicats agricoles. C'est bien. Qu'on crée des rizeries en nombre suffisant, la lutte pour notre émancipation économique pourra tourner à notre avantage.

Unissons nos efforts, coordonnons les, concentrons-y toutes nos énergies, toutes nos volontés ramassées en faisceau, de manière à en forger le levier avec quoi nous écarterons les obstacles de notre chemin et les briserons au besoin. Des tentatives isolées seraient vouées à un échec certain, en présence de la coalition des intérêts chinois que provoquera toute velléité d'indépendance de notre part.

Les paroles terribles de l'Ecclésiaste : *Vae soli, malheur à l'homme seul*, ont eu beau retenir à travers les siècles, la terre nous offre en vain le spectacle des miracles accomplis par l'énergie collective des hommes, nous nous obstinons à ne compter que sur nous-mêmes en nous fiant, dans une présomption funeste, à nos seules forces. Vivante contradiction au milieu d'un monde reposant sur la division du travail et la communauté des efforts, nous oublions que le genre humain ne s'est dégagé de l'animalité que par la coopération de ses membres et que la tribu, la cité, la nation sont nées du besoin qu'ont toujours éprouvé les hommes de s'entraider et de se soutenir contre les bêtes féroces, contre les éléments et contre leurs semblables.

C’est grâce à l’exploitation intensive et rationnelle de grosses sommes d’argent, d’intelligence, d’énergie réunie que l’industrie et le commerce ont atteint un si haut degré de puissance en Europe et en Amérique. Jamais un seul homme, si riche, si bien doué fût-il, n’aurait été capable de mettre sur pied ces grandes compagnies de transport, ces solides établissements de crédit et tant d’entreprises colossales qui font l’orgueil du génie humain.

C’est, en effet, la science et la méthode qui ont présidé à leur fondation. Avant de lancer une affaire, des hommes compétents l’étudient et en pèsent minutieusement les chances de succès. On ne livre rien au hasard ; la part des aléas est réduite au minimum. L’affaire une fois au point, les promoteurs s’occupent de se procurer les fonds nécessaires, en émettant des actions, des obligations, accessibles à toutes les bourses et dont chacun peut souscrire autant qu’il en veut, selon ses disponibilités. Les capitaux sont rapidement fournis par les financiers, rentiers, bourgeois, travailleurs de toutes classes : cultivateurs, employés, ouvriers, domestiques, qui saisissent avec empressement l’occasion de faire une fructueuse opération en plaçant leurs économies. Dans ces apports, la part du modeste bas de laine est souvent plus forte que celle du coffre-fort cossu.

Puis l’entreprise est montée, sous la haute surveillance d’un conseil d’administration, dirigée par un état-major trié sur le volet : techniciens, directeurs, ingénieurs, contremaîtres, une armée d’ouvriers assure la marche d’un mécanisme aux rouages à la fois simples et compliqués, qui fonctionne sans frottement et sans à-coup.

Pendant qu’on fait fructifier leur argent, les actionnaires travaillent pour leur propre compte et amassent de nouveaux gains, qui viendront grossir les capitaux des sociétés existantes pour leur permettre d'étendre leur champ d'action ou contribueront à en créer d'autres. Collaboration féconde où tous trouvent leur profit et qui fait la grandeur et la prospérité du pays.

Sortons donc de notre léthargie et ouvrons les yeux à la vérité. Que ceux qui font partie de l'élite de la population se mettent en avant et prennent la tête du mouvement vers la liberté et le bien-être. La tâche est assez belle pour qu'ils y consacrent toute leur activité et toute leur énergie. Les premiers résultats ne répondront pas peut-être à leur attente. Mais qu'ils sachent vouloir et persévérer, qu'ils se disent qu'il n'y a pas moins de honte à lâcher pied devant une difficulté que devant le devoir, et ils forceront le succès. Mieux vaut ne rien entreprendre que de jeter le manche après la cognée ; le snobisme en affaires est une ruineuse fantaisie. Il est temps pour eux de se mettre à l'œuvre. Ce n'est plus seulement sur les champs de bataille que se décide le sort des peuples ; la rivalité commerciale joue aussi son rôle, et non le moindre, dans les conflits armés. C'est ainsi qu'au plus fort de la guerre, les belligérants préparent déjà l'après-guerre. La lutte partout et toujours, la victoire au plus endurant, au mieux armé, telle est la loi d'airain de ce siècle de fer. Ne la méconnaissons pas davantage sous peine de tomber dans un ilotisme social qui compromettra irrémédiablement l'avenir de notre race.

M. Minh s'animait en exposant ce projet qu'il semblait prendre fort à cœur. Sa voix chaude et persuasive a convaincu papa, qui lui a promis son plus large concours.

8 juillet.

L'officier multiplie ses visites, toujours à propos de son usine. Papa l'accueille fort aimablement. Mais leur conversation ne doit pas rouler uniquement sur les machines à décortiquer le riz ou sur le cours du paddy. Je sens qu'il y a anguille sous roche. Est-ce que ?... Minute ! Ne lâchons pas la bride à la folle du logis. Je la connais ; elle prendrait vite le mors aux dents. Aussi bien trouve-t-elle, en ce moment même, à s'exercer amplement sur un objet plus précis. Je suis, en effet, en train de me creuser la cervelle pour me figurer un roman, mais un roman vécu.

Ce matin, Mlle Mellin, en veine de confidences, m'a dit qu'elle aimait et croyait être aimée. J'ai battu des mains d'aise et l'ai priée incontinent de me raconter par le menu ce qui s'était passé. Ma curiosité a été déçue.

— Pour le moment, je n'ai pas grand-chose à vous dire, m'a déclaré Mlle Mellin. Attendez encore. Laissez venir. Ça se dessine à peine. Je vous servirai l'histoire lorsqu'elle sera à point.

Comme elle refusait de m'en apprendre davantage malgré mes instances :

— À quoi bon tant de mystère ? ai-je dit. C'est l'éternelle histoire depuis Adam et Eve. Tenez, voulez-vous que je la retrace tout au long, au pied levé ? Vous vous êtes rencontrés pour la première fois quelque part, au milieu d'une nombreuse compagnie, un jour à marquer d'un caillou blanc. Au premier coup d'œil, crac ! Ça y est ; vous vous êtes sentis attirés l'un vers l'autre par une force mystérieuse. Et tandis que les autres se mêlaient à la conversation générale, vous vous êtes isolés dans un coin pour échanger d'abord des idées sur des choses indifférentes, puis des impressions plus personnelles où, encouragés par votre sympathie réciproque, vous vous êtes livrés un peu de vous-mêmes. Naturellement, vous le trouviez aimable, sans le *lui* dire pourtant. De son côté, *il* s'avouait que vous étiez charmante ; mais *il* vous le disait, *lui*, et le répétait à tout bout de champ, en s'extasiant sur votre bon petit cœur et votre sensibilité exquise. Un compliment qui ne rate jamais son effet sur une femme. Mais l'heure était venue de se séparer, et *lui* de se récrier galamment sur la rapidité du temps. Vous partagiez *in petto* son regret sans savoir pourquoi ; mais vous dissimuliez ce regret, sous des paroles enjouées. On s'est quitté avec la promesse de se revoir.

Dès lors, les entrevues se succèdent. *Il* saisit les moindres occasions pour pénétrer dans la place. Vos parents *le* trouvent sympathique ; *il* commence à devenir un familier de la maison. Votre mutuelle inclination s'affirme de plus en plus. Cela saute aux yeux de tout le monde ; mais vous ne vous apercevez de rien ; vous éprouvez seulement du plaisir à vous entretenir d'art, de littérature, surtout de la vie que vous voyez en rose, bien entendu. *Il* est toujours de votre avis, cela va sans dire. Quelquefois, cependant, *il* vous ouvre des horizons nouveaux, des aperçus originaux, et vous vous dites qu'*il* est différent des autres hommes.

Pendant tout ce temps-là, vous êtes sous l'empire d'un trouble plein de charme. Tantôt prise d'une gaieté subite, vous chantez, vous parlez avec volubilité sans attacher aucun sens à vos propos, vous essoufflez votre piano avec des scherzos, des galops exécutés d'un train endiablé ; tantôt en proie à une douce mélancolie, vous pensez à des choses vagues, vous descendez au fond de vous-même pour essayer de démêler les sentiments confus qui vous agitent, vous laissez distraitement tomber les questions sans y répondre, vous jouez langoureusement des nocturnes ou des valses lentes, tandis que votre pensée s'en va loin, très loin, dans le pays des contes bleus... Puis, un beau jour, une étincelle met le feu aux poudres ; une émotion irrésistible vous éclaire tous deux sur votre état, sur la nature de vos sentiments, et vous découvrez que vous vous adorez. *Il* vous déclare sa flamme et vous demande si vous voulez être sa femme, sa chère petite femme. Vous répondez oui dans un balbutiement à peine perceptible. Fou de joie, *il* vous prend les mains qu'il baise, vous laissez tomber votre tête gracieuse sur son épaule et vous pleurez. Minute délicieuse ! *Lui* se forge cependant des craintes chimériques, appréhende des obstacles, oh ! de tout petits obstacles qui font un peu mal à son cœur, juste assez pour lui faire mieux savourer ensuite son bonheur. Courte hésitation. Solennelle démarche en habit noir et en gants blancs. Noël, alléluia ! Les parents consentent. Sous leurs yeux attendris, *il* passe à votre doigt mignon une bague ornée d'une belle perle d'un blanc laiteux, la bague de fiançailles. *Le* voilà dans la maison sur le pied d'un futur gendre. *Il* vous apporte chaque jour un gros bouquet de roses noué d'un large ruban de satin blanc. Vous êtes constamment ensemble, vous, assise devant le piano, jouant les morceaux qu'*il* préfère, ou plutôt que vous préférez, car *il* approuve tout ce que vous faites et tout ce que vous dites ; lui, debout à côté, dans la pénombre, se laissant bercer par la mélodie, suivant des yeux vos doigts agiles qui courent sur le clavier, dans le cercle de lumière projeté par la lampe, tournant de temps en temps les pages de la partition. Ou bien, assis sur le canapé, ce sont de longues causeries où vous faites des projets d'avenir, en parlant de votre futur *home*, où vous disposez d'avance le moindre bibelot à sa place avec — déjà ! — toute l'autorité d'une maîtresse de maison, car *il* s'en rapporte entièrement à votre goût si sûr. Parfois, il devient entreprenant. Mais votre mère qui, tout en ayant l'air d'être absorbée dans son éternelle tapisserie — un ouvrage de

Pénélope—ne vous perd pas de vue, rappelle discrètement sa présence en toussotant. Et le coupable de s'écarter tout penaud, et la conversation continue comme si de rien n'était.

« Enfin le grand jour arrive. Mariage select ! Vous, accompagnée de votre père, radieuse sous le voile de tulle et dans votre robe immaculée, semblable à une déesse païenne avec la traditionnelle couronne de fleurs d'oranger ; lui, donnant le bras à votre mère, grave dans son habit noir tranchant sur le plastron d'un blanc éblouissant, vous faites votre entrée dans la mairie entre une double haie de curieux qui font des remarques flatteuses sur votre beauté. Vous dites le *Oui* sacramentel d'un ton ferme, car c'est un engagement que vous prenez devant la loi. M. le Maire lit les articles du Code relatifs aux devoirs réciproques des époux, tandis que vous regardez votre seigneur et maître d'un air entendu et que les dames de l'assistance se tiennent à quatre pour ne pas pouffer devant cette formalité surannée, vestige de l'antique tyrannie masculine. Les témoins et les mariés signent le registre. Le magistrat municipal félicite ensuite les parents qui… congratulent les mariés que…

« Il faut maintenant vous mettre en règle avec Dieu. Vous vous rendez à l'église, où vous êtes accueillis par un suisse imposant qui se met à marcher majestueusement devant vous, en faisant sonner sa hallebarde sur les dalles. Vous vous agenouillez devant l'autel, aux côtés du marié ; vous répétez le *oui*, cette fois-ci d'un accent pénétré, consciente de la gravité du serment échangé devant Dieu avec l'alliance. Le prêtre vous bénit parmi le carillon des cloches et le grondement des orgues, et vous adresse une petite allocution empreinte d'une bonhomie touchante. Défilé des assistants à la sacristie. Effusions, poignées de mains, félicitations, embrassades. Retour à la maison. *Lunch*. Départ des derniers invités. Ouf, enfin seuls ! Le rideau tombe. *Et finita la comedia !* »

Mlle Mellin, qui avait écouté ma longue improvisation, un sourire ironique au coin de la bouche, a éclaté de rire à ce trait final que j'avais débité sur un ton de boniment, en me disant :

— Quelle folle vous faites, ma chère ! Je vous touche deux mots de la chose, et vous voilà partie, brodant là-dessus avec les souvenirs de vos lectures. Eh bien, au risque de vous paraître bien prosaïque, je dois vous dire que rien de tout cela n'est vrai. *Lui* et moi, nous nous connaissons depuis longtemps, car *il* fréquente chez nous. *Il* ne me déplaît pas ; je ne *lui* suis pas, je crois, indifférente. Seulement, mes parents n'encouragent guère les avances du pauvre garçon. Ils *lui* reprochent sans doute de n'être pas riche, en se disant peut-être, dans leur vieille expérience, que nous-mêmes nous ne le sommes pas et que zéro et zéro ne font pas une somme. Mais sa solde nous suffira. Je ne fais pas, moi, de rêves ambitieux. Oh non ! Je pense tout bonnement que la destinée — ou la fin, comme disent les philosophes — d'une jeune fille est de se marier lorsqu'elle en a l'âge et qu'il ne faut pas faire la renchérie sous peine de coiffer Sainte-Catherine ou de s'exposer à de cruelles déceptions…

Après un petit silence, Mlle Mellin a soupiré, la voix voilée d'amertume :

— Cependant, ce bonheur si simple, si modeste que je souhaite, je ne suis pas sûre de l'avoir. Mon roman n'avance pas, ce qui ne laisse pas de m'inquiéter… car mon amoureux pourra se décourager à la longue et renoncer à son projet.

Ces paroles de Mlle Mellin, qui démentaient mes croyances les plus chères, m'ont causé un malaise indéfinissable. Longtemps après son départ, j'y songeais encore, le coude sur la table, le menton dans la main, le regard perdu dans la campagne couverte de *mạs* d'un vert tendre, récemment repiqués et brûlés par un soleil trop ardent. Sous la lumière aveuglante, la route allongeait son ruban jaune liseré d'une herbe lépreuse et roussissant. Quelques rares passants se hâtaient dans un halo de poussière dorée, semblable à de la vapeur s'exhalant du sol surchauffé. Le ciel, vers lequel le cultivateur lève à chaque instant la tête dans l'attente toujours déçue de la pluie bienfaisante, était implacablement bleu, sans un nuage, comme peint d'une épaisse couche de lapis-lazuli.

Et je me suis prise à me demander si mon rêve n'était pas, comme ce ciel, trop beau pour ne pas faire souffrir.

Cependant, en ce moment même, deux voix juvéniles montent d'en bas qui chantent alternativement les couplets d'une chanson de rameur.

⚜⚜⚜⚜⚜⚜⚜

—Par cette nuit sereine, par ce vent frais, votre chant émeut délicieusement mon cœur. Puisque je trouve en vous un compagnon de route, ohé ! Ohé ! Permettez-moi de vous demander où vous avez votre domicile.

—Par les ondes violettes et les monts bleus, une amie sincère est difficile à trouver. Je n'en ai encore rencontré aucune, au cours de mes nombreuses pérégrinations. Ohé ! Ohé ! Adonné au commerce, mes affaires m'appellent souvent à Cantho.

—Embarqué sur une jonque de trafiquant, vous voyagez selon le hasard des occasions. Tel Đào Công parcourant les cinq lacs ou Yén tu Phong errant sur les quatre océans, vous vous abandonnez au fil des eaux tantôt hautes, tantôt basses. Ohé ! Ohé ! Avez-vous déjà une compagne ?

—Bravo ! Bravo ! Vous vous exprimez d'une façon aussi élégante qu'une personne instruite. Les pierres précieuses du mont Côn Can sont cachées parmi des

fleuves et des montagnes inexplorés ; on franchit les mers au prix de grandes fatigues sans découvrir l'or du fleuve Lê Thủy. De même, je suis dans l'incertitude, car j'ai cherché jusqu'ici en vain une solide amitié... Pourquoi le courant se ralentit-il ? D'où vient que les nuages flottent et que le vent mollit ? Il est évident que nous sommes destinés l'un à l'autre. Ohé ! Ohé ! Puisque me voici et vous voilà, pourquoi hésiter encore, pourquoi regarder au loin ?

—Sous cette lune qui brille d'un vif éclat au firmament, dans cette nuit pure où tout est silencieux et immobile, la feuille ne s'agite qu'avec un fil de soie rouge[3]*, Ohé ! Ohé ! Vous dites que vous m'aimez, mais j'ai plus d'un sujet d'inquiétude.*

—À quoi bon vous inquiéter ; que vous sert de vous embarrasser de soucis ? Vous vous entendez au négoce, moi, je m'y connais en affaires. Unissons nos efforts, ouvrons une boutique. Si la chance me favorise, je vous achèterai des diamants, de l'or. Ohé ! Ohé ! Pour le crépon, le satin et les soieries, vous en aurez à profusion.

—Voilà que dès notre première rencontre, il vous vient des idées peu nobles. Les biens n'ont à mes yeux aucun prix, les sentiments sont seuls durables ; le crépon se fane et l'or se ternit. Ohé ! Ohé ! Ainsi donc, pour vous, l'amour disparaît lorsque la beauté décline.

—Ce n'étaient là que des souhaits, que vous avez pris au sérieux. Je sais aussi apprécier les sentiments et mépriser les biens. Ohé ! Ohé ! Je suis résolu à engager pour longtemps ma parole envers vous.

---

3 La chanteuse donne à entendre qu'elle ne se laisse courtiser que pour le bon motif, le mariage.

—C'est aux auteurs de mes jours d'en décider. Ohé ! Ohé ! En matière de mariage, il faut que j'attende leurs ordres...

Ce doit être un couple de jeune *nhà quê* qui, tout en travaillant aux rizières, chantent pour tromper l'ennui et la fatigue. Une idylle rustique s'ébauche ainsi qui s'achèvera bientôt par un mariage. Le bonheur ne serait-il donc que pour les cœurs humbles ?

11 juillet.

Quel impertinent que cet officier ! Il s'est moqué de moi à mots couverts.

Ma main tremble encore au souvenir de son persiflage. Je bénis cependant le hasard qui m'a livré le fond de son caractère car j'avais bien vu qu'il avait des vues sur moi. Que serait-il arrivé si, suivant l'ancienne coutume, nous nous étions laissé marier sans nous connaître ? Comme nous n'envisageons pas du même œil les choses essentielles de la vie, notre incompatibilité d'humeur aurait, en effet, éclaté dès le premier jour d'existence commune. Voici dans quelles circonstances la verve mordante de ce jeune homme s'est exercée à mes dépens.

Ce matin, papa, après s'être enfermé un moment avec lui, l'a conduit à l'étage sous prétexte de lui montrer les dispositions de la maison. Arrivé dans mon cabinet de travail, où je me trouvais á mon ordinaire avec Mlle Mellin, il s'est retiré, une fois la glace rompue, en le laissant avec nous, soi-disant pour aller expédier une affaire urgente.

Tous trois, nous échangions des banalités…

—Croyez-vous, Monsieur, que la guerre ait tué l'idéal ? demande *ex-abrupto* Mlle Mellin à notre visiteur.

M. Minh croit plutôt le contraire. Non, bien loin d'être mort, l'idéal est, plus vivant que jamais, exalté par la guerre. Il n'en veut pour exemple que la France. La démocratie française était grisée de liberté, comme l'avait été la démocratie athénienne, comme le sont et le seront toutes les démocraties conscientes de leur force. Versailles s'était fondu dans la nation : beaucoup de gens s'appropriaient le mot de Louis XIV : « L'État, c'est moi. ». Et se croyant rois, ils rejetaient comme un joug dégradant toute règle qui contrariait leur désir de paraître et de jouir, hypnotisés par le luxe tapageur des financiers. Les étrangers s'y méprenaient et tenaient les Français pour un peuple frivole et décadent. Les premiers, les Allemands tombaient dans cette erreur, aggravée chez eux par la haine et l'envie. Tout le secret de leur jactance est là. Vint la guerre : un souffle de tempête passe et balaye cette atmosphère viciée. Instantanément, les partis se réconcilient dans l'amour de la patrie menacée ; tous les citoyens se serrent autour du Drapeau, coude à coude, face à l'ennemi, l'intellectuel raffiné et sceptique frayant cordialement avec le paysan fruste et naïf, l'affilié de la *C. G. T.* fraternisant avec le patron d'usine. Ceux qui naguère scandaient avec *l'Internationale* les revendications du Prolétariat contre le Capital, se mettent à entonner la *Marseillaise* avec la ferveur d'un cantique ; des profondeurs de leur être, l'hymne patriotique est remonté tout d'un coup à leurs lèvres, comme le *Pater* récité chaque soir dans l'enfance.

« Le jour de gloire est, en effet, arrivé… Le feu couvait sous la cendre ; les plus nobles vertus de la race refleurissent, dont la tradition semblait perdue ; des actes d'héroïsme plus beaux que les plus beaux traits que l'histoire nous ait conservés s'accomplissent chaque jour. Les femmes mêmes ne le cèdent en rien pour le stoïcisme aux Spartiates ; les mères qui ont perdu leurs fils, les épouses dont les maris ont été tués, les fiancées qui ne reverront plus l'homme aimé, toutes contiennent leur douleur, parce qu'elles sentent que leurs souffrances ne sont rien à côté de l'immense douleur de la Patrie meurtrie et saignante. Cachant leurs larmes, ces inconsolables se forcent à sourire pour consoler les autres et maintenir haut le moral du pays.

« Pendant que les poilus combattent, des hommes généreux cherchent à fonder sur les ruines fumantes une société mieux organisée, où le droit régnera à la place de la force, où les litiges entre nations seront réglés pacifiquement, seront le droit et la justice. Tout cela, c'est la revanche de l'idéal sur l'épais matérialisme. Le *moi* s'est dissous dans un large courant d'abnégation et de dévouement. On s'oublie pour penser à ceux qui souffrent et qui meurent. Et d'assister à ce revirement, on estime mieux les autres et soi-même, car on se sent meilleur. »

C'est là pour moi un aspect inédit de l'idéal. Faire du bien à son prochain, rien de mieux. Mais pourquoi se faire du mal à soi-même ? Pourquoi sacrifier nos joies à celles des autres ? C'est un apostolat de prêtre, trop austère pour les exemplaires d'humanité moyenne que nous sommes. Je proteste au nom du bon sens et de la nature. Ainsi, la nouvelle morale commande de renoncer à soi ? Cependant le besoin d'être heureux est aussi inné en nous que celui de respirer. Pourquoi donc le Créateur de toutes choses a-t-il mis en nous cette aspiration, si elle ne peut être satisfaite, et au nom de quel principe supérieur la condamne-t-on ?

Mon interlocuteur la réprouve avec la morale, car ce n'est autre chose que de l'égoïsme. Les jeunes filles romanesques se bercent volontiers de cette dangereuse illusion que la vie est un roman à la Berquin, écrit avec de l'eau de rose. Egarées par une sentimentalité puérile, elles s'abstraient du monde extérieur et se replient sur elles-mêmes comme des sensitives. Se prenant pour le centre du monde, elles veulent que tout soit selon leur désir pour que leur existence s'écoule doucement et sans secousse. Les malheureuses ! Elles se préparent de cruelles déceptions, car en face d'obstacles auxquels elles ne s'attendaient pas dans leur optimisme béat, elles se trouvent sans force et sans énergie. Le moins qui puisse leur arriver, c'est qu'elles n'atteignent jamais le bonheur qu'elles poursuivent comme le but de leur vie.

M. Minh illustre sa pensée d'un petit fait de la vie courante pour nous la rendre plus sensible :

—Avez-vous jamais remarqué, Mesdemoiselles, lorsque vous venez à avoir besoin de quelque menu objet dont vous ne vous servez pas souvent, que vous n'arrivez à mettre la main dessus qu'après avoir fureté dans tous les coins ? Il n'est pas rare que vos recherches demeurent vaines. On dirait que l'objet se fait un malin plaisir de se dérober à vos regards et qu'il nargue dans sa retraite insoupçonnée votre nervosité croissante. Eh bien ! Il en est ainsi du bonheur : il va à ceux qui ne le cherchent pas, mais non à ceux qui l'appellent de leurs vœux égoïstes, sans bouger de leur place. C'est très bien de croire aux vertus de son prochain ; mais il est infiniment mieux de posséder soi-même ces vertus et de les pratiquer. La morale ne vaut que par l'application, comme la vie ne vaut que par l'action.

Mlle Mellin, contente de voir mon contradicteur se rapprocher de sa thèse, s'empresse d'abonder dans son sens. Comme il a raison ! Les femmes énergiques, saines et vigoureuses sont seules raisonnables.

Mais le rigide censeur secoue la tête. Non, elles sont aussi peu dans le vrai que les femmes trop sentimentales. Péchant par l'excès contraire, elles semblent être aux antipodes de celles-ci, mais elles sont affligées du même défaut, l'égoïsme, qui prend bien des détours pour arriver à ses fins. L'énergie ne sied point aux femmes ; elle dilate leur *moi* et les porte à s'hypnotiser sur leurs droits et à perdre de vue leurs devoirs. Celles qui contrefont intellectuellement l'homme se dépouillent délibérément de cette réserve qui est le charme supérieur de leur sexe. Elles ne sont plus au moral, et souvent au physique, car l'un influe sur l'autre, que des viragos aussi ridicules et insupportables que les vieilles filles qui s'engouent d'un chat ou d'un perroquet. Le comble de l'excentricité a été atteint en ces dernières années par les suffragettes anglaises qui cassaient des vitres et se livraient aux pires désordres comme des ouvriers en grève. Ou bien, alors, du moment qu'elles revendiquent les mêmes droits que les hommes, qu'elles supportent aussi les fatigues et les dangers de leur tâche virile comme, par exemple, ces étudiantes Russes qu'il a connues à Paris, où elles suivaient les cours de la Faculté de Médecine. Rentrées dans leur pays, quelques-unes ont versé dans le nihilisme, d'autres sont devenues des saintes, des martyres. En les entendant développer leur plan de rénovation sociale et de bonheur des peuples, avec cet idéalisme un peu chimérique des races du Nord, on ne pouvait s'empêcher de concevoir pour elles du respect et de l'admiration ; on les sentait égales aux hommes les plus nobles ; elles leur étaient même supérieures, car elles ne gardaient pas l'arrière-pensée de jouer le rôle de conducteur de foules, qui hante l'esprit des réformateurs les plus désintéressés. On leur pardonnait d'avoir abdiqué les grâces de leur sexe pour devenir des savantes, car elles employaient leur science à panser les plaies morales et physiques des déshérités…

Pardonner ! Ce mot sonne désagréablement à mes oreilles. C'est donc un crime pour la femme de s'instruire pour égaler l'homme en intelligence et en savoir. Mais la lumière de la science luit pour tous. De quel droit frapper les femmes d'un ostracisme arbitraire ? J'insinue que, les héroïnes exceptées, celles qui cultivent leur esprit pour élargir et élever leur faculté de comprendre et de sentir sont sans excuses aux yeux de M. Minh. Partagerait-il par hasard l'opinion du bonhomme Chrysale ?

M. Minh se défend d'être si arriéré. C'est de nos jours une hérésie de prétendre que les femmes en savent assez.

Quand la capacité de leur esprit se hausse
À connaître un pourpoint d'avec un haut-de-chausse.

Il est à remarquer d'ailleurs que Chrysale exagère, parce qu'il est furieux de voir sa maison infestée du bel esprit et son rôti brûlé. Mais ceux qui envisagent de sang-froid la question sont également éloignés des deux extrêmes. Pour lui, M. Minh, la femme ne doit être ni une souillon ni un bas-bleu ; elle est l'épouse et la mère. Il est bon qu'elle puisse entrer dans les goûts de son mari et lui donner à l'occasion un avis judicieux. Il faut aussi qu'elle veille à l'éducation des êtres qu'elle a mis au monde. Une mère digne de ce nom doit être en état de donner à ses enfants les premières notions sur le bien et le mal, de leur apprendre à lire sur ses genoux et de guider sur le papier leur main malhabile, crispée sur le porte-plume fuyant. Il est donc utile, nécessaire même, que la femme ait des connaissances variées pour remplir ce rôle complexe, des « clartés de tout » pour en illuminer doucement son âme et son foyer, car il n'est pas mauvais qu'elle charme ses loisirs d'un plaisir intellectuel : musique, littérature ou causerie. Mais qu'elle ne cesse pas pour cela d'être une ménagère. Il n'est d'occupation mesquine que pour les esprits frivoles et bornés ; la conscience du devoir allègrement accompli ennoblit les travaux les plus humbles.

Il y a quelque cinquante ans, dans une distribution de prix aux pensionnaires d'un couvent de France, on ne fut pas peu surpris d'entendre la sœur qui lisait le palmarès proclamer : Prix de raccommodage : Mademoiselle X ! L'auditoire, un peu interloqué, sourit ; l'appelée, décontenancée, s'avança d'un pas hésitant vers l'estrade, regrettant sans doute d'avoir remporté un succès ridicule. Mais, tout à coup, de vifs applaudissements éclatèrent : une minute de réflexion avait suffi pour faire saisir aux assistants les avantages de cette innovation. Et l'évêque qui présidait la cérémonie d'improviser l'éloge de l'art de la reprise, puis, élargissant le sujet, il parla des devoirs de la bonne ménagère avec tant d'esprit et d'onction que la fin de son discours fut saluée par une chaleureuse ovation. La lauréate était rouge comme une crête de coq, toute confuse des paroles du prélat qui exaltaient son triomphe.

En résumé, la femme idéale, c'est la femme cultivée, sensée, sérieuse, sans affectation ni raideur, qui ne cherche pas à briller, mais qui plaît simplement, naturellement.

Depuis Molière, Henriette a laissé en France une nombreuse descendance ; ses arrière-petites-filles y sont aujourd'hui légion. Les Françaises savent, en effet, unir l'utile à l'agréable, sans rien perdre de leur légèreté d'esprit et d'allure. Parmi elles, les Parisiennes se distinguent par cette grâce attique, cette eurythmie qu'on remarque dans leurs paroles comme dans leurs gestes. Avant la guerre, elles allaient s'instruire gentiment dans des conférences où des hommes célèbres ou notoires parlaient sur le ton familier d'une causerie de salon comme au *five-o'clock*, de cinq à sept, de tout ce qui élève et orne l'esprit : art, littérature, sciences, morale ; elles apprenaient, dans des cours pratiques, à chiffonner un chapeau, à couper une robe, à faire de ces mille riens charmants qui donnent un cachet personnel à leur *home*. Lorsque la guerre éclata, elles s'enrôlèrent dans la Croix-Rouge, tandis que leurs maris, leurs frères ou leurs fiancés allaient se battre. Tout de suite, elles se trouvèrent à la hauteur de leurs nouveaux devoirs. Transformées du jour au lendemain en infirmières, elles acceptèrent vaillamment leur part de labeur patriotique. On eût dit que la croix cousue sur la blouse blanche les avait pénétrées de l'esprit de la charité chrétienne. Habituées à commander, elles se plièrent à la discipline et à l'obéissance ; sensibles et impressionnables, elles domptèrent leurs nerfs pour ne songer qu'à soulager les horreurs causées par la furie des hommes déchaînés les uns contre les autres. Quelle tâche ingrate et dure que la leur ! Il faut voir ces sœurs laïques s'empresser auprès des blessés mutilés et geignant, pour les débarrasser de leurs vêtements en lambeaux, souillés de boue séchée, de sang et de pus nauséabond et peuplés de vermine, renouveler leurs pansements, les changer avec d'infinies précautions, leurs doigts si fins se faisant doux et légers pour ne pas tirer sur les chairs meurtries, déchirées. Attentives et vigilantes, elles rôdent comme des ombres silencieuses dans les salles, prêtes à accourir au premier appel, administrant les potions aux heures prescrites, essuyant les fronts moites de fièvre, donnant à boire à celui-ci, écrivant une lettre pour celui-là, ne reculant devant aucune besogne, si rebutante soit-elle, réconfortant les malheureux et mettant un rayon de soleil dans le domaine de la souffrance.

—Pour mon compte, achève M. Minh, je me souviendrai toujours avec émotion de la jeune fille qui m'a soigné avec autant de dévouement et de bonté qu'une sœur qui m'aurait tendrement aimé.

À la bonne heure ! Voilà le bout de l'oreille qui perce. D'un ton moqueur, je demande à l'enthousiaste panégyriste s'il n'est pas un peu amoureux de ces femmes et de ces jeunes filles.

—Franchement, qu'est-ce que vous aimez le mieux chez elles ? Leur beauté ou leur bonté ? Je crois que de toutes les qualités que vous célébrez en elles avec tant de chaleur, leur grâce n'est pas la moindre à vos yeux.

—Voulez-vous me permettre, Mademoiselle, de répondre indirectement à votre question en me servant d'un conte ? J'ai lu ce conte il y a une dizaine d'années, alors que j'étais un jeune écolier ; je l'ai retenu, frappé par son air d'apologue.

« Donc, il était une fois, dans l'antique Empire du Milieu, un empereur qui n'avait qu'une fille laide à faire peur : un front bombé, des pommettes saillantes, un nez camus, un teint de terre brûlée composaient à la princesse une figure fort peu avenante. L'empereur, froissé dans son orgueil de père, fit publier par tout son vaste empire qu'il récompenserait généreusement l'homme assez habile pour réparer l'œuvre de la nature.

« Un premier candidat se présenta : il vanta sa science consommée de la parure féminine et se fit fort de rendre attrayant le visage de la princesse, avec des ornements adroitement ajustés. À sa demande, des pêcheurs plongèrent dans les profondeurs sous-marines et en rapportèrent des perles du plus bel orient. Il choisit les plus superbes et en orna un diadème d'or, où, montées sur des tiges flexibles, elles tremblotaient au moindre mouvement comme des fruits miraculeux, faits de rosée et de lumière condensées. D'autres furent enfilées par rang de grosseur pour former un magnifique collier d'un éclat velouté. D'autre encore furent écrasées pour composer un fard qui donnait à la peau une transparence nacrée. Le professeur fit confectionner par les ouvrières les plus habiles de l'empire une dalmatique tissée d'argent, lamée d'or et brodée de dragons se jouant parmi des nuages en volute. Il enseigna ensuite à la princesse le secret des nobles attitudes et des beaux gestes et lui apprit à étaler ses habits avec la grâce d'un papillon déployant ses ailes diaprées. Lorsque ses leçons furent suffisamment comprises, il donna une répétition devant l'empereur, qui se déclara satisfait et convoqua dans son palais les fils de ses vassaux en âge de se marier, pour juger de l'effet que produirait sur eux la métamorphose de sa fille. Parée de ses atours, la figure maquillée, la pauvre petite parut. Hélas ! La laideur de la poupée prétentieusement fagotée triomphait de tous les artifices ; sa démarche étudiée la rendait plus grotesque encore. Les assistants gardèrent une froideur glaciale. L'empereur surprit même un éclair moqueur dans les yeux expressifs du prince héritier du Japon. Il en ressentit une vive humiliation et entra dans une colère terrible. Le professeur fut honteusement chassé. Un autre lui succéda.

—Il n'y a rien de tel, dit celui-ci, pour rendre une femme irrésistible que la poésie aidée de la musique. À entendre de beaux vers, on oublie le visage le plus ingrat pour ne regarder que la bouche d'où sortent les images fleuries et les sons mollement balancés par le rythme. C'est un enchantement magique lorsque le vol des strophes ailées est soutenu par une mélodie enivrante qui éveille dans notre cœur de lointaines résonances.

« Son programme ayant été agréé, il se mit à initier son élève aux mystères de la langue des dieux et aux lois de l'harmonie. La princesse devint bientôt une poétesse accomplie et une musicienne habile. L'empereur convoqua de nouveau son jeune auditoire. Escortée d'une suivante portant sa harpe, la princesse entra dans la salle des fêtes et commença à déclamer un poème qu'elle venait de composer, en s'accompagnant sur son instrument. O sacrilège ! À peine avait-elle élevé la voix que le prince Japonais partit d'un grand éclat de rire. Outré de ce manque de respect qui frisait le crime de lèse-majesté, l'empereur donna à l'insolent une gifle formidable. Le roi du Japon leva aussitôt des armées pour venger l'outrage qui lui avait été fait en la personne de son héritier. L'empire céleste fut envahi. Au premier choc, les Impériaux se débandèrent, soucieux de conserver, qui un fils à ses vieux parents, qui un père à ses enfants en bas âge, qui un époux bien-aimé à sa femme, qui un fidèle sujet à l'empereur. Des maladroits se laissèrent cependant atteindre dans la fuite générale : les uns furent tués, les autres blessés.

« Cependant, guidée par un troisième précepteur, un professeur de bonté, la princesse, affolée des horreurs causées par sa sotte vanité, allait dans les ambulances improvisées porter aux mourants et aux blessés le réconfort de ses paroles et de ses secours. Ce fut là qu'elle fut rencontrée par le prince du Japon, qui arrivait à la capitale dans une marche foudroyante. En la retrouvant dans ce rôle inattendu de consolatrice des souffrants, il demeura saisi d'étonnement, et ce chef d'armée que ni les troupes impériales n'avaient pu arrêter ni le malheur d'un peuple attendrir, se laissa désarmer par la bonté d'une jeune fille. Le laideron, dont il s'était moqué naguère, lui apparut transfiguré, embelli par une flamme intérieure. Il s'en éprit, et fut très heureux d'obtenir sa main. »

—Donc, Monsieur vous condamnez sans rémission les rêveries des jeunes filles ? ai-je conclu en affectant un ton détaché où perçait pourtant mon dépit.

Et, railleuse, j'ai ajouté :

—Une tête à *x* ne saurait évidemment aimer la poésie.

—Si, je l'aime dans la bonté, car la bonté agissante est une forme supérieure de la poésie : c'est le rêve devenu réalité. Bien plus, la bonté est mon idole ; je l'adore comme une émanation de l'essence divine, qui prouve à moi-même l'existence d'une âme sensible à des jouissances plus nobles que les appétits sensuels.

—Enfin, vous êtes libre de tenir à votre opinion. Trouvez bon que je garde la mienne.

Un frémissement de colère m'avait mise debout. L'officier, qui s'était levé également, me regardait, les paupières à demi-baissées, les lèvres ironiques. Il a pris congé de nous et s'en est allé sans se retourner.

Au déjeuner, papa m'a demandé en faisant la grosse voix :

—Qu'est-ce que tu lui as donc fait, à ce jeune homme, pour qu'il nous quitte si brusquement ? En descendant, il m'a fait ses adieux en me disant qu'il allait reprendre son poste de combat en France. Une heure auparavant, il ne m'en avait pas soufflé mot. Qu'est-ce que cela signifie ? Je suppose qu'il s'est passé quelque chose entre vous deux ?

—Comment ! Tu l'as laissé seul avec cette petite ? s'est écriée maman, en jetant un regard sévère à papa.

—Mlle Mellin était là aussi.

—Cela n'empêche qu'il n'est pas convenable de laisser des jeunes filles, qu'elles soient seules ou plusieurs, causer avec un étranger.

Comme papa répétait sa question, je lui ai répondu :

—Nous avons simplement parlé de choses et d'autres, et il s'est trouvé, à un moment donné, que j'ai vu blanc et lui noir à propos d'une question assez importante.

—Tu auras encore dit des sottises, a objecté maman. Ton père t'a gâtée avec son idée de te donner une éducation soi-disant moderne. Voilà encore un projet de mariage de raté, et cela par ta faute.

—Je ne le regrette nullement, maman. J'entends faire mon choix librement et en connaissance de cause. Je suis, je crois, assez riche pour ne donner ma main qu'à l'homme qui me convient ou vivre dans l'indépendance si je ne le rencontre pas.

Là-dessus, laissant mes bons parents se reprocher mutuellement d'avoir fait de moi une petite fille insupportable, ce dont ni l'un ni l'autre ne sont innocents, je suis montée dans mon cabinet faire mon petit Ajax.

Que ce petit monsieur impertinent s'en aille où bon lui semble. Il n'emporte pas de moi l'ombre d'un regret. Bon voyage ! Occupons-nous d'une affaire autrement importante. Les fêtes du 14 Juillet revêtiront cette année à Cần Thơ un éclat inusité. Le programme en comporte, outre les attractions ordinaires : régates, retraite aux flambeaux, promenade du dragon, etc., un défilé de chars et de voitures fleuris, une kermesse et une soirée de gala dont le produit sera versé aux œuvres de guerre.

La fête promet d'être fort réussie. J'ai été conviée à y prêter mon concours avec de nombreuses dames et jeunes filles européennes de la province et de Long Xuyên, Sa Đéc, Sóc Trăng, Trà Vinh, Rạch Giá. Voilà qui achèvera de me poser en jeune annamite moderne. L'événement aura lieu dans trois jours. Je m'y prépare avec une douce émotion, comme une petite pensionnaire française fraîchement émoulue du couvent, à son entrée dans le « monde ». Je n'ai pas, par exemple, à me représenter ce que sera mon premier cavalier, puisqu'il n'y aura pas de bal. Je ne sais pas d'ailleurs danser et n'ai jamais eu le désir ni même la curiosité de l'apprendre. Quoique je sois affranchie de bien des préjugés, l'instinct atavique remonte des profondeurs de mon être à la vue des couples enlacés et s'insurge contre ces rapprochements de personnes qui ne sont pas maris et femmes et qui éprouvent un singulier plaisir à sauter en cadence, amusement que je ne puis me défendre de trouver quelque peu puéril. À cet égard, je reste toujours une petite sauvage, au point que je ne puis prendre sur moi de tendre la main à un homme ; le contact de mes doigts avec les doigts d'un étranger m'inspirerait un sentiment de confusion, car il me semble que je lui livrerais quelque chose de moi-même dans ce geste familier.

Je ne désire pas moins, pour cela, comme toute fille d'Eve, plaire et être remarquée. Je mets sens dessus dessous mon armoire, et, devant ma psyché, j'essaye une à une mes nombreuses robes aux nuances chatoyantes, gagnant le torticolis à me regarder de face, de profil et de biais, sans arriver à me décider. Je voudrais les porter toutes, successivement, comme Frégoli, l'homme aux mille costumes. Il ne faut pas que je fasse trop pâle figure aux côtés de Mlle Mellin, qui doit prendre part avec moi au défilé des chars dans notre auto flanquée de deux dragons de fleurs et de feuillage se disputant une grosse boule d'or. Quel piquant contraste ! Un animal fantastique, enfanté par l'imagination asiatique, chevauchant une des plus merveilleuses créations de la science occidentale ! Et quel succès en perspective !...

15 juillet.

Triomphe sur toute la ligne ! On a répandu beaucoup de fleurs ; chacun et chacune en ont eu leur part. Naturellement, on a cassé un peu de sucre par-ci par-là, histoire de débiner gentiment les bonnes amies, sans y entendre malice.

D'abord le défilé des chars. En tête, une petite voiture, conduite par une mignonne Alsacienne dont la coiffe aux ailes noires semblait symboliser le deuil de la Patrie mutilée, puis, marchant lentement à la file, des autos parmi lesquelles la nôtre a été beaucoup remarquée pour son cachet original, des calèches, des tilburys aux formes rustiques ingénieusement dissimulées sous les fleurs et le feuillage, des avions, des tanks, les chars des congrégations chinoises où étaient juchés dans des poses hiératiques des empereurs, des impératrices, des guerriers lilliputiens figurés par des garçonnets ou des fillettes vêtus de riches costumes, qui gardaient leur expression enfantine malgré leur visage farouchement peinturluré de vermillon et d'encre de Chine. La gaieté gauloise, qui ne perd jamais ses droits, se manifestait par des créations spirituellement humoristiques. On n'avait eu garde d'oublier la note patriotique : sur un char admirablement décoré, un coq, emblème de la France présente à l'esprit de tous durant cette fête, se dressait fièrement sur un aigle terrassé, l'oiseau de proie, l'Allemagne abhorrée, prêt à lancer son cocorico triomphal.

Après, ce fut la kermesse. Le long du quai, des kiosques où les vendeuses—je ne les qualifierai pas, car j'en étais—eurent fort à faire pour servir leurs nombreux clients d'occasion. Une foule dense se pressait à l'entrée des kiosques, chacun tenant à apporter son obole aux petits soldats. Les complets blancs des Européens, les toilettes claires des dames, les robes bariolées des femmes annamites et les habits noirs des indigènes se confondaient dans une cohue bigarrée, au milieu d'un joyeux brouhaha de voix et d'exclamations sur tous les tons et dans les langues les plus variées. Il y avait le kiosque des fleurs, où je me trouvais avec quelques dames et jeunes filles Européennes, le petit Enghien, la Pêche Miraculeuse, la roue de la Fortune, un manège, un tir où des têtes de Boche, de Turc et de Bulgare offraient des cibles faciles à l'inexpérience de tireurs novices, et enfin un bar où régnait Mlle Mellin.

Au début, j'éprouvais une grande timidité à m'empresser au-devant d'inconnus. Mais je m'en remis vite ; la pensée de faire une bonne œuvre me donnait du courage. Les visiteurs arrivaient par groupes comme les flots rythmés du flux, séparés l'un de l'autre par de petits intervalles. Je reprenais haleine pendant un de ces courts moments de répit lorsqu'un jeune homme m'aborda et se nomma : M. Raynal, commis des Services civils, le secrétaire de la province. Puis il se mit à me faire des compliments :

— Bonne journée. Mademoiselle ? Vous avez remporté avec votre auto un joli succès, qui continue à ce que je vois.

— Succès de curiosité, sans doute, Monsieur, répondis-je, modeste. J'étais l'unique jeune fille indigène à prendre part à cette exhibition.

M. Raynal se récria :

— Pardon, Mademoiselle. C'est un succès personnel et très mérité.

— Mais mon amie, Mlle Mellin, est autrement belle que moi, fis-je avec conviction. J'ai dû paraître bien insignifiante auprès d'elle.

— Je ne conteste pas la beauté de votre amie ; Mlle Mellin est un Rubens, vous êtes, vous Mademoiselle, un Greuze, ou mieux, si vous me permettez une comparaison empruntée aux fleurs — puisque nous sommes, en ce moment, dans leur odorant domaine — vous êtes la violette, la douce et modeste violette qui exhale un parfum si pénétrant ; votre compagne est la rose éclatante et capiteuse. Et c'est la violette que je préfère.

Cette allusion, par trop transparente, m'effaroucha quelque peu, quoique, au fond, j'en fusse très flattée.

— Merci de votre ingénieuse comparaison, dis-je pour détourner la conversation. Tenez, voilà justement Mademoiselle Mellin qui regarde de notre côté. Allez, Monsieur, allez vous faire verser de sa blanche main une tasse de thé.

— Est-ce un ordre, Mademoiselle ? demanda galamment M. Raynal.

—Un ordre ? Oh, non ! De quel droit vous en donnerais-je, Monsieur ? Une prière, si vous voulez, car je ne veux pas avoir l'air de vous accaparer.

—Soit, Mademoiselle. Je m'exécute, trop heureux de vous obéir.

Un ordre ! Obéir ! Il tenait donc beaucoup à me faire plaisir ? Quelle galanterie et quelle délicatesse dans l'éloge ! La confusion du premier moment passée, je puis m'avouer à part moi que son madrigal m'a beaucoup plu.

—Voici de quoi fleurir votre boutonnière, dis-je à M. Raynal en lui tendant une petite rose.

M. Raynal échangea la fleur contre un billet de vingt piastres. Comme je le remerciais, il protesta :

—C'est à moi de vous remercier, Mademoiselle. Cette rose m'est doublement précieuse ; elle me rappellera une fête charmante et une heureuse rencontre.

Ce disant, il arborait la petite fleur à sa boutonnière, après en avoir effleuré sa moustache comme pour en respirer le parfum. Puis il s'éloigna pour se diriger vers Mlle Mellin.

Plein d'aisance dans un complet de demi-saison : veston d'alpaga gris clair, pantalon et bottines de toile blanche, coiffé d'un panama qu'il portait avec une désinvolture élégante, à la mousquetaire, M. Raynal avait le ton et l'allure d'un homme vraiment distingué. Il me faisait penser à une photographie de M. Edmond Rostand, prise à Cambo, dans le jardin de l'auteur de *Cyrano de Bergerac*.

Nos corbeilles furent rapidement vidées. Mme Nadal, la femme de l'Administrateur et l'organisatrice de la fête, nous adressa de chaudes félicitations, en attribuant aimablement notre succès à notre grâce et à notre entrain. Ah ! quel plaisir de faire du bien en se divertissant !

Le « clou » de la fête fut la soirée donnée par des artistes amateurs dans l'établissement du cinéma pavoisé, pour la circonstance, aux couleurs des Alliés et décoré de plantes vertes. Toutes les places avaient été enlevées et avaient dû rapporter une jolie recette pour les braves poilus. La salle comble contenait une partie sélectionnée de la foule du matin, avec ses oppositions de couleurs, atténuées cependant par la lumière électrique, qui faisait rutiler l'or et les parures des femmes. Mes parents et moi, nous occupions une loge avec la famille du *Đốc phủ.*

L'entrée du Chef de la province et de Mme Nadal fut saluée par la *Marseillaise* jouée par une fanfare indigène et que tout le monde écouta debout, remué par les accents mâles et enthousiastes de l'hymne immortel, qui semblait être le cri de ralliement de tous les peuples montant à l'assaut de la barbarie érigée en système.

Mlle Mellin, adorablement jolie dans son costume provençal, obtint, dans le rôle de Mireille, un double succès de beauté et d'art. Elle possède une voix de contralto qu'elle manie avec une habileté consommée. Entourée d'un essaim de gracieuses jeunes filles, elle enleva avec un brio entrainant le chœur de la Cueillette, ce qui valut à elle et à ses partenaires des applaudissements nourris et des *bis* flatteurs.

M. Raynal succéda à Mlle Mellin sur le « plateau », et chanta d'une voix pénétrante et nuancée les « *Pensées d'automne* » de Messenet, accompagné au piano par ma belle amie. Me trompai-je ? Je crus remarquer qu'il me regardait de la scène avec un air qui semblait me dire : « C'est pour vous, pour vous seule que je chante ; c'est à vous que s'adressent ces paroles harmonieuses qui traduisent ma propre pensée. » Non, j'ai dû m'abuser. Il n'est pas possible qu'il s'intéressât tant à moi, qu'il ne connaissait que depuis quelques heures. Pure illusion ! Mon Dieu, voilà que je recommence à bâtir des châteaux en Espagne !...

On joua ensuite la comédie bien connue *Le Commissaire est bon enfant*, dans laquelle l'auteur, M Georges Courteline, exerce sa verve caustique sur M. Lebureau personnifié par un commissaire formaliste et tatillon. Les interprètes eurent le bon goût d'éviter l'écueil des rôles comiques en s'abstenant de présenter des charges ; ils surent rester dans le naturel et la vraisemblance, pour la plus grande joie des spectateurs, qui les récompensèrent de leur peine par une chaleureuse ovation. Jamais, de reste, auditoire ne fut mieux disposé. On se disait que là, personne n'avait acheté en entrant le droit de siffler ou même de se montrer difficile. Les uns payaient de leur bourse, les autres de leur personne, et tous au profit des victimes de la guerre.

Le rideau baissé, la foule des spectateurs s'écoula comme un torrent. M. Raynal se trouva—par hasard ou à dessein, je ne sais—sur notre passage. Papa et moi, nous le complimentâmes sur le rôle brillant qu'il venait de jouer dans la soirée, à quoi il répondit en disant à papa :

—Je ne savais pas, Monsieur Vinh, que vous aviez une si charmante fille.

Je rentrai, les oreilles bourdonnantes du bruit de la musique, des chants et des paroles si galantes de M. Raynal.

Eh quoi ! Cette fête n'a duré qu'un jour ! J'en garde une impression de regret comme un souvenir nostalgique. Elle a passé comme un beau songe. Et dire qu'il a fallu, pour l'organiser, toute une semaine de préparatifs et une somme de travail considérable.

Me voici retombée dans la monotonie des jours qui coulent, toujours semblables les uns aux autres. Que la vie me paraît vide et fade après ce joyeux tumulte, ces émotions suscitées par la musique et le chant ! Comme je comprends l'impatience fébrile avec laquelle les châtelaines du Moyen Âge, cloîtrées dans de sombres forteresses, attendaient la venue des ménestrels aux chants naïfs et tendres.

17 juillet.

Mlle Mellin est venue aujourd'hui. J'avais fait ample provision de phrases et d'épithètes laudatives pour lui donner dignement la réplique. Son humeur taciturne m'a absolument déconcertée. Je lui ai néanmoins réitéré mes félicitations pour son succès à la soirée du 14 juillet. Elle m'a écoutée d'un air indifférent et las, la tête penchée de côté, puis, me fixant avec une expression bizarre :

—Vous parlez de succès, m'a-t-elle dit sèchement. Mais c'est vous qui en avez eu, du succès ! Vous ne m'en avez rien dit, petite Sainte Nitouche. Il a fallu que M. Raynal me l'apprenne. Il ne cesse de me questionner sur votre compte parce qu'il sait que je suis votre amie. Savez-vous qu'il s'intéresse beaucoup à vous ?... Au fait, vous devez le savoir mieux que moi. Je suis bien naïve de croire à votre ignorance.

J'ai protesté de mon entière bonne foi. Certes, j'ignorais que j'eusse produit sur M. Raynal une si bonne impression. J'avais pris simplement ses mots aimables pour ce qu'ils étaient : les compliments courtois d'un homme bien élevé.

—C'est vrai ? s'est écriée vivement Mlle Mellin en se rapprochant de moi.

—Mais oui ; c'est tout... du moins pour le moment.

À cette réticence, Mlle Mellin s'est écartée et s'est reprise à me contempler comme si elle voulait scruter ma pensée. Passablement agacée de ces façons énigmatiques, j'ai passé à l'offensive en ripostant avec une pointe de malice :

—Ah mais ! Dites donc, vos questions me font croire, à mon tour, que ce monsieur ne vous est pas indifférent.

—Quelle folie ! Il ne m'est rien. Seulement, l'intérêt subit qu'il témoigne à votre endroit m'a étonnée. La fantaisie m'a prise d'en chercher la cause. Voilà tout. J'ai été peut-être un peu indiscrète ; mais c'est la curiosité seule qui m'a poussée. Ne mettez donc pas votre esprit en campagne. Vous en seriez pour vos frais d'imagination.

Et Mlle Mellin a commencé sa leçon, en prenant un ton légèrement doctoral pour mettre entre nous deux toute la distance qui sépare l'élève du professeur.

12 août.

Depuis quelque temps, M. Raynal se promène à cheval, le soir, de ce côté-ci et s'arrête souvent chez nous. En passant devant notre maison, il descend de sa monture, qu'il attache à la grille, puis entre dans le salon pour causer avec papa en prenant une tasse de thé, et parfois une verre de Pernod, qui a le piquant du fruit défendu depuis que la vente des absinthes est interdite. Lorsque je suis là, ce qui arrive très souvent, il quitte l'austère domaine administratif pour aborder des sujets moins arides.

De figure agréable, excellent cavalier, instruit sans pédanterie, M. Raynal est un véritable homme du monde; il réalise le type de l'honnête homme du XVIIIe siècle. Il ne lui manque même pas cette moustache soyeuse et retroussée, dont papa ornait son bourreau des cœurs en se moquant agréablement de moi l'autre jour. Il n'est pas jusqu'à son prénom qui ne me plaise. Lucien! Ça vous a un air léger, pimpant, spirituel, qui répond bien à l'impression que produit celui qui le porte. Lucien Raynal. Quel joli nom! Je suis un peu comme Balzac, qui cherchait des noms expressifs pour ses personnages. Le hasard m'a servie à souhait. Pour moi, le lys m'a donné son nom: je m'appelle en effet, Nguyễn thị Huệ. M. Raynal trouve que le vocable de la fleur gracile, à la blancheur de neige, à la forme simple et élégante, qui avait autrefois l'honneur de figurer dans les armoiries des rois de France, sied bien à ma petite personne. En ce qui me concerne, je n'aime pas beaucoup ce *thị* banal et incolore qui s'intercale en parasite dans tous les noms de femmes.

Brillant causeur, M. Raynal possède encore l'art, plus difficile, d'écouter; il prête à tout ce qu'on lui dit une attention souriante, comme si la conversation le captivait, interrompant de temps en temps son interlocuteur pour placer à propos quelques mots bien choisis. Il partage les idées de papa, qui jette feu et flamme au sujet du mode de recrutement des chefs de canton et déplore de voir à l'heure actuelle cette charge importante, grosse de responsabilités, détenue par des jeunes gens qui n'ont, pour toute preuve de leurs aptitudes, passé avec succès qu'un examen peu concluant. Avec moi, il parle art, littérature et musique, en amateur averti, m'approuvant le plus souvent, redressant de temps en temps, mais avec quel tact! mes jugements inexacts ou incomplets. Quel homme charmant! Seule maman, qui assiste quelquefois en tiers à nos entretiens, résiste à la séduction, cuirassée peut-être par son ignorance de la langue française. M. Raynal s'informe de la santé et lui pose quelques questions banales auxquelles elle répond brièvement par mon intermédiaire, et la conversation ne tarde pas à languir. Maman se lève alors en s'excusant, pour aller vaquer à ses petites occupations absorbantes, s'en remettant à papa et à moi du soin de tenir compagnie à notre visiteur. Elle s'obstine à trouver que je suis de trop dans ces occasions et qu'il n'est pas convenable qu'une jeune fille cause à visage découvert avec un étranger. Elle commence invariablement ses sermons par ces mots : « De mon temps... ». Je me sauve, car je connais l'antienne. Pauvre chère maman ! Elle en est encore aux idées de ma grand-mère, qui vivait à une époque où des lois somptuaires, édictées par un gouvernement soupçonneux et tyrannique, proscrivaient tout luxe dans l'habillement et l'habitation du peuple. Une manie de despote dont le doux Fénelon ne fut pas exempt. Mais ce temps-là est loin, heureusement, c'est l'époque des fossiles. Ah ! si maman lisait ces lignes irrévérencieuses !... De nos jours, chacun est libre de se vêtir et de se loger comme bon lui semble ; ses désirs n'ont de limites que celles de ses moyens. Les autres choses ont changé de même. Mais maman reste fidèle au passé. Pas plus tard que tout à l'heure, je l'ai entendue qui disait à papa, dans le petit salon :

« … Evidemment, c'est un homme parfaitement honorable et un fonctionnaire d'avenir. Vous allez me trouver peut-être inconséquente avec moi-même. Mais je ne puis me faire à l'idée de l'avoir pour gendre. Oserai-je l'appeler avec une affectueuse familiarité : *Thằng Hai ?* Et lui, nous respectera-t-il comme les parents de sa femme, ses beaux-parents à lui ? En outre, son mariage aura beau être consacré par la loi, notre fille sera, pour la majorité des gens qui la verront sans la connaître, non pas une *madame* respectable ; mais une *con gái* comme tant d'autres. Il faudrait, pour qu'on la traitât en honnête femme, qu'elle arborât bien en vue son acte de mariage… ».

J'ai voulu en savoir davantage, mais le bruit de mes pas a trahi ma présence ; mes parents se sont tus à mon approche. Qu'est-ce qu'ils complotaient donc ?... Il était sans doute question de moi. Mais quel est le candidat qui n'a pas l'heur de plaire à maman ?... Qui peut-il bien être ? Ah ; j'y suis ! Ce doit être M. Raynal. Mais oui, c'est lui, à n'en pas douter. Et c'est un tel prétendant qui remplit de son propre aveu toutes les conditions désirables, qu'elle parlait d'éconduire pour des raisons futiles ! J'espère que papa lui aura fait entendre raison.

14 août.

Quel bonheur ! Je suis demandée en mariage par l'homme de mes rêves, le prince Charmant, M. Raynal enfin. Un roman s'est ébauché à mon insu, dont le dénouement approche. Ce n'est pas plus difficile que ça ! Pas d'obstacle sérieux. Maman a soulevé quelques objections qui n'ont pas tenu devant les arguments de papa et mon opiniâtre défense, car j'ai eu voix au chapitre.

Après le dîner, l'heure consacrée aux questions graves, mes parents m'ont retenue auprès d'eux. Leur air solennel a tout de suite éveillé mon attention. J'ai coupé court aux préliminaires en les interrogeant de but en blanc :

—Il s'agit de mon mariage, n'est-ce pas, mes chers parents ? Le nom du prétendant ?

—Oui, tu as bien deviné, a répondu papa. M. Raynal nous fait l'honneur de nous demander ta main. Consulte ton cœur et dis-nous s'il te convient. Nous, ta mère et moi, nous avons la lourde responsabilité d'examiner ses mérites sous d'autres rapports. Qu'en penses-tu ?

—Je pense que la recherche de M. Raynal me flatte. Vous avez pu l'apprécier, cher papa. Je serai heureuse si votre opinion confirme la mienne.

À ces mots, papa a levé horizontalement la main en donnant de petites tapes dans l'air comme s'il eût flatté un cheval nerveux pour le calmer.

—Doucement, mademoiselle. Ta mère et moi, nous avons des raisons pour ne pas répondre à la légère. Nous avons charge d'âme ; il est donc de notre devoir de nous entourer de tous les éléments d'appréciation nécessaires avant de nous prononcer. Pour ma part, je n'ai aucune prévention contre M. Raynal, qui me paraît plutôt un garçon de bonne famille. Mais nous ne le connaissons que depuis peu ; nous ne savons rien des siens ni de son passé. Dans ces conditions, je crois qu'il est prudent de prendre des renseignements sur son compte. Nous verrons après s'il convient d'agréer sa candidature ou de la rejeter.

À cela, il n'y avait rien à dire. Je me suis inclinée, en regrettant cependant *in petto* ce contretemps.

—En ce qui me concerne, est intervenue maman, je puis d'ores et déjà dire que ce projet de mariage ne me sourit guère. Que sais-tu de ce Monsieur, sinon qu'il est joli garçon et bien élevé ? Garde-toi de juger sur l'apparence. Tu te figures que tu le connais aussi bien que toi-même parce qu'il nous fréquente depuis quelque temps. Mais ma pauvre enfant ! Songe donc que, lui et toi, vous avez grandi à des milliers de lieues l'un de l'autre, qu'il n'a pas la même religion que toi et que tu ne le comprendras pas nécessairement parce que tu parles sa langue. De plus, tu n'es pas seule en cause ; il y a aussi nous, ton père et moi, il y a encore les ancêtres, dont il faut perpétuer le culte.

Les Européens avec leur liberté d'esprit ne doivent pas avoir les mêmes idées que nous sur le respect dû aux vieillards et aux ascendants. Ce jeune homme nous traitera-t-il avec déférence, moi surtout, qui suis une *bà già* ignorante ?

—Il vous respectera, je m'en porte garante, ma bonne maman. Je connais les plaisanteries classiques que l'on décoche en France aux belles-mères, surtout à celles des autres. Mais M. Raynal vous aimera comme un fils, ne serait-ce que pour ne pas me faire de la peine, puisqu'il sait que vous m'êtes chère.

—Il t'aime ! Il te l'a dit ? Cela ne t'a pas choquée ? De mon temps, les jeunes filles ne s'en laissaient pas conter. Je ne te cache pas que je serais contente de te voir épouser un garçon de chez nous, sans fortune, mais intelligent et honnête, qui viendrait habiter sous notre toit pour nous aider à diriger nos gens et prendre soin de nos affaires.

Je ne regarde pas à la pauvreté, puisque tu es assez riche pour deux. Ah ! Ah ! Elle est bien bonne « celle-là » ! Et maman qui me reprochait mon dada ! Aiguillonnée par la contradiction, je n'ai eu garde de laisser échapper l'occasion de lui rompre en visière.

—Maman, vous êtes en train de rêver tout éveillée. Et vous vous moquez de mes désirs, qui n'ont pourtant rien de déraisonnable. Je sais quel rêve hantait l'esprit des jeunes filles du temps jadis. Elles souhaitaient toutes inspirer une passion à un étudiant pauvre de bonne mine et très instruit, qui ferait à leur image une place parmi le fatras de son savoir et qui, reçu d'emblée docteur au concours, viendrait en grande pompe demander leur main. C'est certainement très touchant, mais neuf fois sur dix, leurs parents les mariaient à de frustes cultivateurs ou à de positifs marchands. Vous aussi, maman, vous avez dû caresser la même ambition. Avouez qu'elle s'est réalisée pour vous au-delà de vos espérances. Grâce à papa, vous avez la considération et la fortune. Nous autres, jeunes filles d'aujourd'hui, nous faisons un rêve analogue ; seulement, l'étudiant famélique n'est plus notre idéal. Vous tenez, dites-vous, à me garder auprès de vous. Mais vous oubliez le vieil adage : « La jeune fille dépend de ses parents ; la femme de son mari. ». Au regard de la loi, d'accord avec la coutume, la fille qui se marie sort de sa famille d'origine pour entrer dans celle de son époux. Si bien qu'autrefois, elle pouvait rarement rentrer chez ses parents. De là cette idée de séparation irrémédiable qui faisait verser des torrents de larmes aux mariées le jour de leurs noces, qui devrait être pourtant pour toute jeune fille le plus beau de sa vie. D'ailleurs, à présent, avec les moyens de locomotion rapides dont nous disposons, les plus grandes distances sont vite franchies. Et puis, soyez sans inquiétude, ai-je ajouté d'une voix câline, on s'arrangera pour rester toujours dans notre chère Cochinchine, et on accourra sans tarder auprès de papa et de maman au premier petit *bleu*.

—Et le culte des ancêtres ? Qu'en fais-tu ? Qui s'en occupera après nous ? Si tu épouses un Européen, jamais il ne souffrira que tu t'adonnes à des pratiques qu'il considérera pour le moins comme les aberrations d'une superstition ridicule.

—Ne dirait-on pas, à vous entendre, que vous avez à assurer la continuité d'une dynastie royale et que vous craignez de voir tomber le sceptre en quenouille ? Mais, rassurez-vous, maman ; les Européens sont tolérants en matière de religion, précisément parce qu'ils sont sceptiques. J'entends, du reste, jouir de la plus grande liberté sur ce chapitre. Le culte de nos aïeux sera en bonnes mains, soyez-en persuadée.

J'avais réponse à tout, je défendais pied à pied le terrain, faisant bravement tête à maman. Elle allait ouvrir la bouche pour me faire remarquer sans doute qu'après moi mes enfants ne se soucieraient pas de ce pieux devoir, ce à quoi j'aurais été bien en peine de répondre. Heureusement, papa a mis fin à la discussion, qui menaçait de s'éterniser, en disant que l'affaire méritait réflexion et qu'il se livrerait à une enquête discrète sur les antécédents et la famille de M. Raynal.

23 août.

En attendant d'être officiellement agréé, ce qui, par parenthèse, ne fait pas l'ombre d'un doute, M. Raynal a été admis tacitement à me faire une cour assidue. Il a trouvé que papa agissait en père avisé, disant qu'il ne redoutait aucune investigation et que l'enquête ne pourrait que faire ressortir son honorabilité absolue. Il a ajouté galamment qu'il regrettait seulement qu'elle retardât son bonheur. Je l'ai alors prévenu, en le menaçant du doigt, que je serais, quant à moi, inexorable s'il y avait la moindre trace de petite femme dans son passé. Sur quoi il a protesté, en m'affirmant qu'il n'avait connu intimement aucune femme avant moi. Pour un peu, il m'aurait juré ses grands dieux qu'en fait de personne de l'autre sexe, il n'avait jamais vu de près que sa nourrice, une plantureuse fermière Normande, qui a fait du pâle petit Parisien qu'il était un gars solide et râblé. Pourvu qu'il ne lui ait pas pris sa roublardise avec son lait !

Hier, M. Raynal a dîné pour la première fois chez nous. Dans la gaieté communicative qui suit un bon repas, émoustillé au surplus par le champagne, il nous a parlé de lui, d'une façon charmante avec l'air de se moquer de soi-même, répétant ses mots d'enfant terrible, mimant ses tours pendables d'écolier. Ses anecdotes m'ont intéressée au plus haut point ; il s'en dégageait un charme intime comme d'une promenade qu'on fait par un beau soir avec un ami d'enfance, dans une longue avenue bordée d'arbres à la cime dorée par les feux du couchant. Mon imagination voyait derrière le conteur une théorie de jeunes gens qui lui ressemblaient comme des frères et dont la taille allait décroissant dans une perspective fuyante… Une à une, les années révolues se déroulaient, évoquant l'enfance, l'adolescence, la jeunesse… M. Raynal nous présentait, dans un raccourci pittoresque, le tableau de sa vie au collège, au régiment, au quartier Latin…

—Ces années-là durent être moins innocentes, mais gaies—oh combien!—grâce à la Muse et aux grisettes, ai-je interrompu, taquine,

—Mais non, a-t-il protesté. Il y a beau temps que les grisettes ont disparu avec la «bohème» et les romantiques à crinière de lion et à manteau rouge. À présent, les étudiants sont de sages petits bourgeois; ils vont s'amuser dans «la Boîte à Fursy» ou aux cafés-concerts des boulevards, où ils entendent la chanson en vogue, la «scie» du jour, en prenant un bock…

—Hum! Hum! Enfin glissons et n'appuyons pas…

En ce qui me concerne, je n'ai pas d'histoire; mon passé d'enfant gâtée ne présente, à ma mémoire, aucun accident, uni comme la nappe verte des rizières, en bordure desquelles notre auto roule sans cabot, d'une allure égale. C'est dans le présent que je vis, un présent si neuf que je ne me rends pas bien compte de ce que je ressens.

Nos rapports, comme notre conversation, sont empreints chaque jour de plus de confiance et de familiarité. En revanche, je goûte de moins en moins la société de Mlle Mellin. Depuis la fête de charité, elle me paraît nerveuse, subitement irritée à de certains moments; elle rit d'un rire saccadé qui sonne faux, et fait peser sur moi un regard troublant, inquisiteur. Qu'a-t-elle donc? J'ai essayé de savoir la cause de son changement d'humeur, mais ses réponses agressives m'ont ôté l'envie de revenir à la charge. On dirait parfois qu'elle m'en veut, Mais pourquoi ? Je ne lui ai, que je sache, rien fait qui puisse la désobliger ou l'indisposer contre moi. C'est peut-être son amour contrarié qui la tourmente. Pauvre amie ! Ma joie lui fait mal. Comme je la comprends et la plains !

Quoi qu'il en soit, si je suis en froid avec l'amie, il me faut rester en bons termes avec le professeur jusqu'à mon mariage. Je veux que mon éducation musicale soit assez avancée pour me permettre de tenir convenablement mon rôle dans une réunion mondaine et m'épargner l'humiliation d'être trop inférieure à mon mari dans l'intimité.

25 août.

Me voici de nouveau sous l'empire déprimant de mes pressentiments de la veille du *Tét*. L'heure des épreuves serait-elle venue pour moi ? L'orage s'est abattu subitement sur ma vie, hier si ensoleillée. J'étais si loin de m'y attendre, toute à l'allégresse de toucher à la réalisation de mon rêve, si heureuse que les dieux jaloux ont peut-être suscité des obstacles sur le chemin si doux à mes pas.

Ce matin, Mlle Mellin a eu avec moi une explication extrêmement violente. Je suis encore sous le coup de l'émotion causée par cette altercation.

Dès l'abord, j'ai vu que Mlle Mellin était en proie à une vive irritation. Sans prendre la main que je lui tendais, les yeux sombres, les lèvres tremblantes, elle m'a demandé à brûle-pourpoint s'il était exact que M. Raynal prétendait à ma main.

—Oui, ai-je répondu. Je n'ai aucune raison d'en faire mystère. M. Raynal nous a fait part de ses intentions. Mais mon père réserve encore sa réponse, qu'il ne veut donner qu'à bon escient.

—Sans vos parents, vous auriez dit oui sans aucune hésitation, n'est-ce pas ?

—Pourquoi pas ? La recherche de M. Raynal est assez honorable pour qu'on l'accueille avec faveur. N'a-t-il pas toutes les qualités d'un bon mari ?

À ces mots, Mlle Mellin a fait entendre un rire sarcastique :

—Vous le croyez? Touchante confiance! Vous ne vous demandez pas si ce n'est pas pour les beaux yeux de votre cassette qu'il veut vous épouser?

—Ne déflorez pas, de grâce, mon roman, en cherchant à éveiller le doute dans mon cœur, qui bat pour la première fois. Partagez plutôt mon contentement, comme je m'associerai à votre joie qui arrivera bientôt, j'espère.

—Comment en aurais-je, a éclaté Mlle Mellin, puisque vous m'avez volé mon bonheur. Ce jeune homme dont je vous entretenais, c'est M. Raynal lui-même !

La foudre, en tombant à mes pieds, ne m'aurait pas stupéfiée davantage. Comment ! C'était M. Raynal que Mlle Mellin aimait. Un fulgurant éclair a traversé mon cerveau en désarroi ; je m'expliquais maintenant l'attitude de mon ancienne amie à mon égard pendant ces derniers jours. Le Ciel m'est témoin que j'étais à cent lieues de me douter que celui qu'elle l'aimait ne faisait qu'un avec M. Raynal, dont elle ne m'avait parlé autrement que comme d'un indifférent. Me traiter de voleuse, c'était vraiment trop fort ! Frémissante d'indignation, me contenant avec peine :

—Voyons, Mademoiselle, ai-je répliqué d'une voix blanche, ne soyez pas injuste. Je ne vous ai pas volé le cœur de l'homme que vous aimiez, car je ne le connaissais pas. Vous auriez dû me dire que c'était M. Raynal. Au contraire, vous m'avez toujours caché son nom, vous en convenez, n'est-ce pas ? Je n'ai rien fait pour l'attirer à moi et le conquérir. Je ne suis qu'une petite fille ignorante et insignifiante. C'est M. Raynal qui est venu à moi, c'est lui qui a fait les premiers pas, croyez le bien. Lui seul pourrait dire pourquoi. Mais il est maître de ses actes.

—Vous reconnaissez vous-même que vous ne possédez aucun de ces attraits personnels qui captivent les hommages des hommes. Vous n'en croyez pas moins qu'on vous recherche. Et pourquoi donc, s'il vous plaît ? Est-ce parce que vous débitez couramment des niaiseries démodées d'oie blanche ? Nullement. Est-ce pour votre mignardise de poupée coquettement attifée ? Non plus. C'est à la fortune de votre père, dont on vous sait l'unique héritière, qu'on en veut ; c'est elle qu'on aime et non pas vous. Chez vous, autrefois, l'homme achetait la femme ; vous, au rebours, vous allez vous acheter un mari. Voilà en quoi consiste tout le progrès dont vous êtes si fière. Mais vous ne ferez que vous donnez ainsi un maître qui, n'étant attaché à vous que par des liens d'intérêt, ne pourra vous aimer ni même vous admettre en égale dans sa vie. Vous aurez mérité votre malheur, mais moi, je veux vivre aussi ma vie. Pourquoi vous êtes-vous trouvée sur mon chemin ? M. Raynal allait demander ma main ; nous nous sentions l'un pour l'autre une inclination qui, sans vous, aurait pris un caractère plus tendre et abouti à un mariage. Tout à coup, vous êtes survenue, vous m'avez vaincue avec votre argent, vous m'avez ravi ma part de bonheur…

—Et vous, Mademoiselle, vous avez empoisonné mon bonheur à moi avec vos insinuations. Je ne sais à quel point je dois vous croire, tant mon être est bouleversé. Mais j'en aurai le cœur net. Je m'expliquerai avec M. Raynal ; il choisira entre nous.

Il était temps de clore une discussion pénible pour toutes deux. J'ai esquissé un bref salut, à quoi Mlle Mellin a répondu par une légère inclinaison de tête, en m'enveloppant dans un regard de défi.

Je me faisais l'effet d'une statuette de Tanagra devant une Vénus altière. La tête en feu, les mains froides, les oreilles tintantes, je me tenais debout, les nerfs bandés dans une tension douloureuse de mon orgueil. J'écoutais les pas de Mlle Mellin décroître dans l'escalier, dans le salon, puis sur le perron. Un silence qui me semblait long comme un siècle… Un ronflement, l'auto démarrait en s'ébrouant… Un coup de sirène… Un roulement feutré sur le sol de la route... L'auto était partie emportant Mlle Mellin…

D'un bond, j'ai été devant ma psyché… Je savais bien, pour m'y mirer plusieurs fois par jour en passant et en m'habillant, que je ne pouvais rivaliser de beauté avec Mlle Mellin. Et pourtant, voulant m'abuser moi-même, je me berçais d'un espoir insensé, je m'insurgeais contre l'évidence. Hélas ! La glace ne savait pas flatter ; les cruelles paroles de Mlle Mellin n'étaient que trop vraies : ma grâce chétive s'efface devant sa beauté puissante comme une bougie au soleil. Affligée de cette constatation, j'ai fondu en larmes, en me couvrant le visage avec mes mains, pour me le cacher à moi-même.

M. Raynal m'a préférée cependant. Pourquoi ? Mais, j'y pense. Il m'a parlé de violette et de rose. Galanterie fade, à laquelle—niaise !—je me suis laissé prendre. S'il était sincère pourtant ? Il y a, paraît-il, des hommes qui ont une crainte instinctive de tout ce qui subjugue et domine. Qui sait si M. Raynal n'éprouvait pas un sentiment analogue á l'égard de Mlle Mellin ? Non, ce n'est guère vraisemblable. Un vieux proverbe de chez nous ne dit-il pas que l'amour, chez les jeune filles, va au mérite, et chez les hommes, à la beauté.

Il faut à tout prix que je sorte de ce doute intolérable. Je m'expliquerai ce soir avec M. Raynal, je le mettrai à l'épreuve, dussé-je détruire de mes propres mains mon bonheur ! Que dis-je ? Détruire mon bonheur ! J'en mourrais. Ne vaut-il pas mieux m'abstenir d'une dangereuse expérience qui pourrait me briser le cœur ? Le doute, si pénible soit-il, n'est-il pas préférable à une désolante certitude ? C'est vouloir l'impossible que d'exiger d'un simple humain un sentiment absolument désintéressé. Il est déjà assez flatteur pour mon amour-propre qu'ayant eu à choisir entre deux partis d'un mérite inégal, M. Raynal se soit décidé pour moi. Allons ! Contentons-nous de cette victoire et mettons les paroles de Mlle Mellin sur le compte d'un dépit, en somme, naturel et excusable.

De quel droit, d'ailleurs, doutais-je de la sincérité de M. Raynal ? Comment ! cet homme qui m'est plus cher que tout, j'irais le soupçonner de calcul intéressé sur la foi d'une rivale, d'une amoureuse délaissée ! Je le condamnerais sans l'entendre, sans lui permettre de se laver de l'accusation lancée contre lui, sans lui donner le bénéfice de cette présomption d'innocence que la loi accorde à tout accusé non encore convaincu du crime qui lui est reproché ! Moi qui l'aime, je dois le défendre envers et contre tous. Mais, au fait, sais-je pourquoi je l'aime ? Et pourquoi m'aime-t-il, au lieu d'aller à cette jeune fille qui est de sa race, de son milieu, douée de toutes les séductions — et si près de lui ? Oui. Pourquoi ? Il doit y avoir quelque chose qui a fait pencher la balance de mon côté. Parbleu ! C'est que je suis riche. J'entends le rire sardonique de Mlle Mellin qui résonne en moi comme dans un sépulcre. « Ha ! Ha !... Il vous aime ! Ha ! Ha !... ».

Oh ! Toujours la même question et la même réponse, pour me voir acculée à ce douloureux dilemme : elle ou moi. J'ai beau écarter cette pensée torturante, elle revient sans cesse comme une hantise, elle s'enfonce toujours plus en avant dans mon esprit comme une vrille. J'ai peur de descendre en moi-même. Il semble que je sois sur le bord d'un gouffre. Je voudrais fermer les yeux, trouver des motifs avouables au choix de M. Raynal, pénétrer dans son âme, me figurer ses réflexions, me le représenter agissant comme il agit lui-même. Déjà prête à une capitulation de conscience, je cherche des excuses à des mobiles intéressés de sa part, en me disant qu'à sa place j'en aurais peut-être fait autant. Pourquoi, en effet, ne pas juger les autres sur la commune mesure, d'après nous-mêmes, au lieu d'en faire des héros ou des scélérats, des êtres d'exception ? Ils sont ce que nous sommes, pétris de bien et de mal, sollicités en sens contraire par les penchants de l'âme et les appétits du corps.

Ceux-ci ou ceux-là l'emportent, selon que les uns ou les autres trouvent en nous et en dehors de nous des alliés ou des complices. Personne ne nie l'influence de notre état physique sur notre état moral : les maladies nous aigrissent, la santé nous dispose à la bienveillance ; de même, le soleil nous rend gais, un temps pluvieux ou couvert nous attriste.

Combien d'autres causes occultes nous déterminent à notre insu ! Soudainement, nous tombons dans la mélancolie, sans raison plausible, ou bien une flambée subite de joie fait battre notre cœur et nous embrase le visage. La direction de notre volonté est la résultante de ces forces divergentes se combattant, se neutralisant, si bien qu'en dernière analyse, nous n'avons qu'une part infime dans nos résolutions. Pour porter un jugement équitable sur un acte, il faudrait le replacer dans le milieu où il s'accomplit et l'entourer des circonstances qui le précédèrent, l'accompagnèrent et le suivirent. Or, nous ne le pouvons pas.

Tant d'indices nous échappent, tant d'apparences nous induisent en erreur! Et comment peser ces «impondérables» dont le poids n'est pas à négliger? Pourquoi alors nous complaire superbement dans une infaillibilité illusoire pour lancer des condamnations et des anathèmes?

Ah! voilà que je me leurre de sophismes! Non, non, c'est plus fort que moi. J'ai horreur de ces combinaisons qu'on appelle des mariages de convenance ou de raison. Dans les délicates affaires du cœur, toute considération étrangère à l'amour est pour moi une profanation. Quand même l'argent donnerait le bonheur, je n'en voudrais point à ce prix. Insignifiante, je le veux bien; mais je me sens capable de rendre heureux l'homme qui saura m'apprécier, autrement qu'avec ma dot, par mon affection, mon dévouement. Je ne lui demanderai en retour que ce que je lui donnerai moi-même: un échange de bons procédés. Est-ce déraisonnable? Je ne le crois pas. Alors pourquoi cela ne serait-il pas?

Il reste du moins acquis que rien ici-bas ne s'obtient sans lutte et sans peine. Soit! Je défendrai mon bonheur, s'il le faut; je veux qu'il soit sans nuage, qu'aucune pensée importune ne vienne le troubler.

Oh! que je suis malheureuse! C'est cela l'amour, l'amour doux comme un chant de rossignol, l'amour enivrant comme une extase où deux âmes se mêlent et se confondent? Comme j'aurais mieux aimé ne pas me réveiller ce matin et m'endormir pour toujours dans ma joie toute pure d'hier. Je ne sais plus à qui confier mes peines. Papa lui-même ne me comprend pas. Mis au courant de ma querelle avec Mlle Mellin, il n'a fait qu'en rire.

—Bah! Dispute de petites filles! m'a-t-il dit sans s'émouvoir. J'espère que tu ne vas pas te mettre martel en tête pour quelques mots que ton amie a laissé échapper dans sa colère et qu'elle doit regretter à l'heure qu'il est. Eh bien, quoi! J'imagine que M.

Raynal t'aime un peu pour ta dot et beaucoup pour toi-même. L'un n'exclut pas l'autre. Je ne vois point de mal à cela. L'argent que tu lui apporteras vous permettra de vivre confortablement. Pour ce qui est de ton amie, elle se mariera un de ces jours ; ce ne sont pas les soupirants qui lui manquent. Tout va donc bien. Aucun nuage à l'horizon ; une atmosphère idéale pour filer le parfait bonheur, tu sais. Allons, petite, quitte cet air tragique qui ne sied guère à une future fiancée et va lire tes romans.

Je n'ai rien trouvé à répondre à ce discours, et je suis remontée dans mon cabinet, où j'ai pris un livre que j'ai essayé de lire. Mais les lignes défilaient devant mes yeux, confuses et embrouillées comme un paysage vu à travers le brouillard, par la portière d'un train lancé à toute vitesse. Ces fictions me paraissent maintenant si vagues, si lointaines, auprès de la réalité plus immédiate et plus triste qui commence à m'enserrer. Et il me faut demeurer dans cette cruelle perplexité jusqu'à ce soir, qui me délivrera de ce cauchemar ou m'apportera la certitude de mon malheur ! Oh ! comme l'écoulement des heures me semble lent ! Lent ! Les minutes s'égrènent comme les grains d'un interminable chapelet de jais, en infligeant à mon cœur cette douleur cuisante produite par l'effroyable supplice de l'eau usitée autrefois en Chine. Sous la chute implacablement régulière des gouttes d'eau tombant de haut, une à une, les misérables patients voyaient—avec quelle angoisse et quelle torture !—se dessiner sur la paume de leurs mains étendues un disque rouge qui s'étendait, se creusait en un trou horrible, mettant les os à nu…

Pour tromper ma fièvre, j'ai repris mon cahier. Confident muet, je reviens à toi, puisque nul autre ne comprend ma peine. Avec toi du moins, je puis épancher mon trop-plein d'amertume, verser mes larmes sans contrainte. De te confier mes espoirs et mes craintes, mon cœur se sent moins oppressé. Mes espoirs ! Il m'en reste, hélas, bien peu. C'est la crainte qui domine en moi ! Comme ce temps lourd répond bien à ma situation. Les arbres sont figés dans une rigidité de bronze. Pas un souffle d'air, pas un cri d'oiseau. Toute la nature se tait et s'immobilise dans une attente angoissée. Des éclairs livides illuminent furtivement les nues plombées, aux reflets de cuivre. Ce silence, gros de menaces, n'est-ce pas le calme tragique qui précède les catastrophes ? Peut-être la main de la fatalité s'appesantit-elle déjà sur ma tête ; je sens son étreinte autour de moi, son haleine glacée sur ma nuque, et je frissonne comme à un contact physique répugnant. L'orage va crever, la foudre frappera au hasard quelque part un être vivant ou une chose inanimée…

Le voilà qui vient, annoncé par un coup de tonnerre. Sous l'assaut furieux du vent et le fouettement rageur de la pluie, les arbres s'inclinent comme pour s'humilier devant une force irrésistible, s'agitent, échevelés en tous sens, se tordent dans des convulsions d'agonie. Là-bas, un vigoureux tamarinier vient de s'abattre. Combien d'années lui a-t-il fallu pour atteindre cette taille ? Il était là tout à l'heure, verdoyant, robuste ; le voilà couché à terre, arraché du sol nourricier. Un instant a suffi pour que cette vie pleine de sève soit rayée du monde vivant ; un coup de vent a jeté bas ce jeune géant qui semblait défier les années.

Et moi, un être fragile, comment résisterai-je à la bourrasque qui accourt vers moi du fond de l'inconnu et qui va bouleverser mon existence ? Je serai brisée du premier coup et emportée comme un fétu de paille dans un torrent…

La pluie a cessé, les nuages ont fui dans une course éperdue de troupeau affolé. Le soleil resplendit dans le ciel lavé, d'un bleu profond, en faisant scintiller les gouttes d'eau perlant au bout des branches, telles des larmes au bord des paupières. Toute la nature rit, ranimée, rafraîchie. Seul le tamarinier déraciné atteste le passage de l'ouragan, victime innocente de la fureur des éléments, touché par le doigt fatal de la mort. Suis-je vouée au même destin ? Non, ce n'est pas possible, à moins que ce monde ne soit régi par des lois aveugles et incohérentes. J'aurai ma revanche. J'ai foi, malgré tout, dans la bonté de la vie.

30 août.

J'ai voulu savoir la vérité. Elle s'est révélée à moi, affreuse, atroce. J'en souffre comme d'une amputation faite par une main maladroite ou méchante qui prolongerait mes tourments. Cinq jours durant, je suis restée étourdie sous le rude coup, prostrée dans ma douleur, fuyant la lumière du jour qui me blessait et souhaitant m'anéantir dans un engourdissement sans fin. La conscience de mon être ne m'est revenue qu'aujourd'hui, pour raviver ma blessure. Je sens le besoin de retracer ici cette scène, dont les moindres détails sont demeurés dans ma mémoire. J'éprouve une âpre volupté à la revivre par la pensée, à enfoncer le couteau plus profondément dans la plaie dont je me meurs.

M. Raynal vint ce soir-là, vers six heures, ainsi qu'il en avait pris depuis quelque temps l'habitude. De ma fenêtre, je guettais son arrivée ; je descendis dans le jardin dès que je l'aperçus sur la route, et sans le laisser entrer dans la maison, j'allai au-devant de lui et lui déclarai que j'avais à l'entretenir en particulier d'une affaire grave, je m'étais composée une figure de circonstance. Je n'avais pas d'ailleurs de peine à rester dans le vrai de mon rôle, tant j'étais triste et angoissée.

À mon préambule, M. Raynal s'approcha de moi avec empressement et s'informa avec un tendre intérêt de l'objet de mes soucis. Alors, tout en feignant de faire avec lui un tour de jardin, je lui débitai une fable que j'avais imaginée.

—M. Raynal, gardez-moi, je vous en prie, le secret de notre entretien. Je vous parle à l'insu de mes parents. Nous sommes, en ce moment, sous l'empire d'une terrible inquiétude. Voici de quoi il s'agit. Vous savez que, depuis la guerre, le paddy ne se vend pas. Nos greniers sont remplis jusqu'au faite ; mais notre coffre-fort est vide. Il faut cependant soutenir notre train, payer les frais de culture, entretenir nos fermiers. Se trouvant à court, mon père a emprunté des sommes considérables aux Chettys, à des taux exorbitants. L'échéance approche, et il est dans l'impossibilité de faire face à ses engagements. C'est pour nous la ruine en perspective. J'ai pensé que vous pourriez nous donner un bon conseil, puisque vous êtes licencié en droit et que vos fonctions administratives vous ont donné une grande pratique des affaires. Prêtez-nous le secours de votre expérience et de vos lumières. Vous nous rendrez un inestimable service… Voyez-vous une issue à cette situation ?

M. Raynal m'avait écoutée en jetant des « ah » d'étonnement. Il hocha tristement la tête :

—Hélas ! Je n'en vois aucune. J'avoue, Mademoiselle, que je suis tellement pris au dépourvu !... Ce que vous m'apprenez là est si inattendu, si invraisemblable de prime abord que je me refuserais à y croire si tout autre que vous me le disait. Je ne vous cache pas que s'il en est ainsi, vos parents sont dans une passe critique. Les Chettys n'aventurent pas leurs capitaux à la légère : ceux qui ont consenti des prêts si importants à votre père ont dû prendre leurs précautions en s'assurant des garanties sérieuses.

—Alors, nous sommes perdus, sans recours ?

—Vous n'en êtes pas là ! Mais je crois que vos parents seront obligés de réaliser leurs biens pour désintéresser leurs créanciers.

—Enfin, quoi qu'il advienne, pouvons-nous compter toujours sur votre amitié ?

—Mais oui, Mademoiselle. Elle vous est toute acquise. Disposez de moi si je puis vous être tant soit peu utile.

—Serait-il indiscret de vous demander ce que vous comptez faire vous-même devant cette situation nouvelle ?

—Mais il n'y a rien de changé entre nous ! Je n'attends plus que le consentement de vos parents pour unir mon sort au vôtre.

Ces mots me remplirent de joie :

—Bravo ! Voilà qui est bien parler ! Nous serons heureux tout de même ; l'argent ne fait pas le bonheur. Vous verrez ; je serai économe ; je dirai adieu à mes passe-temps frivoles pour me donner toute aux soins du ménage. J'aurai l'œil à tout ; ces boys sont de si fieffés voleurs et de si grands fainéants ! Une douce affection réciproque nous consolera des duretés du sort et nous tiendra lieu de richesse.

M. Raynal eut un sourire d'incrédulité.

—Etes-vous bien sûre de pouvoir supporter la médiocrité d'une existence étriquée, l'humiliation d'être modestement vêtue et d'habiter une maison chichement meublée, vous qui êtes habituée à porter des robes somptueuses, des bijoux de prix, qui ne pouvez faire un pas sans monter dans votre auto ? Comment ferai-je pour vous entourer de ce confort dont la privation vous sera, je le crains, des plus pénibles, car je ne possède, pour le moment, je dois vous le dire, d'autre source de revenus que mon emploi dont les appointements sont trop maigres pour un ménage ; mais, pour rien au monde, je ne voudrais les augmenter d'un sou par des moyens inavouables.

Juste Ciel ! Je sentis venir le coup. Je m'écriai avec un accent désespéré qui n'était nullement joué :

—Eh quoi ! Cet événement imprévu aurait-il modifié vos sentiments à mon égard ?

—Non, je vous demeurerai fidèle quoi qu'il arrive, je vous le répète, affirma avec force M. Raynal, blessé de mon doute. Sachez qu'un Français n'a qu'une parole, poursuivit-il ; je ne faillirai jamais à la mienne, bien que l'attitude réservée de votre père ne m'engage pas encore.

—Je rends hommage à votre loyauté. Mais, en toute sincérité, auriez-vous demandé ma main si mon père avait été ruiné comme il va l'être ?

Les paupières de M. Raynal battirent et me dérobèrent pendant une seconde ses regards, puis, la tête haute, ses yeux fixés sur les miens, avec un geste qui voulait dire « tant pis » :

—Puisque vous avez fait appel à ma franchise, dit-il, je vous répondrai sans détour. Ecoutez, Mademoiselle.

C'est une confession que vous allez entendre. J'aimais une jeune fille de mon pays ; mais mon amour n'était pas partagé, mes avances furent accueillies avec indifférence. Je crus m'apercevoir que cette froideur n'avait d'autre cause que mon manque de fortune. J'en conçus un chagrin mêlé de dépit et je me jurai de conquérir la richesse et d'en écraser ceux qui m'avaient dédaigné pour une misérable considération d'argent. C'est alors que je vous vis. Cette rencontre me sembla une revanche que m'offrait le destin. Je m'abandonnai à l'influence reposante de votre grâce naïve et timide, les violentes émotions de ma passion s'apaisèrent. J'étais en train d'arranger pour nous deux une vie calme, doucement rayonnante d'une affection solide et du contentement que donnent les désirs satisfaits, lorsque j'ai appris votre malheur…

Redressant le buste, comme pour supporter le poids d'un fardeau, il fit le geste de repousser un souci importun :

—Mais qu'importe ?

Un pâle sourire de résignation fataliste voltigea sur ses lèvres :

—Nitchevo ! comme disent les Russes.

M. Raynal s'exprimait d'une voix assourdie, sans éclat. Sa réponse me rappela, par antithèse, la description pleine de profondeur et de magnificence de l'amour, que j'avais lue un jour dans *l'Imitation*, au pensionnat, sous couleur de piété, cet amour *qui rend tout léger, qui porte à faire de grandes choses, qui veut s'élever et que rien n'arrête ; qui compte les travaux pour rien, fort, patient, fidèle, conscient, magnanime.* Il est vrai que c'est là l'amour mystique, que je confondais, dans mon ignorance des choses du cœur, avec l'amour profane ou plutôt l'amour tout court, car l'un et l'autre étaient pour moi tout un, de même essence, tandis que maintenant il n'y avait en présence que deux créatures de limon. Je me rendis compte que M. Raynal persistait dans ses intentions par orgueil, en honnête homme décidé à s'acquitter d'une obligation onéreuse et non en amoureux exalté par un obstacle imprévu qui le sépare de l'aimée. De la fierté ! Mais j'en ai aussi. Je n'ai point voulu qu'on acceptât ma main comme un pis-aller.

—Vous parlez, repris-je, comme un joueur malheureux résolu à payer sa dette d'honneur dans les vingt-quatre heures. Je vous sais gré de vos scrupules, mais j'attendais de vous plus d'élan, de chaleur, de… d'intérêts enfin. Ah ! vous aimez autrement Mlle Mellin !

—Comment le savez-vous ?

—C'est elle-même qui a pris soin de m'en instruire, répliquai-je.

Puis, emportée par un mouvement de jalousie irraisonnée, j'ajoutai étourdiment :

—Elle m'a dit aussi qu'elle vous aimait.

À ces mots. M. Raynal, la figure irradiée de joie, inconscient de la cruauté de sa question, me demanda avec vivacité :

—Mlle Mellin m'aime ? Vous en êtes sûre ?

Je m'aperçus alors de l'imprudence que j'avais commise. J'essayai de me rattraper. Ma fortune, qui m'était indifférente cinq minutes auparavant, m'apparut comme une planche de salut. Je m'y cramponnai éperdument, comme le naufragé à une épave. Pour me ramener celui que j'aimais et qui allait m'échapper, je m'humiliai, j'avouai, dans mon affolement, mon pitoyable subterfuge :

—Je vous demande pardon. Je viens de jouer devant vous une comédie. Dieu merci, nous sommes toujours riches.

M. Raynal respira. Je me crus sauvée. Sa réponse fut pour moi un coup de massue :

—Tant mieux! J'en suis heureux pour vous, Mademoiselle, et pour moi aussi ; car cela me met à l'aise pour vous parler en toute sincérité. Votre révélation m'a jeté dans un trouble indicible. Ma passion, que j'avais crue morte, s'est réveillée plus vive, plus impérieuse que jamais. Je ne m'appartiens plus ; mon cœur est tout rempli de l'image de Mlle Mellin : elle y règne sans partage, à tel point que si je vous disais à cette heure que je vous aime, je vous mentirais et m'avilirais à mes propres yeux. Je me serais fait certes un point d'honneur de vous suivre dans l'adversité, mais puisque vous êtes toujours riche et adulée, je puis me retirer sans remords. Sans vous flatter, vous êtes un assez beau parti pour qu'une foule de prétendants se disputent votre main. Puissiez-vous rencontrer parmi eux un homme qui vous donnera le bonheur que vous méritez ! Oubliez-moi comme un passant qui n'aura fait que traverser votre vie, et soyez assez bonne pour me pardonner la peine que j'ai pu vous causer. Adieu, Mademoiselle. J'écrirai à votre père.

Et remontant lestement en selle, M. Raynal partit au grand trot, ayant sans doute hâte de s'entendre confirmer par Mlle Mellin elle-même ce qu'il venait d'apprendre fortuitement de moi.

Pétrifiée de douleur et de surprise, je regardai mon bonheur, ma vie qui s'en allait, tel un blessé couché sur un coin de champ de bataille qui voit avec angoisse ses forces couler avec son sang.

Un instant après le départ de M. Raynal, j'étais à table, amenée là par la force de l'habitude. L'estomac contracté, le cœur lourd, je n'avais pas faim. Pour me donner une contenance, je maniais machinalement les baguettes, sans pouvoir manger ; les bouchées s'arrêtaient dans ma gorge étranglée. Intrigué de mon morne silence, papa m'en demanda la cause. Je lui rapportai, en larmes, ma conversation avec M. Raynal.

—Ce n'est que cela ? s'exclama-t-il, amusé. Une brouille d'amoureux, ça s'arrangera, va.

—Non, papa, dis-je en redoublant de pleurs. C'est fini, la rupture est définitive. Du reste, je n'épouserai jamais un homme qui me recherche plus pour ce que je vaux que pour ce que je suis.

—Mais, petite sotte, les Américaines apportent bien à leur mari exotique des dizaines, voire des centaines de millions dans leur corbeille de mariage. Elles n'y regardent pas de si près pourtant. Ta dot est une bagatelle à côté de la leur, et tu fais la difficile !

—Celles-là, c'est là vanité qui les mène. Elles achètent un beau nom, qui leur ouvre les portes d'un monde fermé aux parvenus. Elles trouvent parfois le bonheur, par surcroît, mais c'est le cadet de leurs soucis. Moi, au contraire, ma principale affaire est le bonheur, qui ne s'achète pas même au prix d'un royaume et je veux qu'on m'épouse pour moi-même.

Maman me regardait, toute pâle d'une colère rentrée. Papa lui-même se fâcha de mon entêtement. Je ne reconnaissais plus mon papa si bon, si indulgent, si prompt à prendre mon parti.

—Tiens, tu es folle, folle à lier. Comment ! Voilà une union où toutes les convenances se rencontraient. M. Raynal est un galant homme ; il se serait empressé de satisfaire tous tes désirs. Ta dot lui aurait permis de les prévenir et de les combler, dans la mesure, bien entendu, où ils auraient été réalisables. Mais tu veux qu'il décroche pour toi les étoiles, et crac ! Tu lui donnes congé sans crier gare. Et cela au profit d'une autre, plus raisonnable, plus avisée. Imprudente, tu sais maintenant ce qu'il en coûte de soulever le voile qui couvre la vie. Pourquoi ne nous as-tu pas consultés ? Nous t'aurions arrêtée à temps. Non, tu as préféré tout gâcher par un coup de tête. Décidément, tu affiches trop d'indépendance. Et nous ? Que fais-tu de nous ? Notre volonté ne compte donc pour rien ? Tu n'en fais qu'à ta tête, comme si les romans ne te l'avaient pas tournée. Ah ! ces romans, je devrais les jeter tous au feu ! Je suis bien près de m'avouer que j'ai eu tort de te donner l'éducation que tu as reçue. Tu serais peut-être plus heureuse si tu n'étais qu'une petite fille simple et sans ambition comme l'a été ta mère. Le bonheur ! Tu as toujours ce mot-là à la bouche. Crois-tu que le monde roule uniquement sur cela ? On a bien le temps d'y penser ! Demande un peu à mes fermiers de quoi ils se préoccupent. Ils te diront leurs nombreux sujets d'inquiétude : la pluie qui se fait attendre, le riz qui vient mal, les crabes et les rats qui détruisent les *mas*, la récolte compromise, le paddy qui ne se vend pas. Ils te parleront de tout cela, mais de bonheur, point ! C'est qu'ils ont d'autres soucis en tête. Tous tant que nous sommes, il nous faut travailler pour vivre, nous vêtir, nourrir notre famille, élever nos enfants ; la nécessité nous talonne et nous pique sans cesse de son aiguillon pour faire tracer à chacun son sillon. Si encore, en obéissant à cette loi universelle, on pouvait s'affranchir de la servitude des besoins matériels ! Sais-tu qu'il y a des malheureux qui, malgré un labeur de bête de somme, n'arrivent pas à avoir leur riz quotidien, qui se couvrent de baillons et épuisent leurs forces et leurs facultés à se débattre avec des difficultés mesquines, sans cesse renaissantes ? Plains-toi donc, pleure sur tes malheurs imaginaires, abandonne-toi à ton désespoir insensé !

À cette sortie, qui acheva de m'accabler, j'éclatai en sanglots. Papa n'eut pas le courage de m'en dire plus long, ayant, par ailleurs, fort à faire pour se défendre des reproches que maman lui prodiguait sur la façon dont j'ai été élevée. Je courus me réfugier dans ma chambre pour me livrer à mon chagrin et pleurer à mon aise.

5 septembre.

Ni Mlle Mellin ni M. Raynal n'ont donné signe de vie depuis la scène de l'autre jour. Sans doute, tout à leur bonheur enfin conquis, oublient-ils le monde pour jouir égoïstement de la joie de s'aimer et de se le redire sans cesse.

Cette joie, c'est moi qui la leur ai rendue, en me sacrifiant de gaieté de cœur. Il fallait qu'un génie malfaisant me soufflât l'idée de cette explication imprudente. J'aurais dû répondre aux récriminations de Mlle Mellin en lui disant : « Mademoiselle, chacun pour soi. Vous aimez M. Raynal, moi aussi. Il m'a préférée à vous. C'est un fait acquis. Je ne veux pas en savoir davantage. Tenons-nous en-là et rompons. ». Au lieu de cela, j'ai cédé à l'impulsion de mon orgueil, j'ai voulu me prouver à moi-même que j'étais digne d'être aimée pour ce que je suis, et, de propos délibéré, j'ai éloigné M. Raynal de moi. Et c'est *elle* qui sera sa femme. *Sa femme !* Pensée atroce, hallucinante. Et *ils* seront heureux pendant que, solitaire, je pleure sur mon bonheur envolé. Ma richesse n'a pu que m'attacher pour quelque temps un cœur déjà blessé, aigri par un dépit d'amour, et lorsque, lâche devant la douleur, j'ai essayé de ressaisir un bonheur même amoindri, diminué, loin de me servir, elle m'a trahie.

Le déchirement aigu des premiers jours a fait place en moi à une tristesse incurable. Un voile gris s'est étendu sur ma vie ; les choses ont perdu pour moi leurs couleurs. Tout est terne, comme recouvert d'une couche de cendre. Mon piano est là, muet ; les morceaux faciles, seuls exécutables pour la débutante que je suis, m'écœurent avec leur gaieté puérile. Je voudrais exhaler mes soupirs, mes gémissements et mes sanglots, dans la marche funèbre de Chopin, le « divin phtisique », pour mener le deuil de mon cœur ; mais ce triste plaisir m'est refusé.

Oh ! l'infinie désespérance de souffrir sans pouvoir crier sa douleur, de la renfermer en soi, sans personne à qui la confier, avec qui l'alléger en pleurant. Il me semble que je sois murée dans une tombe et que j'entende au-dessus de moi le pas des vivants, leur rire, tandis que, dans ma froide prison, mon cœur bat faiblement. Il va peut-être s'arrêter bientôt, et ce sera la mort bienfaisante, la mort libératrice. Qu'elle vienne sans tarder, elle sera la bienvenue !

… Oh ! l'ennui, l'accablant ennui qui mine le corps et l'âme, qui nourrit la tristesse et creuse la blessure. L'ennui est le vide du cœur, dit-on. Mais avec quoi remplir ce vide ? Ces romans que je passais naguère mes jours et mes nuits à dévorer, brûlant d'arriver au dénouement, je les trouve maintenant insipides et insupportables avec leur prétention menteuse de représenter la réalité, de faire mouvoir des personnages soi-disant copiés d'après nature. Je cherche à m'étourdir dans le commerce de mes camarades du voisinage ; mais bientôt, lassée de leurs propos oiseux et de leur insignifiant verbiage, je les fuis pour aller m'enfermer dans ma chambre, où je me retrouve en face de moi-même, ressassant mes tristes pensées, me remémorant les instants de bonheur à jamais enfuis, avec l'amer regret d'un ange déchu se souvenant du paradis perdu.

Mon cœur blessé se remettra-t-il à battre jamais ? La fleur fanée de mon âme se rouvrira-t-elle ? La défiance s'est insinuée en moi comme une vipère ; à chaque instant, je vois sa tête hideuse qui surgit dans mon esprit. Il me faudra désormais comprimer mes élans vers le beau, le vrai, le bien, tarir cette source de tendresse, de dévouement qui déborde de mon cœur. Toute parole aimable me paraît insidieuse, toute action méritoire entachée de calcul. Sentir la beauté du désintéressement, de la générosité et ne pas oser y croire de peur d'en être dupe, d'en mourir, comme lorsqu'on respire une belle fleur vénéneuse, voilà le supplice de Tantale que j'endure. Ah ! quel mal je me suis fait et quelle expérience désenchantée j'ai acquise !

Sur les débris de mes anciennes croyances, seule reste debout la fière silhouette de ce vaillant officier qui prêcha la bonté et l'abnégation d'un accent si convaincu, sans craindre de heurter mes chimères. Et moi, sottement vaniteuse, loin de l'écouter, j'ai pris des airs de reine outragée, alors que je me montrais ridicule et mauvaise. Mais à quoi bon m'attarder à des regrets stériles ? Il est reparti pour se replonger dans la fournaise. Au milieu de ses compagnons, animés comme lui du plus pur esprit de sacrifice, l'image de la poupée frivole et égoïste que je lui ai paru doit lui être odieuse. Le mieux que je puisse espérer, c'est qu'il m'aura fait la charité de m'oublier. Et dire que c'était peut-être le bonheur qui passait là, à ma portée, et que j'ai lâché la proie pour l'ombre, une ombre vaine et décevante ! J'en suis punie par un juste retour des choses. Ah ! je devrais me punir puisque, tout bien considéré, c'est moi seule qui suis responsable de ce qui m'arrive.

11 septembre.

Je viens d'assister à un drame d'amour. Tout à l'heure, on a transporté chez nous la fille d'un de nos fermiers, qui s'était empoisonnée avec une mixture d'opium et de vinaigre. Cet acte de désespoir, dû à l'amour, a mis tout le village en émoi. Les commentaires vont leur train ; les commères s'en vont racontant à tout venant l'odyssée de la suicidée.

Les parents de la petite paysanne ont agréé voici quelques années, en principe seulement, les ouvertures d'un gars qui prétendait à la main de celle-ci. Suivant une ancienne coutume, le candidat a été admis dans la famille pour *faire le gendre — làm rể* — en d'autres termes, pour accomplir un stage, trimant comme un domestique et recevant, pour tout salaire, les brimades du rude futur beau-père et les rebuffades de la future belle-mère acariâtre. Dans un moment de nervosité, l'aspirant-gendre a répondu un peu vivement à un reproche de cette dernière, peccadille qui l'a fait chasser sans autre forme de procès. Il s'en est allé Gros Jean comme il était venu. Or, les jeunes gens s'aimaient et espéraient que les parents de la jeune fille finiraient par consentir au mariage. Le renvoi du prétendant a été pour eux un coup terrible ; la paysanne en a ressenti un si violent désespoir qu'elle a tenté de mettre fin à ses jours.

La conduite du fermier et de sa femme est vraiment indigne. Ils ne semblent pas cependant en avoir conscience ; ils n'ont fait, disent-ils, que se conformer à une vieille coutume. Le fermier lui-même a dû s'y plier pour obtenir sa femme. Cette pratique n'en est pas moins barbare. Rappelant l'aventure biblique de Jacob et de Rachel, elle procédait, à l'origine, des mœurs toutes patriarcales qui régnaient alors dans les familles ; mais elle est devenue par la suite un moyen éhonté d'exploiter un des sentiments les plus légitimes de l'homme. Ceux qui profitent, sans bourse délier, des services de ces sortes de valets bénévoles, animés du zèle le plus louable, ne s'en montrent jamais satisfaits, de peur de se voir rappeler trop tôt leur promesse, dont ils reculent le plus longtemps qu'ils peuvent la réalisation. Le prétendant perd-il patience ? Il est aussitôt renvoyé sans cérémonie ni aucune indemnité. Un autre lui succède et le même cycle d'épreuves recommence.

Papa n'a pas caché au couple de vieux rapaces l'indignation que lui inspirait leur indélicatesse. Il les a menacés des foudres de la loi, en leur faisant remarquer que ce n'était ni plus ni moins qu'un vol qu'ils commettaient ainsi, ce qui a paru les émouvoir médiocrement. Ce que voyant, il a ajouté que si leur fille en échappait et s'ils persistaient à refuser de la donner à celui qu'elle aimait, il ne renouvellerait pas le bail l'année prochaine.

—Je ne veux pas avoir de rapports avec des gens sans scrupule, leur a-t-il dit.

Cet avertissement a produit sur eux plus d'effet. Ils se sont répandus en protestations, en alléguant qu'ils ne pensaient pas que les choses en arriveraient là, que ce n'était pas de leur faute et que le jeune homme leur ayant manqué de respect, ils devaient le punir de son insolence.

Sans écouter leurs lamentations hypocrites, papa a administré un vomitif à la pauvre petite, plongée dans sa stupeur mortelle. Comme son état restait toujours inquiétant, on a été obligé de la diriger d'urgence sur l'hôpital du chef-lieu, où elle trouvera les soins éclairés du docteur.

Le médecin sauvera-t-il cette paysanne si jeune et déjà dégoûtée de la vie ? Je m'intéresse à elle, parce qu'elle est pour moi, malgré son humble condition, une sœur, ma sœur dans la souffrance, dans le malheur. Toutes deux, nous sommes des victimes de l'amour. Dans sa situation désespérée, elle est pourtant moins malheureuse que moi, puisqu'elle est aimée d'un homme qui la plaint, qui doit être bourrelé d'angoisse pour elle et qui la pleurera si elle meurt. Mais qui donc s'intéresse à moi, hormis mes parents ? Tandis que je dévore mes larmes et que je me ronge le cœur, celui que j'aime rit et marivaude avec une autre.

Ainsi donc, cet amour à fleur de peau qui se déroule à travers les romans comme un conte de fée, cet amour prime sautier, sémillant, où les personnages font assaut de beaux sentiments et de fines galanteries, cet amour-là n'est qu'un pastiche affadi de l'autre, le vrai, un thème facile pour les romanciers et les auteurs dramatiques, un jeu de société, un mensonge ingénieux auquel les esprits avertis ne se laissent pas prendre. Cet amour-là, c'est l'amour vu à travers les tableaux de Boucher et de Watteau, un rêve d'artiste plein de fantaisie et de grâce, une œuvre d'art enfantée par l'imagination des hommes pour s'élever un instant au-dessus de l'ambiance oppressante et vulgaire.

En réalité, l'embarquement pour Cythère est le prélude d'un voyage fécond en péril et en épreuves, car l'amour sincère et passionné fait souffrir et mourir. Peut-être est-ce là le châtiment de ceux qui le prennent trop à cœur et s'y livrent de toute leur âme, la rançon de joies trop pures, trop enivrantes pour être laissées à l'homme. La sagesse serait de ne pas y croire ou de n'y croire que dans la mesure où l'incurable imperfection humaine nous le permet, en tenant compte des mille entraves qui nous attachent à la terre : liens d'intérêt, d'ambition, d'amour-propre, tous les mobiles qui nous portent à empiéter sur la part de nos voisins et à étendre dans tous les sens notre *moi* égoïste et jouisseur. Oui, ce serait le mieux. Mais il faudrait pour cela pétrifier mon cœur que le Ciel a fait, pour mon malheur, sensible et frémissant au moindre choc, comme une harpe éolienne qui vibre sous la caresse de la brise.

L'essence de l'amour, c'est la souffrance. Souffrant nous-mêmes à cause de ceux que nous aimons, faisant souffrir ceux qui nous aiment, nous nous acharnons à poursuivre un fantôme insaisissable, tournant le dos au bonheur, fascinés par les apparences brillantes, insensibles à la beauté morale. Moi aussi, j'ai été aveuglée par cette illusion, et j'en suis une des innombrables victimes.

Mais, alors que cette paysanne, qui ne raisonne ni ne raffine sur ses sentiments, a eu le courage de chercher à s'évader de la vie désormais sans joie pour elle, je ne sais que me lamenter, en courbant passivement la tête sous la main du Destin, résignée à mourir à petit feu, au lieu de me délivrer d'un seul coup de mes rancœurs.

19 septembre.

Hier soir; quinzième jour du huitième mois, a eu lieu la fête de la mi-automne. Mais l'astre des nuits n'a pu se dégager des nuages qui le voilaient pour recevoir les hommages des habitants de la terre. Pour une fois, la croyance populaire, qui considère cette nuit-là comme celle de l'année où la lumière lunaire jette le plus d'éclat, ne s'est pas vérifiée. L'animation de la fête s'en est ressentie: les sacrifices faits aux ancêtres et aux génies, on a mangé sans entrain le *bánh trung thu*, gâteau indigeste bourré d'amandes, de sucreries et d'autres ingrédients, déçus de voir la fête traditionnelle de la douce lumière gâtée par la pluie, qui avait mis sa grisaille sur le Ciel.

Ce temps maussade a accru ma tristesse. C'est à pareille date cependant, mais par une nuit brillamment éclairée, que l'empereur Thái Tỗ, de la maison des Đường, raconte la légende, fut transporté dans la lune par un sortilège d'un puissant magicien. L'auguste promeneur y trouva un palais magnifique, où Phœbé, la belle Hằng Nga, le régala d'un divin concert exécuté par ses gracieuses suivantes. Revenu sur la terre, l'empereur décida que cette nuit, où il avait été pendant quelques instants l'hôte des immortels, serait désormais commémorée tous les ans par une fête, pour atténuer le regret qu'il avait gardé de sa trop courte randonnée aérienne.

Jadis, à l'occasion de cette-fête, les lettrés s'assemblaient pour échanger des pensées d'un pessimisme souriant, en regardant le paysage idéalisé par une clarté vaporeuse, et composer des poèmes sur le bonheur d'une vie calme, vouée à la contemplation de la nature. L'idée de ce divertissement délicat avait été sans doute inspirée aux Chinois par la pensée de l'hiver proche, annoncé par la chute des feuilles jaunissantes balayées par un petit vent frais rasant le sol. Ils devaient se dire que ce qu'ils avaient sous leurs yeux bientôt ne serait plus, et le cœur un peu serré, ils jouissaient de la sérénité de l'heure qui passe, car ils sentaient la mort venir derrière eux. Après, ce serait en effet la terre couverte d'un linceul de neige, la bise froide gémissant aux portes, partout un silence de nécropole. Attristés d'avance par ce spectacle de deuil, ils éprouvaient des sensations mélancoliques et s'emplissaient les yeux de l'image familière de l'astre pâle, qu'ils ne verraient plus durant des mois, afin d'en garder le souvenir comme de la figure chère d'une amie partie pour un long voyage. Oh ! l'indicible tristesse des choses qui vont mourir. Peut-être valait-il mieux que la pluie vint tempérer ainsi une gaieté qui, trop bruyante, aurait juré avec le caractère intime de cette fête d'arrière-saison, où les émotions modérées s'harmonisent avec la grâce des demi-teintes, et que nous avons empruntée aux Chinois avec leurs mœurs, sans en comprendre la signification.

27 septembre.

Je m'ennuie de plus en plus ; je bâille ma vie, comme disait Chateaubriand. J'ai voulu me livrer à l'enseignement pour échapper, par le travail, à ce lent empoisonnement de l'âme. Mais papa s'est opposé à mon projet. Quelle était encore cette nouvelle lubie ? N'avais-je pas fini de me tourmenter la cervelle pour enfanter des idées saugrenues ? Après avoir dit et fait des choses plus insensées les unes que les autres, voici maintenant que je m'avisais de devenir institutrice. Quelle absurdité ! Ne pouvais-je donc laisser mon esprit en repos ?

Je suis entrée alors dans de plus amples explications. J'ai essayé de faire comprendre à papa que n'ayant, à l'heure présente, aucun but dans la vie, ni aucune occupation utile, je languissais d'ennui et tomberais malade si je ne cherchais à mieux employer mon temps et mes facultés. La carrière d'institutrice était, dans ces conditions, tout indiquée pour moi. N'était-il pas d'ailleurs égoïste de garder jalousement pour moi seule les connaissances que j'avais acquises, et ne serait-ce pas une bonne action d'en faire profiter les autres ? Former des intelligences, faire passer le meilleur de soi-même dans des cerveaux malléables comme de la cire vierge, donner le pain de l'esprit à des âmes naïves, avides de savoir et d'apprendre, quelle belle tâche, quelle puissance de créateur !

—À la bonne heure ! s'est écrié papa, voilà ton enthousiasme qui te reprend. Je crains cependant que ce ne soit qu'un feu de paille. Tu ne vois que le beau côté des choses, mais toute médaille a son revers. Assurément, c'est beau… de loin ; encore faut-il avoir la vocation. C'est, dit-on, un sacerdoce. C'est cela sans doute (le mot est pourtant bien usé aujourd'hui), qui doit te séduire dans la nouvelle entreprise où tu veux t'embarquer. En réalité, c'est fastidieux et fatigant. Te sens-tu, dis-moi, le courage de répéter à satiété les mêmes mots pour les graver dans des mémoires rebelles, de corriger trente ou quarante copies à peu près identiques dans leur gauche médiocrité, de garder une mine souriante devant des espiègleries sournoises, de tourner enfin indéfiniment dans le même cercle dont chaque point est marqué par un emploi du temps réglé comme du papier à musique ?

Soit ! Toutefois, cela n'est que le revers de la médaille, comme disait papa qui, plaidant le contre, était porté à charger le tableau pour les besoins de sa cause. Mais l'autre face, la contrepartie ne compense-t-elle pas, et au-delà, toutes ces petites incommodités ?

—N'éprouve-t-on pas, en revanche, ai-je objecté, de la fierté à se dire que cette mission est la plus noble qui soit ici-bas ?

Chez nous, le professeur était honoré à juste titre; on le considérait comme la pièce la plus importante, après le roi, de la charpente de l'Etat; il avait le pas sur le père, dont le rôle social passait avec raison pour moins capital que le sien. En effet, le père ne fait que donner la vie à l'enfant; c'est à l'instituteur que revient la tâche, infiniment plus délicate, de dégager des limbes l'esprit de celui-ci, d'éclairer son cœur et de faire de lui un honnête homme et un bon citoyen. Aussi les maîtres étaient-ils vénérés. Les plus grands mandarins, les plus savants docteurs abdiquaient leurs dignités et leur réputation devant leurs anciens professeurs pour redevenir les disciples déférents et dociles d'autrefois. Lorsque ces sages, comparables aux anciens philosophes grecs, mouraient, leurs élèves leur faisaient des obsèques grandioses et portaient leur deuil.

Papa a rétorqué que tout cela était vrai pour le passé, mais ne l'est plus de nos jours, où les professeurs font un métier comme les autres. Ils sont devenus des employés, le plus souvent mal payés. L'estampille officielle les a dépouillés de l'auréole des maîtres de jadis. C'est que ceux-là étaient tout ensemble des éducateurs et des instituteurs; ils enseignaient la morale avec les lettres. Education et instruction allaient de pair; dès le *Tam Tự Kinh*, les écoliers apprenaient par cœur de courtes phrases frappées comme des sentences et faciles à retenir. Dans le système d'éducation moderne, la morale n'occupe plus qu'un rang très effacé; on cultive l'esprit et même le corps au détriment du cœur. La science a fait tant de progrès et s'est ramifiée en tant de branches que pour en donner des notions élémentaires, les professeurs y consacrent la plus grande partie de leurs heures de classe. La morale est, en outre, enseignée d'une façon trop dogmatique; les préceptes en sont disséqués, catalogués, les devoirs de l'homme aux différentes étapes de sa vie et dans ses rapports avec ses semblables, rangés en espèces, subdivisés en genres et sous-genres comme le sont, en zoologie et en botanique, les animaux et les végétaux. Les élèves étudient cette matière comme toute autre pour satisfaire aux programmes, sans en assimiler la moelle. Selon le mot de Montaigne, ils en sont arrosés mais non pas teints. Leçons stériles qui meublent la mémoire de maximes desséchées comme des momies, et laissent la conscience atrophiée, inerte devant la voix singulièrement puissante des passions mauvaises. Voilà pourquoi les instituteurs d'aujourd'hui n'ont plus le prestige de leurs devanciers. Cependant, même réduite par la force des choses, leur tâche n'en reste pas moins ingrate et absorbante. Fonctionnaires, soit ! Mais ce sont les plus consciencieux et les plus probes des fonctionnaires, qui ont droit à tout notre respect et à toute notre reconnaissance. Ils méritent d'être plus haut placés dans l'estime publique, qui doit mesurer la considération due à chacun, non à l'importance de la position sociale, mais aux services rendus à la collectivité.

— Tu n'as pas l'étoffe d'une bonne institutrice, a ajouté papa en riant. Ah non ! Pas pour un sou. L'accomplissement régulier d'une besogne monotone ne te va point. Tu gâcherais le métier. Heureusement, tu n'es pas dans la nécessité de l'exercer pour gagner ta vie.

Papa persistait à traiter mon projet comme un caprice de petite fille. En voyant mon impuissance à le lui faire prendre au sérieux, j'ai été prise de désespoir comme un muet incapable de se faire comprendre avec ses sons inarticulés.

— Il ne s'agit pas de gagner ma vie, papa. Je m'ennuie, vous dis-je, et je cherche un remède à mon état, qui n'a rien d'agréable, je vous assure. Ce remède, je croyais l'avoir trouvé, et vous jetez une douche glacée sur mon enthousiasme. Alors que puis-je bien faire pour me délivrer de cet intolérable ennui qui s'attache à moi et s'infiltre chaque jour davantage dans tout mon être ? Il faut bien que mon instruction me serve à quelque chose, ne serait-ce qu'à me tirer de cette torpeur où je m'enlise de plus en plus.

—Tu as tes livres, ton piano, et des parents qui t'aiment et font tes quatre volontés, tu le sais bien, petite sotte. Que veux-tu de plus ? Bien des jeunes filles seraient heureuses d'en voir seulement la moitié.

Mes livres, mon piano ! Ce ne sont plus pour moi que des joujoux au ressort cassé. Quant à mes parents, ils m'aiment, certes, mais ils ne soupçonnent pas la crise douloureuse que je traverse et qui peut se dénouer d'un jour à l'autre d'une façon tragique. Avec eux et auprès d'eux, j'éprouve une horrible impression de solitude morale. Jusqu'à quand subirai-je donc cette existence à la fois vide et pesante ? Quelle lâche je fais !

DEUXIÈME PARTIE
Angkor

28 octobre.

e suis rentrée depuis trois jours d'un voyage au Cambodge. Papa, inquiet de mes traits tirés et de mes yeux battus, m'avait proposé de me faire changer d'air en m'emmenant avec lui aux célèbres ruines d'Angkor. Il y avait longtemps qu'il caressait ce projet. J'avais acquiescé, plutôt pour lui faire plaisir que pour mon propre agrément. Nous avions gagné Mỹ Tho où nous nous étions embarqués sur un bateau des Messageries fluviales qui partait pour Pnôm-Penh.

Des paysages familiers se déroulent d'abord devant mes yeux indifférents. Sur les rives, au premier plan, le regard est arrêté par une brousse inextricable née du limon, et d'où des palétuviers rabougris se détachent pour aller baigner leur pied dans l'eau. Derrière cet écran de verdure, des bananiers, des aréquiers et des cocotiers balancent mollement leurs panaches. Par intervalles, une éclaircie laisse entrevoir de petites *cái nhà* en paillottes, tassées comme des *bà già*. Le remous produit par les battements de l'hélice fait danser les sampans amarrés et les jonques lourdement chargées que l'on rencontre à chaque instant. Des *nhỏs*, des femmes ou des hommes descendent en toute hâte dans les petites embarcations, qu'ils maintiennent éloignées de la berge au moyen de longues perches ou de rames pour les préserver des chocs qui pourraient les fracasser.

Le soir, un court crépuscule vient teinter de mélancolie les choses. Puis la nuit baisse son rideau sombre sur la scène. Bientôt, un décor de féerie surgit de l'ombre. La lune monte, jouant à cache-cache entre les arbres, et verse sa lumière laiteuse sur un paysage flou, presque irréel… Le bateau semble voguer dans un pays de rêve. Sur le fleuve, des lumières clignotent, signalant la présence de jonques, qu'on croirait endormies sans la voix des rameurs qui chantent pour lutter contre le sommeil. La nuit devient fraîche. Après Tân-Châu, sur le territoire de la province de Châu Đốc, où le navire fait escale, l'aspect des rives commence à changer sensiblement. Des cases perchées sur des pilotis profilent leur silhouette svelte derrière la colonnade des palmiers qui agitent doucement au-dessus d'elles leurs feuilles larges et dentelées.

Le lendemain matin, nous arrivons devant Pnôm-Penh, vingt-quatre heures environ après avoir quitté Mỹ Tho. Du pont du bateau, la ville apparaît à nos yeux dans une mer de verdure, d'où émerge comme un phare le dôme du Phuôm. Nous débarquons. Les arbres, dont les cimes se rejoignent en voûte, les rues en terres de Biên Hòa, semblent fraîchement peints les uns en vert, les autres en rouge. Nous parcourons les trois quartiers de la ville. Le quartier européen a un aspect propre et coquet ; on y trouve quelques bâtiments de belle allure. Près du Trésor, mes regards, attirés par le mouvement animé de la batellerie indigène, tombent tout à coup sur les sept têtes horribles du serpent *naga* s'épanouissant en éventail à l'entrée du pont jeté sur le canal de ceinture. Le serpent polycéphale est un motif décoratif aussi commun dans l'architecture cambodgienne que le dragon dans l'architecture chinoise, d'où dérive la nôtre.

Le quartier chinois a l'air d'un immense bazar avec ses boutiques toutes semblables les unes aux autres le long desquelles courent des galeries couvertes où le promeneur circule à l'ombre.

Le quartier cambodgien, moins riche, a plus de couleur locale ; c'est là, au cœur de la capitale, que les cambodgiens se sentent vraiment chez eux. La taille bien prise, les épaules carrées, les jambes droites, le gros orteil des pieds écarté comme chez les *Giao Chỉ*, nos ancêtres, les cheveux coupés en brosse, ils passent d'une démarche indolente, tels des descendants d'une race de rois déchus. Les hommes portent une veste de coton et un *sampot*[4] que certains remplacent par un pantalon court. Les femmes, vêtues également du *sampot*, croisent sur leurs seins une écharpe légère et chatoyante, qu'elles déplacent souvent pour éviter la chaleur et disposent de façons variées avec la grâce nonchalante de Célimène jouant de l'éventail. Chez quelques-unes, le costume national est modernisé : jupe tombante, robe pincée à la taille, serrée aux poignets et entrouverte sur la gorge. Les femmes riches ornent leurs robes de dentelle et se parent de bijoux et de ceintures de soie et d'or.

Presque à chaque pas, nous rencontrons des bonzes qui s'en vont d'une allure lente et placide, leur crâne rasé luisant au soleil, gravement drapés dans leur toge couleur safran, la poitrine barrée d'une écharpe décorée d'attributs.

Au centre du quartier cambodgien s'élève le palais royal, ensemble un peu hétéroclite de bâtiments de style européen et de constructions cambodgiennes. Grâce à l'aimable interven-

4 Pièce de soie ou de coton roulée autour des reins et dont un coin est relevé entre les jambes et fixé par derrière à la ceinture, de manière à en faire une sorte de culotte bouffante.

tion du ministre du Palais, à qui papa a été recommandé, nous sommes autorisés à visiter la pagode royale, qui n'est ouverte au public qu'aux jours de fête. C'est sans doute l'affluence de peuple en ces solennités que salue dans la cour, d'un geste large, le bicorne à la main, la statue du bon roi Norodom caracolant en uniforme de général de la République sur un cheval fringant. Cette attitude martiale doit étonner quelque peu les vieux cambodgiens, qui voient encore le roi débonnaire passant ses journées à chiquer au milieu de ses femmes, confortablement calé par des coussins à pans superposés.

La pagode, d'architecture khmère, est d'un style un peu rococo, gâté par des velléités de modernisme. Des milliers de clochettes tintinnabulent autour du toit à triple étage surmonté d'une élégante flèche en bois sculpté et reposant sur des colonnes en bois peint imitant le marbre. Sur les arêtes du toit, des trompes d'éléphant gracieusement relevées semblent attendre une pluie désaltérante ; aux angles des étages inférieurs, des trompes d'éléphant tricéphales font rutiler leurs dorures.

Nous gravissons l'escalier conduisant aux galeries et pénétrons déchaussés dans le sanctuaire au dallage d'argent et aux murs décorés de fresques mi-religieuses mi-historiques, vivement enluminées et naïves comme des tableaux de Primitif. L'autel est d'un fini achevé : faite de bois précieux délicatement ouvragé, dorée, encombrée à sa base de vases en verre, en argent ou en or, offrandes des fidèles, la pyramide supporte un bouddha d'émeraude abrité sous un dais richement brodé.

En sortant du sanctuaire, on voit autour des galeries des plantes et des fleurs rares soigneusement entretenues. C'est, au contraire, une végétation libre et luxuriante que l'on trouve au vaste jardin du Phnôm, sillonné de larges avenues bordées de grands arbres à l'ombre desquels pousse une flore très riche qui embaume l'air d'un arôme indéfinissable. Des pelouses, des corbeilles, des cages de reptiles, d'animaux sauvages, une volière où une grande variété d'oiseaux confondent leurs cris et leurs coloris divers, achèvent de donner à l'endroit l'aspect d'un jardin botanique.

On monte à la pagode du Phnôm par un escalier monumental en limonite ou pierre de Biên Hòa, décoré de reproduction des statues d'Angkor : lions, guerriers armés de massues, qui font au visiteur une double haie d'honneur. Sur la face opposée, à l'Ouest, une tour pyramidale se dresse au-dessus de la toiture de la pagode.

Notre curiosité satisfaite, nous continuons notre voyage vers Angkor, en traversant les lacs. C'est d'abord le Tonlé-Sap, où nous passons devant les capitales successives du Cambodge, dont le passé a connu bien des vicissitudes : *Oudong*, *Lovek*, qui gardent encore quelques vestiges de leurs anciennes splendeurs.

Les rives s'éloignent de plus en plus, tandis qu'à l'horizon s'estompent les contreforts de la chaîne des Cardamomes. Nous naviguons au-dessus de la forêt noyée, comme en pleine mer : nous sommes sur le grand lac. Dans la nuit, le bateau atteint l'embouchure de la rivière de Siêm-Réap, où il jette l'ancre. Au point du jour, je descends avec papa dans un sampan pour gagner la rive. Notre embarcation évolue parmi les îlots formés par les cimes des arbres submergés. Au passage, des singes moqueurs me font des grimaces comme pour railler ma mine défaite, en grignotant des baies et en gambadant. Nous mettons le pied, non sans peine, sur une terre détrempée, boueuse, où mes mules brodées se seraient enfoncées si je n'avais eu l'heureuse inspiration de les remplacer par des bottines à haute tige. Avec l'aide de papa, je me hisse dans une charrette à bœufs qui s'en va cahin-caha. Le même paysage déjà vu défile monotone : des cases, des arbres. Puis le sol devient plus ferme ; nous quittons nos charrettes pour une auto, passant ainsi du mode de locomotion le plus primitif au plus moderne.

Nous sommes enfin rendus à Angkor. L'auto stoppe devant le *bungalow*, où papa nous a fait réserver deux chambres. Je n'ai rien de plus pressé que de prendre possession de la mienne pour réparer le désordre de ma toilette fripée et couverte de poussière et d'éclaboussures de boue.

Remise des fatigues du voyage par un bon repas et quelques heures de sieste, je commence avec papa, dans l'après-midi, sous la conduite d'un guide, la visite des ruines, qui nous prend deux jours.

J'espérais que la commotion produite par la vue de merveilles tant vantées secouerait l'apathie qui me rendait indifférente à tout, comme un vieillard blasé. Papa y comptait également. C'est un sentiment de désappointement que j'éprouve. Non point, certes, que ces monuments me paraissent au-dessous de leur renommée. Mais ma tristesse redouble à la vue de ces témoins d'une civilisation disparue, qui confondent l'orgueil humain en proclamant la vanité des choses de ce monde, et m'entretiennent de la mort et de la douleur. Je me sens écrasée devant ces vastes palais et ces temples immenses recouverts du soubassement au faite de moulures et de sculptures burinées, fouillées, ciselées dans d'énormes blocs de grès. Et, plus haut que l'admiration, une pitié rétrospective parle en moi ; j'essaie de me représenter la somme colossale de travail qu'exigea leur édification. Que de peines et de souffrances pour aboutir à la destruction et à l'oubli ! Quel cataclysme foudroyant balaya, sans en laisser la moindre trace, les multitudes qui peuplaient l'antique cité, autrefois pleine de tumulte et d'animation ? Dans quel coin ignoré de la brousse dorment-ils, les rois superbes qui ordonnèrent la construction de ces édifices, les artistes qui en conçurent le plan et les ouvriers qui les bâtirent ? Leurs cendres ne se dispersèrent-elles pas plutôt au vent des révolutions ou dans le bouleversement des invasions étrangères ? À Pompéi, les fouilles ont mis à jour des cadavres pétrifiés dans l'attitude que les victimes avaient au moment où le déluge de feu et de lave s'abattit sur la ville. Ici, ce ne sont que des pierres muettes, au milieu d'une solitude désolée, où plane un morne silence, à peine troublé par le murmure des bonzes, doux et grave comme une prière pour les trépassés. Peut-être, la nuit, les fantômes de ceux qui manièrent et façonnèrent ces pierres reviennent-ils en ces lieux pour errer dans les couloirs et les vestibules que frôlent dans un frou-frou continuel les ailes fauves des chauves-souris. Il me semble que leurs larmes suintent aux parois moites des murs. Une association subite d'idées me fait penser au beau sonnet de M. Sully-Prudhomme sur les pyramides d'Egypte.

Quelqu'un m'est apparu très loin dans le passé ;
C'était un ouvrier des hautes Pyramides,
Adolescent perdu dans ces foules timides
Qu'écrasait le granit pour Chéops entassé.

Or, ses genoux tremblaient ; il pliait harassé
Sous la pierre, surcroît au poids des cieux torrides ;
L'effort gonflait son front et le creusait de rides.
Il cria tout à coup comme un arbre cassé.

Ce cri fit frémir l'air, ébranla l'éther sombre,
Monta, puis atteignit les étoiles sans nombre
Où l'astrologue lit les jeux tristes du sort.

Il monte, il va, cherchant les dieux et la justice.
Et depuis trois mille ans, sous l'énorme bâtisse,
Dans sa gloire, Chéops inaltérable dort.

Les lectures que j'ai faites pendant le voyage me reviennent en mémoire et prêtent une vie éphémère à ces choses mortes. Et dans mon imagination hallucinée, le passé surgit du fond des âges, évoquant les splendeurs évanouies.

⚜⚜⚜⚜⚜⚜⚜

Sous le ciel éblouissant, au milieu du manteau vert de la plaine, en avant de la ligne sombre des forêts, Yaçodharapura, la grande capitale, se dressait, avec son large fossé, ses remparts cyclopéens, ses tours étincelantes, opposant sa formidable masse brune aux croupes bleues des montagnes lointaines. Elle paraissait bien « imprenable, terrifiante », comme l'avait voulu son fondateur, le roi Yaçovarman, qui l'avait fait bâtir à la suite d'une révolte où il avait failli perdre la vie avec la couronne. Ses troupes s'étant dispersées devant les rebelles, le prince avait été obligé de combattre en personne avec une poignée de fidèles. Deux d'entre eux lui avaient fait un rempart de leur corps et étaient tombés sous ses yeux. La paix rétablie, Yaçovarman, selon les termes d'une inscription, « pour éviter le retour de ces criminelles espérances qui épient les points faibles d'un royaume et tuent les rois », avait organisé un service d'espions et fait construire une solide citadelle qui le mit à l'abri des surprises. Il en avait fait sa capitale et l'avait appelée *Kambupuri*, la ville de Kambu.

On se serait cru en présence d'une cité de géants, l'inabordable Lanka des *Yaksas*, le mystérieux repaire des ogres. Le sentiment d'oppression quasi-religieuse qu'on ressentait devant ce tableau impressionnant devenait plus intense à mesure qu'on approchait. Cinq chaussées de limonite dallées de grès étaient jetées au travers du fossé. Sur la corniche de ses ponts s'allongeait, en guise de rampe, un gigantesque *nâga*. Cinquante-quatre géants, arc-boutés sur leurs jambes, serraient dans leurs mains le corps du monstrueux serpent. Cent-huit statues, chiffre sacré, s'échelonnaient ainsi des deux côtés de chaque pont, aux deux extrémités duquel des géants à douze têtes tenaient dans leurs vingt-quatre mains les neuf têtes et la queue du *nâga*.

Aux chaussées correspondaient cinq entrées monumentales, pratiquées dans une épaisse muraille de plus de douze kilomètres de pourtour, renforcée sur sa paroi interne par un glacis en plan incliné servant de chemin de ronde. Les portes, pourvues d'énormes vantaux de bois, s'ouvraient chacune dans un porche de vingt mètres de haut au fronton sculpté, et relié à la muraille par deux galeries latérales. Au-dessus du passage, trois tours accolées présentaient aux quatre points cardinaux la quadruple face de Brahma, ceinte de diadèmes et encadrée de lourds pendants d'oreilles. Les portes étaient gardées par des éléphants tricéphales, postés des deux côtés, dans les angles, d'où ils se détachaient comme s'ils sortaient du mur.

La face orientale de l'enceinte, la plus importante, avait deux portes : le *Thvéa chey*, la porte de la Victoire, par où passaient les somptueux cortèges, et les *Thvéa khmoch*, la porte des Fantômes, réservée aux convois funèbres des morts de qualité, qu'on allait brûler hors de la ville pour recueillir leurs cendres dans des urnes en or ou en argent. Chacune des trois autres faces n'avait qu'une seule entrée. Des portes partaient en cinq avenues, larges de trente mètres et longues de mille cinq cents, faites de levées de terre d'un faible relief, et convergeant vers le centre de la ville. Celles du Sud, de l'Ouest et de la porte des Morts, à l'Est, menaient au Baïon, celle du nord au forum, autour duquel étaient groupés les principaux monuments, et celle de la porte de la Victoire au perron central de la terrasse d'honneur de l'enceinte royale.

Les habitations particulières, construites sur pilotis, bordaient les avenues, sans symétrie et sans alignement, entourées de jardinets où leurs occupants cultivaient les fleurs, dont les khmers ont eu de tout temps la passion. Elles appartenaient pour la plupart aux gens du peuple, et différaient par leur couverture de chaume, leurs dimensions restreintes et leur disposition intérieure, des maisons de nobles disséminées autour des *sras*[5], où croissait le lotus, parmi les banians sacrés, les faux cotonniers aux fleurs rouges en grappe et les touffes bruissantes de bambous. Encore pour ses dernières mêmes, le temple de famille et le corps principal pouvaient-ils seuls être couverts en tuiles, les bâtiments accessoires et les dépendances devaient l'être en chaume.

Les dimensions de ces demeures étaient également déterminées par le rang officiel des maîtres.

Malgré ces entraves au luxe, les constructeurs de ces siècles artistes savaient cependant donner de l'élégance aux maisons, en soignant les moindres détails, jusqu'aux tuiles et aux épis de faîtage, qu'ils décoraient de moulures et d'ornements à l'imitation de la pierre. La rigueur de ces prohibitions devait, du reste, s'adoucir plus tard dans le relâchement général des mœurs.

En arrivant de l'Est, par l'avenue de la Victoire, on allait d'enchantement en enchantement. L'avenue aboutissait à une imposante terrasse longeant la façade orientale de l'enceinte royale. On y accédait par cinq perrons : trois au centre, et un à chaque extrémité. Le perron central semblait s'avancer au-devant du visiteur, par un vigoureux ressaut en dehors de la ligne de façade. Les lions accroupis sur les rampes prolongeaient la perspective avec leur taille qui diminuait à mesure que les paliers s'élevaient, donnant ainsi plus de recul aux objets placés à l'arrière-plan. Au-dessous d'eux, de colossaux *garoudas*[6], qui

5 Etangs ou bassins.

6 Oiseau de Vishnou, destructeur de serpents, représenté dans l'architecture khmère sous la forme d'un animal fantastique à tête d'oiseau ou quelquefois de tigre et les bras d'un homme, l'arrière-corps d'un tigre, et les cuisses couvertes d'écailles.

allaient grossissant en sens inverse, soutenaient en cariatides la corniche de leurs mains relevées et de la pointe de leurs ailes. Sur les panneaux compris entre les perrons extrêmes et ceux flanquant le perron central se déroulaient des batailles, des chasses royales avec un nombreux cortège d'éléphants.

La terrasse parcourue suivant l'axe du perron central, on trouvait deux enceintes séparées par un fossé large de vingt mètres et communiquant entre elles par des chaussées. La seconde enceinte, percée de cinq portes surmontées de tours, enfermait dans un vaste quadrilatère un grand nombre de bâtiments. C'était la résidence royale, la ville interdite, cité dans la cité, qui se suffisait à elle-même, avec son personnel féminin, son corps de ballet, sa troupe de chanteuses et de musiciennes, son trésor, son temple, ses ateliers, ses parcs, ses magasins, sa salle de spectacle.

C'était le sanctuaire du roi, dieu vivant plus inaccessible que les divinités des temples. Le souverain ne sortait que cinq ou six fois l'an pour présider des cérémonies solennelles. Même dans ces occasions, nul n'osait le regarder en face. Tous, à la voix des hérauts criant d'une voix tonnante : *sambah*, se prosternaient, le front dans la poussière. Seuls des privilégiés pouvaient l'entrevoir dans son palais lorsqu'il venait s'asseoir avec la première reine à la fenêtre de son appartement privé. Les gens du palais se rangeaient alors sous la fenêtre, des deux côtés de la véranda et se succédaient pour voir. Chacun obtenait ainsi un rapide coup d'œil.

Aussi des légendes circulaient-elles dans le peuple sur les richesses fabuleuses accumulées dans la demeure royale et sur la personne même du roi. On prétendait qu'au-dessus des reines et de ses favorites, il avait une redoutable épouse, visible pour lui seul, qu'il devait entourer d'attentions particulières et avec qui il se rencontrait toutes les nuits dans la tour, entièrement revêtue de plaques d'or du temple du *Phiméanakas*, « la demeure céleste », situé au centre de l'enclos : c'était l'esprit du *nâga* à neuf têtes, maître du sol de tout le royaume. Lorsque cet être surnaturel n'apparaissait pas, c'est que le roi allait mourir. Celui-ci manquait-il à un de ses rendez-vous nocturnes ? Il lui arriverait malheur.

Invisible, mystérieux, le roi vivait ainsi, servi exclusivement par une multitude de femmes : en tête, les cinq reines, une pour l'appartement privé, quatre pour les quatre points cardinaux, puis des milliers de concubines et de suivantes choisies parmi les plus belles jeunes filles du royaume et divisées en plusieurs classes. Ces femmes ne franchissaient leur seuil que pour se promener dans des parcs aux frais ombrages, où gambadaient des cerfs apprivoisés. De temps en temps, les intrigues qui se tramaient entre elles pour capter la faveur du maître transpiraient au dehors, divulguées sous le manteau par les femmes de service, qui étaient seules autorisées à sortir en ville. On les reconnaissait aux marques de vermillon plaquées sur le haut rasé de leur front et sur leurs tempes. On en voyait toujours un grand nombre aux abords du palais, qui allaient chercher des provisions ou en rapportaient, un panier ou un vase en équilibre sur la tête.

En face de la porte des Morts, au centre de la ville, à cinq ou six cents mètres de l'enceinte royale, le temple du Baïon, le Westminster de la grande métropole, où reposaient dans des *caiti*[7] les cendres des rois et des personnages illustres de la capitale, dressait orgueilleusement ses quarante-deux tours, dominées par une maîtresse tour d'or, portant toutes la quadruple face de Brahma. Etagé en trois gradins, avec seize portes précédées de péristyles, entouré d'une double galerie avec des bas-reliefs représentant des scènes de la vie courante,

7 Pyramides funéraires à base octogonale.

des cortèges, des combats. Cet édifice était le chef-d'œuvre de l'architecture khmère. Certes, tout n'y était pas irréprochable. L'étroitesse des galeries étonnait dans un monument de si grandes proportions ; les constructeurs, ignorant le cintre hardi enjambant le vide, avaient donné aux voûtes la forme d'un V renversé, aux branches à peine courbées. L'expression et les poses des figures humaines manquaient de naturel et de souplesse : les dessinateurs, incapables de rendre le raccourci, avaient tourné la difficulté en profilant de travers les pieds des légères *apsaras*. Ce faux mouvement était souligné par de lourds anneaux encerclant les chevilles, de sorte qu'à voir leurs pieds tordus, on eût dit qu'on avait estropié et chargé de chaînes les nymphes divines pour les empêcher de prendre leur vol à travers les airs, leur élément. Mais la conception d'ensemble était supérieure ; l'exécution, minutieuse et habile, sauf des imperfections de détail, était digne du plan.

À quatre cents mètres du Baïon, un peu vers l'Ouest, le *Yaçodharagiri*[8] pyramide à quatre étages, pointait dans le ciel sa haute tour de cuivre.

Devant les deux magasins royaux, édifices d'une ornementation sobre mais élégante donnant sur la face orientale du forum, on remarquait douze tours en briques qui servaient au « jugement céleste ». Lorsque deux familles étaient en contestation et que la cause était trop obscure pour la justice humaine, les représentants des parties allaient s'asseoir chacun sur l'une des tours, tandis que les leurs se surveillaient mutuellement en bas. Généralement, au bout d'un ou de plusieurs jours d'exposition au soleil et au grand air, il venait à l'un des champions une indisposition, des ulcères ou des clous. Les dieux, pris à témoin de l'épreuve, s'étaient prononcés : les juges n'avaient

8 Le Ba-Puon.

qu'à ratifier leur sentence occulte en donnant gain de cause à la partie représentée par le plus endurant des deux adversaires.

Çà et là, d'humbles chapelles bouddhiques se tapissaient à côté de ces monuments grandioses, comme des champignons poussant à l'ombre d'un arbre centenaire. Qui se serait douté qu'un jour le dieu qu'on y adorait détrônerait les terribles divinités des temples ?

Du haut des tours du *Baïon,* les faces innombrables de Brahma, empreintes de calme et de douceur, regardaient de leurs yeux vides, aux paupières baissées, avec leur sourire figé dans la pierre, la vie qui coulait au-dessous d'elles dans les grandes artères de la cité, sans fièvre et sans heurt comme le Mékong au moment des basses eaux…

Les hommes, très noirs, les cheveux noués en chignon, le torse nu, ayant pour tout vêtement un *sampot*, déambulaient d'un pas de flâneur. Les femmes, des fleurs piquées dans leurs cheveux qu'elles portaient également en chignon, vêtues de *sampots* à ramages, passaient en riant, la poitrine découverte, d'une démarche voluptueuse de chatte, les unes trop tôt épanouies, les autres prématurément flétries. Celles qui appartenaient au palais royal et aux maisons nobles se distinguaient par leur peau blanche. Les coquettes avaient la plante des pieds et la paume des mains teintes en rouge, les doigts et les bras chargés de bagues et de bracelets d'or, et laissaient derrière elles un capiteux parfum de musc et de santal. Les brahmanes, *l'upavita*[9] au cou, fendaient dédaigneusement la foule. Des bonzes bouddhistes, représentants de la nouvelle religion venue du Sud, vêtus de jaune, cheminaient en regardant devant eux par-dessus leurs éventails ouverts, soucieux d'éviter le contact des femmes.

---

9 Cordon de fil blanc, insigne de la caste des brahmanes.

De temps en temps, les passants se garaient pour livrer passage aux escortes des mandarins étendus dans leur palanquin et abrités du soleil par des parasols faits de taffetas rouge de Chine avec des franges tombant jusqu'à terre. Les bras des palanquins étaient sculptés, garnis d'or ou d'argent, les manches des parasols ornés des mêmes métaux. On s'écartait avec plus ou moins d'empressement, en jugeant du rang des dignitaires d'après la nature des ornements de leurs palanquins et de leurs parasols, ainsi que le nombre de ces derniers. Les plus hauts mandarins avaient droit à un palanquin à brancard d'or et à quatre parasols à manche d'or. Les moins importants allaient à pied, ombragés par un parasol à manche d'or ou d'argent.

Il n'était pas rare de rencontrer des brahmanes parmi les plus puissants de ces personnages. La religion brahmanique était, en effet, toujours le culte officiel ; l'influence de ses ministres restait prépondérante auprès du roi. Les *pandits* entrés en charge arrivaient souvent aux postes les plus éminents sans jamais quitter le cordon brahmanique. Cependant, certains bonzes s'étaient conciliés, par leur haute intelligence et la dignité de leur vie, l'estime du souverain, qui les consultait dans les affaires graves et les honorait du palanquin à brancard d'or et du parasol à manche d'or ou d'argent.

Des étrangers de passage : Javanais, Malais, Indiens, aussi sommairement vêtus que les autochtones, flânaient, un peu dépaysés. Des marchands chinois aux vêtements amples, aux longs cheveux pris dans un bonnet, regardaient avec mépris cette cohue de barbares presque nus…

Telle était Yaçodharapura, la ville aux cent tours, qui devait s'appeler plus tard Angkor-Thom, Angkor la grande, célèbre alors dans tout l'Orient par sa splendeur. Ses richesses, accrues par l'imagination et les exagérations des voyageurs, excitaient bien des convoitises. Mise à sac et abandonnée, restaurée seize ans après dans sa dignité de capitale, elle se trouvait à l'apogée de sa gloire.

On était en l'année 1145, sous le règne de Suryâvarman, roi guerrier et protecteur des arts, à qui une centaine de princes feudataires rendaient hommage et payaient tribut.

L'admirable position de la cité n'avait pas peu contribué à sa prospérité. Assise non loin des bords du Grand Lac, elle voyait affluer dans son port, à l'époque des hautes eaux, les navires de l'Inde, de la Malaisie, de la Chine, du Japon, de Java et de Sumatra, qui lui apportaient des étoffes d'Occident, très appréciées des Khmers pour leur largeur et leur finesse, et qui coûtaient plus cher que le satin de Chine, de l'or en feuilles et en barres, des vases en cuivre, des soieries bigarrées, de l'étain de Tchen-tchéou, des plateaux en laque de Wen-tchéou, des porcelaines bleues de Ts'iuan-tchéou, du mercure, du vermillon, du papier, du soufre, du salpêtre, du santal, de la racine d'iris, du musc, de la toile, des parapluies en papier huilé, des marmites en fer, des plateaux de cuivre, des aiguilles, des nattes de Ming-tchéou en grande quantité. Les jonques échangeaient leur cargaison contre les produits du pays : plumes d'oiseaux, ivoire, cornes de rhinocéros, cardamome, cire d'abeilles, huile végétale, poivre, curcuma, résine, écailles de tortue.

Les caravanes se croisaient sur les larges chaussées de pierre, élevées au-dessus de l'inondation, par lesquelles Yaçodharapura communiquait en tout temps avec le golfe du Grand Lac. D'autres navires, allant aux Indes ou en Chine, ne faisaient que relâcher dans le port, qui se trouvait sur la route maritime reliant les deux plus puissants empires asiatiques. Ce trafic donnait une grande animation à la cité, dont il faisait en même temps la fortune.

La population vivait heureuse dans l'abondance. De mœurs peu raffinées, les produits étrangers n'étaient pour elle qu'un luxe; le pays lui fournissait largement le riz et le poisson dont elle se nourrissait. Le sol, fécondé par les débordements périodiques du Mékong, donnait trois ou quatre récoltes par an. On cultivait une espèce de riz aquatique qui surnageait constamment, quelles que fussent la hauteur et la rapidité de la crue. Chaque année, les pluies transformaient le Tonlé-Sap en un immense vivier naturel, d'où, à chaque coup, les filets sortaient remplis à crever les mailles.

Les hommes s'adonnaient exclusivement à la pêche et à la culture du riz. Ils abandonnaient, comme des occupations indignes d'eux, les travaux domestiques et le commerce aux femmes, qui étaient d'avisées petites marchandes. Il n'y avait pas de boutiques permanentes; les marchandises étaient étalées par terre, sur une natte. Une petite taxe était perçue pour l'emplacement occupé. Les petits achats se soldaient par du riz, des céréales, de menus objets d'importation étrangère, les transactions de moyenne importance par du drap. Les grosses affaires se traitaient avec de l'or et de l'argent.

Mais la plupart des femmes restaient au logis pour confectionner de la toile de coton, d'une façon fort rudimentaire, car elles ignoraient l'usage du rouet et du métier à tisser. C'était à la main qu'elles filaient leur écheveau et travaillaient à la pièce de toile attachée à l'autre extrémité à leur ceinture, en se servant de morceaux de bambou en guise de navettes. La couture et la reprise leur étaient inconnues: elles donnaient les vêtements déchirés à raccommoder à des Siamoises, moyennant un minime salaire.

Les maisons étaient généralement dépourvues de meubles. On couchait sur des nattes étendues sur le plancher, recouvert souvent de peaux de tigre, de panthère, de cerf ou de daim.

Les ustensiles de ménage étaient fort grossiers. La ration de riz quotidienne était décortiquée dans un mortier à coups de pilon. Cuit dans une marmite de terre, sur un foyer fait de trois pierres enfoncées dans le sol, le riz était servi dans un plat de terre on de cuivre placé au milieu des convives, qui y puisaient avec leurs doigts trempés préalablement dans un bol d'étain ou de terre plein d'eau que chacun avait à côté de soi, pour que le riz ne s'y collât pas. La sauce était versée dans de petites tasses en feuilles d'arbre parfaitement étanches. Pour prendre le jus, on employait des cuillers en feuilles de *kajang*, qu'on jetait après chaque repas. On buvait dans des gobelets d'étain ou des écuelles de terre des boissons préparées avec du miel, du riz, des feuilles de *kajang*, ou du sucre de canne. Chez les nobles et les riches, les mets étaient contenus dans des récipients d'argent, quelquefois même d'or.

Leurs travaux terminés, hommes et femmes s'assemblaient pour chanter des mélopées traînantes en s'accompagnant d'une musique aux accents tristes et monotones. À la belle saison, par les nuits splendidement éclairées, les chants et les rires s'entendaient très tard dans les hameaux. Le moindre événement était prétexte à réjouissances ; chaque mois avait sa fête.

Ces primitifs, encore tout près de la nature, se livraient tout entiers à leurs plaisirs, sans aucun souci du lendemain. Aussi tombaient-ils fréquemment malades, par imprudence ou manque d'hygiène ; la dysenterie les décimait. Beaucoup de lépreux stationnaient sur les routes. On se mêlait à eux sans répulsion et sans crainte. Un roi n'était-il pas jadis atteint de la lèpre ? Les malades prenaient des infusions de simples ou se faisaient soigner par les sorciers. Souvent, leur tempérament vigoureux prenait le dessus et ils guérissaient d'eux-mêmes. S'ils mouraient, au contraire, leurs parents, après les avoir pleurés bruyamment, ne s'attardaient guère à les regretter. Le chagrin glissait sur le naturel gai et insouciant de ces gens comme la rosée sur la feuille veloutée du lotus…

Un jour, cependant, des nouvelles alarmantes vinrent mettre en émoi la populeuse cité : sur la frontière du Nord, les Châms avaient fait une incursion et s'étaient retirés avec de nombreux captifs et un gros butin. Ce peuple avait voué une haine mortelle aux Khmers, qu'il regardait comme des aventuriers et des usurpateurs. Il ne leur pardonnait pas de s'être taillé à ses dépens un empire puissant dont il redoutait le voisinage. Son hostilité se manifestait de plus en plus ouvertement. Depuis l'avènement de Jaya Harivarman, ennemi juré des Khmers, les déprédations des Châms devenaient plus fréquentes et plus hardies. Cette fois, l'insulte faite à l'orgueil national était trop grave pour rester impunie. Suryavarman décida de diriger contre le Champa une expédition dont il prendrait le commandement suprême. Le ban et l'arrière-ban des vassaux et des alliés furent convoqués.

Le jour du départ de l'armée, le roi, après avoir demandé la victoire aux dieux, passa, du haut d'un tertre, la revue de ses troupes rassemblées au champ de manœuvres, dans le nord de la capitale. Assis sur un trône, le coude appuyé sur un coussin, le roi tenait dans sa main droite la précieuse épée, le *Prah-Khan*, palladium du royaume, donné par Indra à ses nobles aïeux. Le *mukuta* d'or brillait sur sa tête ; de gros pendants se balançaient à ses oreilles ; un collier de pierres précieuses battait contre sa poitrine nue, où se croisait une écharpe. Un poignard à poignée d'or, enrichie de diamants, était passé dans sa ceinture. Des anneaux s'entrechoquaient à son bras chaque fois qu'il levait la main pour donner des ordres. Des serviteurs l'abritaient sous quatorze parasols et le rafraîchissaient avec cinq éventails à long manche, tandis que d'autres tenaient quatre chasse-mouches en crin et deux queues de paon, insignes de la royauté.

Les ministres étaient aux pieds du roi. Le premier ministre et le ministre de la Guerre avaient pris place sur des tapis, prérogative de leur charge importante. Le ministre de la Marine, le *kralahom* (ministre des transports par eau), le ministre de la Justice (maître des *Guna dosa*, des mérites et des peines, des récompenses et des châtiments) et le ministre du Palais étaient assis sur des nattes. Un secrétaire lut la liste des chefs, qui s'inclinèrent à l'appel de leurs noms, devant le roi et allèrent ensuite se mettre à la tête des détachements qu'ils commandaient.

Puis le défilé commença au bruit assourdissant des trompettes, des buccins, des conques, des cymbales, des gongs et des tambours. Les cohortes, qui se distinguaient par la forme du cimier des casques : oiseau naturel ou fabuleux, animal ou objet emblématique, marquèrent le pas en passant devant le roi et s'éloignèrent en accélérant leur allure. Elles étaient commandées par des *Harman* ou grands seigneurs, debout dans une pose parfois théâtrale sur de superbes éléphants, précédés de parasols, d'oriflammes dentelées dont le nombre indiquait leur rang, et de chefs secondaires montés sur des chevaux.

Le premier seigneur avait pour insignes d'honneur six parasols et deux oriflammes, et pour armes une pique et un bouclier. Il était revêtu d'une épaisse cuirasse, où étaient fixés deux poignards, et semblable à celle de ses guerriers munis de lances et portant des casques à têtes de dragon, de griffon et autres animaux fantastiques.

Le deuxième seigneur, appuyant contre son épaule un *phgâk*, lame emmanchée d'une racine de bambou courbée, était ombragé par neuf parasols.

Un arc à la main, le carquois debout à l'avant de la selle de sa monture, le troisième seigneur était un *sanjak*, un « fidèle ». Six parasols, deux éventails à long manche et une enseigne consistant en une statuette de *garouda* fixée au bout d'une hampe, annonçaient sa qualité.

Un autre *sanjak*, équipé de la même façon, avait pour enseigne une statuette du singe Hanuman avec huit parasols. Des cornes d'antilopes se dressaient sur les casques de ses guerriers.

C'était encore une statuette de Hanuman brandissant sa massue qui servait d'enseigne au cinquième seigneur, entouré de six parasols et de deux chasse-mouches en plumes et suivi de guerriers coiffés de casques à la pointe recourbée en arrière ou surmontés de têtes de griffons.

Après venaient d'autres seigneurs avec leurs troupes, des archers protégés par une cuirasse légère, un groupe de brahmanes escortant l'arche du feu sacré portée par des serviteurs des temples, vêtus de pagnes à pans, aux cheveux coupés en brosse, qui s'avançaient aux sons discordants des instruments, au milieu de parasols et de chasse-mouches, d'éventails, d'oriflammes. Le sacrificateur se prélassait dans un hamac recouvert d'une petite toiture. La perspective des dangers et des rudes fatigues de la campagne qui les arrachait à leur doux farniente souriait médiocrement aux religieux. Le mécontentement se lisait sur le visage de ceux qui avaient l'honneur, peu enviable, de porter leur confrère ; ils déplaçaient fréquemment, avec des grimaces significatives, le bras du hamac sur leurs épaules endolories.

Voici enfin le *senapati*, le connétable, dont la présence était signalée par sept parasols, un éventail en forme de feuille de lotus et deux oriflammes. Il était formidablement armé : quatre poignards, un à la ceinture, deux autres à l'épaule gauche, un quatrième à la poitrine, un arc fixé verticalement avec le carquois sur la selle. Des cavaliers marchaient devant lui avec des glaives à la main. Sa troupe se composait de fantassins armés de lances et casqués de mitres.

Au *senapati* succédèrent des guerriers venus des petits états du Nord, portant de curieuses coiffures, des chignons avec des tresses retombantes, et obéissant à des chefs modestement parés.

Le roi descendit à son tour de la colline et monta sur son éléphant de bataille, un grand mâle superbement harnaché et coiffé d'un énorme diadème. Les deux principaux ministres accompagnaient le roi pour l'aider à diriger les opérations ; les trois autres restaient pour prendre soin des affaires de l'Etat pendant son absence.

À la suite de l'armée, des éléphants traînaient de lourdes machines de guerre ; une longue file de charrettes à bœufs, couvertes d'un toit en rotin, transportaient les vivres.

Après plusieurs jours de marche, les deux armées entrèrent en contact. Elles se tâtèrent d'abord par des escarmouches, des combats d'avant-garde. Des deux côtes, l'acharnement et la férocité étaient au même degré ; mais les Khmers avaient pour eux l'avantage du nombre. On ignorait les manœuvres savantes : l'art de la guerre consistait surtout en embuscades et en surprises, où les assaillants attaquaient l'ennemi à l'improviste pour porter le désordre et la panique dans ses rangs. La charge furieuse des éléphants complétait la victoire en brisant les dernières résistances. La bataille décisive se livra dans la plaine de Caklan. Les Khmers rendirent avec usure le mal qui leur avait été fait. Ils massacrèrent impitoyablement les vaincus fuyant de toutes parts, et ne consentirent à faire des prisonniers qu'après s'être rassasiés de carnage. Derrière eux, ce ne fut que ruine et désolation ; les villages furent incendiés, les habitants, épargnés par les flammes et le fer, emmenés en captivité.

Jaya Harivarman s'échappa à grand peine avec les débris de son armée. Suryavarman mit sur le trône du roi fugitif son beau-frère, le prince Harideva, à qui il confia le gouvernement du pays conquis, en qualité de vice-roi.

L'armée victorieuse revint à Yaçodharapura où, la nouvelle de l'heureuse issue de la campagne, apportée par des courriers, avait été accueillie avec des transports de joie. Les ministres restés à la capitale sortirent de la ville au milieu d'un grand concours de peuple pour se porter au-devant du roi. Les vainqueurs s'engouffrèrent sous la porte de la Victoire, parmi les acclamations, les interpellations joyeuses, les bras gesticulants.

Les éléphants du roi et de ses officiers semblaient des flots flottant à la dérive sur la mer moutonnante des têtes, d'où montait une rumeur de vagues déferlant sur la grève. Les soldats marchaient à la débandade, submergés dans la foule qui les emportait dans ses remous comme un torrent charrie des arbres. Parmi les visages épanouis, on remarquait des figures anxieuses qui s'assombrissaient à mesure que les troupes s'avançaient. Tout à coup, des clameurs de mort s'élevèrent ; elles s'adressaient au morne troupeau des captifs : soldats à la mine farouche capturés dans les combats, vieillards courbés par l'âge et la fatigue, femmes portant leurs enfants dans leurs bras ou les menant par la main. Sur la voie de leur calvaire, plusieurs de ces malheureuses, folles de douleur et de désespoir, s'étaient débarrassées de leur fardeau vivant. Les vêtements en lambeaux, couverts de poussière et souillés de sang, les pieds saignants, ils se traînaient à bout de force, encadrés par des soldats, qui frappaient les traînards avec la hampe de leurs lances ou les piquaient avec la pointe de leurs armes.

Les troupes étaient passées. Les gens inquiets, gardant encore une lueur d'espoir, se précipitèrent vers les charrettes où étaient étendus les blessés. À la vue des figures hâves, aux yeux brillants de fièvre, des exclamations de joie jaillirent, des bouches crispées d'angoisse se détendirent dans un flot de paroles. Des noix de coco furent apportées en toute hâte aux blessés, qui aspirèrent à longs traits le liquide rafraîchissant, soulevés sur le coude, tandis que des mains pleines de sollicitude soutenaient le fruit lourd. On entendait les lamentations des femmes, qui ayant enfin acquis, devant l'évidence, la certitude de leur malheur, appelaient leurs morts à grands cris, en leur reprochant de les abandonner. Cependant, les soldats s'étaient dispersés ; ils se répandaient dans les avenues, dans les maisons. Des groupes se formaient autour d'eux pour entendre le récit amplifié de leurs prouesses.

Suryavarman avait pénétré avec ses ministres dans l'enceinte de son palais. Laissant ces derniers à la porte de la salle du trône, il était passé dans ses appartements privés.

Au bout de quelques instants, on perçut les accords d'une musique venant de l'intérieur du palais et qui allaient en se rapprochant. Du dehors, des conques souhaitèrent la bienvenue au roi. Deux filles du palais relevèrent la portière, qu'elles maintinrent écartée avec leurs bras grêles, pendant toute la durée de l'audience, immobiles comme des bronzes. Le prince entra et s'assit sur son trône d'or et d'ivoire, sous sept petits parasols blancs frangés d'or. Le siège royal était exhaussé par une estrade de chaque côté de laquelle deux grands miroirs métalliques reflétaient les images d'un vase et d'un brûle-parfum en or.

Les personnes présentes se prosternèrent, la face contre les dalles et redressèrent la tête lorsque le bruit des conques eut cessé. Le roi invita d'un signe ses deux premiers ministres à prendre place sur une peau de lion étalée au pied du trône. Ceux de la Justice, de la Marine et du Palais s'avancèrent successivement pour lui rendre leurs comptes : ils s'étaient efforcés de s'acquitter de leur mieux de leurs devoirs pour mériter la confiance de leur auguste maître ; leur tâche avait été, du reste, rendue facile par l'absence de tout événement anormal ou fâcheux. Suryavarman leur en exprima sa satisfaction, puis, s'adressant au ministre du Palais, il lui dit :

— Que demain les prêtres célèbrent un service d'actions de grâces aux dieux pour la victoire qu'ils nous ont envoyée ! J'irai moi-même les adorer au Phiméanakas. Que tout y soit prêt pour le sacrifice. Qu'ensuite des réjouissances soient données devant mon palais pour que mon peuple ait sa part de notre joie.

L'audience était terminée. Le roi se leva pour retourner dans ses appartements privés. Les deux filles du palais laissèrent retomber la portière, et les ministres allèrent exécuter les ordres du souverain.

Le lendemain, le monarque se rendit au Phiméanakas pour remercier les dieux de la protection qu'ils avaient accordée à son armée, pendant que, dans les temples, les prêtres récitaient des prières parmi la fumée odorante de l'encens et du santal.

Les réjouissances, qui eurent lieu sur le forum, devant la terrasse du palais royal, durèrent plusieurs jours. Les avenues, les tours, les gradins étaient remplis de spectateurs ; les enfants étaient juchés en grappes sur les arbres. Le roi se tenait avec les reines et ses favorites dans le belvédère situé au milieu de la grande terrasse, en face du perron d'honneur, tandis que les mandarins et leurs familles se plaçaient des deux côtés de la tribune royale, vers laquelle les acteurs des divers jeux avaient soin de se tourner respectueusement dans leurs évolutions. Les femmes du harem avaient gagné les plateformes de la tour du Phiméanakas, et s'étaient répandues dans les galeries à fenêtres carrées ornées de colonnettes à moulures, qui bordaient le plateau supérieur, d'où elles pouvaient regarder de loin sans être vues.

Des bateleurs apparurent les premiers, exécutant des tours d'adresse ou des exercices d'équilibre. Un des plus jeunes de la troupe jongla, en chantant, avec trois bâtonnets, puis avec trois couteaux. Un homme couché sur le dos, les jambes levées verticalement, fit tourner avec ses pieds, successivement, une roue et une jarre. Un garçonnet, debout sur un banc, courba son corps renversé en arc et se redressa, après avoir saisi avec ses dents un bol posé à terre. D'autres se livrèrent à des exercices d'assouplissement, en ployant en tous sens leur corps qu'ils plièrent aux mouvements et aux positions les plus extraordinaires. Un hercule tint un enfant en équilibre sur sa tête et en porta un autre dans chaque main. Des danseurs firent de la voltige sur des lanières de cuir de buffle, en agitant des plumeaux de queues de paon. Des prestidigitateurs escamotèrent des bols pleins d'eau, vomirent du feu, avalèrent des sabres, s'enfoncèrent de longs clous dans la narine à coups de maillet.

Les naïfs spectateurs s'extasiaient devant ces tours qui leur paraissaient tenir de la magie. Mais leur étonnement ne connut plus de bornes et toucha à l'effroi lorsqu'un bonze anima, sous leurs yeux, d'une intense vie éphémère une vieille peau de serpent. Le prêtre bouddhiste était allé par-delà les mers visiter l'île de Lanka (Ceylan). Il s'était initié aux lois mystérieuses du Bouddha dans le silence des monastères de Kandy. On le disait capable de lire sur le visage de chacun ses pensées les plus secrètes et d'annihiler d'un seul de ses regards de feu la volonté des plus braves pour faire d'eux, à son gré, les dociles instruments de ses desseins.

Après avoir tracé avec de la craie un large cercle sur le sol, l'opérateur montra aux personnes les plus rapprochées un panier d'écorce dans lequel on ne voyait rien qu'un carré d'étoffe rouge et une peau de serpent desséchée. Le panier palpé, retourné en tous sens par les curieux, fut posé dans le cercle et recouvert du foulard. Le bonze prit une flûte dont il tira des notes vives et entraînantes. Au bout de quelques minutes, le panier se mit à se pencher alternativement à droite et à gauche, doucement d'abord, puis de plus en plus vite. Le foulard se souleva, ses plis s'écartèrent, un cobra s'élança brusquement du panier comme un ressort qui se détend. Le serpent parcourut le cercle à une allure folle, pareil à une mèche de fouet qu'on fait tournoyer. Les spectateurs placés au premier rang reculèrent instinctivement. Le cobra ne dépassa pas cependant la circonférence. On eût dit que la mince ligne blanche était pour lui une barrière infranchissable.

Tout à coup, le musicien baissa le ton et modula un air lent et triste. La fureur de la bête s'apaisa. Ses petits yeux noirs, qui jetaient tout à l'heure de féroces éclairs, s'éteignirent par degrés ; son capuchon s'abaissa ; sa hideuse tète triangulaire se balança d'un air inquiet, et lentement le reptile réintégra le panier, dont les oscillations reprirent mais avec une amplitude décroissante pour cesser bientôt tout à fait.

Le bonze exhiba de nouveau le panier à la foule stupéfaite, qui n'y trouva, comme auparavant, qu'une dépouille ratatinée de serpent.

L'esprit superstitieux des spectateurs fut fortement frappé de cette fantasmagorie en plein jour. Beaucoup en conçurent une plus grande vénération pour la religion nouvelle qui les séduisait déjà par d'autres côtés.

Ce furent ensuite, au milieu d'un vacarme de cocoricos, de grognements, de barrissements, d'abois, mêlés à des rires homériques, des combats d'animaux : des coqs se déchirèrent avec leurs ergots acérés, des porcs, semblables à des sangliers avec leur corps hirsute, haut sur pattes, leur groin pointu, se mordirent en se cabrant ; des éléphants se heurtèrent comme des machines de guerre, se portèrent des coups effroyables avec leurs défenses aiguës et s'enlacèrent par leurs trompes qui se tordaient comme de gigantesques sangsues ; des chiens hargneux se prirent à la gorge et se secouèrent furieusement.

À ces luttes de bêtes, où il y eut déjà du sang versé et des morts, succédèrent des combats d'hommes d'un caractère plus sauvage et plus acharné. Les jeux de cirque débutèrent par des courses de chevaux et de chars, des assauts de boxe où se mesurèrent les meilleurs champions du royaume, qui, pour s'étourdir et s'amener réciproquement à se découvrir, multiplièrent les feintes, les appels de pied, faisant claquer leurs cuisses avec leurs mains, et jouant des bras à la façon d'un coq battant des ailes. Luttes bénignes où les vaincus en furent quittes pour s'étaler dans la poussière au milieu des rires de la galerie amusée.

Les choses devinrent tragiques lorsque deux combattants armés de rondaches et de sabres entrèrent dans l'arène. C'étaient des prisonniers Châms capturés au cours de la campagne, qu'on mettait aux prises dans une lutte fratricide : la liberté était promise au vainqueur pour prix de sa victoire. La liberté, c'est-à-dire le retour dans la patrie, la place reprise au foyer, l'air vivifiant du pays natal, la dignité recouvrée. Vraiment, l'enjeu était assez beau pour risquer la vie. Et puis la mort n'était-elle pas préférable à une existence de bête, qui s'annonçait plus dure encore dans l'avenir ?

Les anciens compagnons d'armes, hier encore unis dans l'adversité, dressés l'un contre l'autre dans un duel sans merci, se lançaient des regards de haine et de défi, chacun voyant dans l'autre un obstacle jeté en travers du chemin du salut. Vaincre ou mourir, il n'y avait pas pour eux d'autre alternative ; l'instinct de conservation avait aboli en eux tout autre sentiment. Les spectateurs, inconsciemment empoignés par le drame qui se jouait devant eux, se taisaient et dévisageaient curieusement les antagonistes…

Mais voici que les tambours donnèrent le signal des préparatifs du combat. Les adversaires s'approchèrent de la terrasse et se prosternèrent devant la loge royale ; c'était le muet *morituri te salutant* des gladiateurs improvisés au César asiatique. Se relevant, ils assurèrent leurs armes dans leurs mains et se mirent en garde. D'en haut et autour d'eux, la foule les contemplait, le souffle suspendu…

Les tambours résonnèrent de nouveau, les combattants se précipitèrent l'un sur l'autre, se frappèrent de leur sabre en se couvrant avec leur bouclier. Le sang ne tarda pas à couler et, se diluant dans la sueur, s'étalait sur les corps bronzés en d'étranges fleurs rouges. Les coups redoublèrent de rage et essayèrent d'atteindre les points vitaux. Un des hommes chancela ; mais, par un effort désespéré, il se redressa. L'autre revint à la charge, frappa de nouveau son adversaire, qui tomba sur un genou. Farouche, le vaincu attendait le coup fatal, n'espérant pas plus de pitié de son ennemi que de cette multitude hurlante et trépignante qui insultait à sa défaite par des *hou, hou* forcenés. Un chaos de souvenirs afflua à son cerveau en se succédant avec la rapidité vertigineuse des images cinématographiques. Dans une ultime vision, il revit sa case, la femme et les enfants qu'il y avait laissés… Ses yeux se fermèrent devant un fulgurant éclair… Il lui sembla que quelque chose venait de le mordre à la gorge. Une sensation de vide et de lassitude détendit ses nerfs, et il s'abattit sur le sol altéré, qui but avidement le sang s'échappant à gros bouillons de la plaie béante…

Le vainqueur se prosterna derechef devant le roi, sortit de l'arène et se perdit dans la foule, pressé de quitter la ville maudite où il avait tant souffert, où il venait de tuer un compatriote, un frère d'infortune.

Des scènes analogues se renouvelèrent. Après, ce furent des joutes où des cavaliers combattirent avec la lance et le bouclier, soit deux à deux, soit par groupes, dans une mêlée féroce. Les blessés tombèrent sur l'encolure de leurs chevaux ou roulèrent sous les pieds de leurs montures, qui les achevèrent en les piétinant…

Des combats navals se livrèrent encore sur le Yaçodharatataka, lac artificiel creusé à un kilomètre environ à l'Est de Yaçodharapura. Le roi y assista dans le couvent de Yaçodharacrama, construit sur un îlot, au milieu du lac.

La série des jeux en plein air fut clôturée par des régates, qui se donnèrent également sur ce lac. Un grand nombre de pirogues de course, à la poupe et à la proue gracieusement relevées et ornées de figures fantastiques, y prirent part. Montées chacune par une quarantaine de rameurs que stimulaient les gongs, les cris des spectateurs et les couplets lancés à plein voix par un chanteur se tenant debout au milieu de l'embarcation, grâce à des prodiges d'équilibre, les légères pirogues volèrent comme des flèches, enlevées par des dizaines de bras musculeux qui labouraient vigoureusement l'eau en cadence avec de courts avirons.

La nuit venue, les jonques furent illuminées, ce qui produisit un spectacle féérique, tandis que des feux d'artifices disposés sur de hauts échafaudages de bambou éparpillaient dans le ciel une pluie multicolore d'éphémères étoiles éblouissantes. De gros pétards ébranlaient l'air en faisant pousser des *aïe* aux femmes, qui en étaient à la fois ravies et terrifiées.

Mais le divertissement le plus goûté fut une représentation du *Réam ker*, le Râmayana, qui occupa quatre journées. Le théâtre se trouvait dans la cour de la seconde enceinte du palais royal. La salle des danses privée du souverain, située à l'intérieur du palais même, était inaccessible aux gens du dehors.

Le roi se tenait dans la partie droite de la tribune, faisant face à la scène ; la partie gauche était réservée aux femmes du harem, séparées du public par un mur percé d'une porte toujours fermée et gardée par un *kromov*éang ou gardien du palais. Au-dessous de la tribune, à ras du sol, les ministres, les grands mandarins et leurs familles étaient assis sur des nattes, les hommes et les femmes formant deux groupes distincts. Le commun des spectateurs s'entassait sur les gradins, qui s'étageaient sur la droite et le côté extérieur de la salle des danses.

Le roi, s'avançant sur le devant de la loggia faisant saillie vers la scène, jeta un coup d'œil dans la salle et alla s'étendre sur le *balank*, lit bas surmonté d'un dais blanc frangé d'or et appuyé d'un côté à la cloison partageant la tribune en deux parties égales. Couché moelleusement sur un matelas de brocart, la tête reposant sur un oreiller de soie blanche, rafraîchi constamment par un éventail de plume qui s'abaissait et se relevait lentement comme l'aile d'un grand papillon, le monarque avait auprès de lui ses familiers avec des princes et des dignitaires prêts à recevoir ses ordres. Près de son lit, derrière la loggia, il y avait une table recouverte d'un riche tapis broché d'or, sur laquelle étaient posés les objets en or ciselé, repoussé, niellé, destinés à son usage personnel.

Les musiciennes et les chanteuses étaient placées face à la tribune, dans la salle des danses, vaste hangar ouvert à tous les vents. L'orchestre était formé d'instruments bizarres qui produisaient cependant une musique non dépourvue d'un certain charme mais monotone à la longue. Les *ronéat* et les *kong* rendaient des sons aigrelets et sautillants. Les *ronéat* avaient la forme de lits bas ou de pirogues ; des lamelles en bambou, en bois ou en fer étaient suspendues à leurs parois au moyen de ficelles. Les *kong* se composaient de seize cymbales de bronze disposées sur un bâti circulaire. On frappait les lamelles et les cymbales avec de petits marteaux. Le *khloy* et le *sralay*, espèces de flageolets, s'essoufflaient en glapissements stridents. Le *sang na*, tambourin long, résonnait sourdement, comme étouffé, sous le plat de la main de l'exécutante. Le *sâmpho*, tambourin ventru, avait des vibrations plus graves. Les roulements saccadés des deux tambours du *skôr*, tendus de peau de buffle, rappelaient les grondements lointains du tonnerre.

L'orchestre était complété par des castagnettes plates en bambou destinées à marquer la mesure du chant et celle de la danse.

La danseuse tenant le rôle de Rama, le héros de la pièce, entra en scène. Elle dansa une marche en balançant la tête suivant la cadence de la musique. Arrivée au milieu de la salle, elle s'agenouilla en face de la loge du roi et exécuta *l'andjali* aux accents de l'hymne de l'adoration rituelle. Assise sur ses talons, la tête relevée, le buste droit oscillant légèrement pour souligner la mesure, elle rapprocha ses deux mains ouvertes sur ses cuisses, en les élevant jusqu'à sa poitrine, les joignit par les doigts, les ouvrit en les faisant pivoter autour des pouces comme autour d'une charnière, de sorte qu'arrivées à hauteur du front, les paumes seules restassent réunies en forme de coupe, puis la tête s'inclina profondément, le tronc à peine fléchi.

Les chanteuses récitèrent avec la *sreyambat*, la souffleuse, le texte de la pièce. Et le poème merveilleux déroula ses nombreux épisodes.

Le corps gainé dans des vêtements de brocart lamé d'or, les doigts allongés démesurément par des ongles artificiels de même métal, les danseuses semblaient des *apsaras* descendues des murs du Bayon. À voir leurs bras onduler d'un mouvement serpentin, leurs mains se relever et s'abaisser lentement en un perpétuel geste d'appel, leur buste se balancer légèrement, leurs jarrets fléchir avec une souplesse simiesque et leurs pieds nus se contracter en faisant saillir les talons, on eût dit que les ondes d'un fluide parcouraient leurs membres supérieurs et traversaient leur troncs pour aller s'échapper par le bout des orteils, par une décharge qui tirait leurs jambes en haut. Parfois, elles se tenaient, telles des cigognes, sur une seule jambe, tenant l'autre suspendue. Les traits figés, elles mimaient, avec des pas, des marches et des gestes conventionnels, le débit des chanteuses.

Souvent, le chœur se taisait brusquement, tandis que les mains continuaient leur mimique menue produisant à la longue, sur l'œil halluciné, l'illusion de langues d'invisibles serpents remuant au rythme des castagnettes…

Inlassables, indifférentes à l'écoulement du temps, les vivantes idoles dansaient, attentives seulement à la mesure, gardant immuablement leur visage sans expression. Et pourtant, que de sentiments émouvants sourdaient sous les paroles du texte que les chanteuses débitaient d'une voix aux accents presque neutres ! L'amour, la tendresse, la bonté, la pitié, l'ambition, la jalousie, tous les sentiments palpitaient dans cette épopée d'une humanité pleine de force et de jeunesse, dont l'imagination toute neuve reculait à l'infini les bornes du possible et se mouvait librement dans le domaine de l'irréel.

Les paroles étaient, en effet, bien plus expressives que les gestes. Elles les complétaient et les commentaient.

La patience des spectateurs était égale à celle des danseuses. Ils suivaient avec une attention soutenue les gestes, les mouvements de ces dernières, qui avaient pour eux chacun sa signification et suppléaient aux lacunes du texte.

Sur les gradins, les gens du peuple, sans quitter leurs places, mangeaient des victuailles, croquaient des gâteaux, se désaltéraient avec du lait de coco. Les femmes, littéralement captivées, ne reportaient les yeux sur leurs petits, qui dormaient dans leur giron, que quand, réveillés en sursaut par l'explosion des rires, ils pleuraient de frayeur. Elles les apaisaient en leur donnant le sein.

⚜⚜⚜⚜⚜⚜⚜

Les fêtes étaient terminées. Alors le calvaire des captifs commença. Un certain nombre d'entre eux avaient été partagés entre les chefs, qui pouvaient désormais disposer à leur gré de leur personne et de leur vie. N'osant sortir au dehors, se tenant et se couchant sous le plancher, les esclaves ne pouvaient monter à l'étage qu'à l'appel de leurs maîtres. Ils se prosternaient devant eux et ne s'avançaient, pour recevoir leurs ordres, qu'après leur avoir fait *l'andjali.* Encore devaient-ils marcher accroupis comme des singes. Traités comme des créatures viles, battus pour la moindre faute, ils subissaient les coups sans oser faire le moindre mouvement, et étaient astreints aux travaux les plus pénibles.

Cependant, leur sort était relativement plus doux que celui de leurs compagnons devenus esclaves d'Etat. À ceux-là était réservé l'écrasant labeur de la construction du temple d'Angkor-Wat.

À l'exemple de ses prédécesseurs, Suryavarman avait, en effet, conçu le projet d'élever aux dieux un temple qui lui concilierait leur faveur et attesterait en même temps sa puissance. Il manda donc le *pandit* Divâkara, versé dans l'art de bâtir les demeures des dieux, et ordonna à l'habile architecte de dresser les plans d'un monument digne de lui. Le brahmane se mit à l'œuvre. Au bout de quelque temps, il vint trouver le roi, devant qui il déploya les plans donnant l'aspect d'ensemble du temple, la forme des galeries, des vestibules, ainsi que leurs dimensions; ensuite il lui présenta les esquisses des ornements et des bas-reliefs qui devaient décorer les murs des galeries.

« Majesté aux pieds sacrés, dit le pandit, l'emplacement propice se trouve dans le Sud, à deux mille brasses environ d'ici, au milieu d'un site pittoresque où rien ne manque de ce qui plaît aux dieux : les eaux, les arbres, les montagnes dans le lointain. Le temple, qui aura l'impérissable honneur de perpétuer ta gloire, se distinguera par sa grandeur et sa beauté de tous les édifices bâtis jusqu'à ce jour. C'est pourquoi, d'accord avec le chef des Horas[10], je crois qu'il serait bon de lui donner une orientation unique qui achève de le tirer hors de pair. Regardant l'Occident, le monument que les dieux devront à ta pieuse munificence paraîtra plus auguste et plus grandiose encore lorsque les derniers rayons du soleil, prêt à s'enfoncer derrière le mont Méru, mettront leur or et leur pourpre sur sa longue façade et ses hautes tours. »

Le roi manda le chef des *Horas* et lui demanda :

—Sont-ils agréables aux dieux les plans que j'ai fait dresser pour le temple dont je veux les honorer ? Que penses-tu de l'orientation exceptionnelle qu'on me propose de lui donner ?

L'astronome répondit :

—Fils du Ciel, les dieux se réjouiront de la splendide offrande. Le choix de l'emplacement et de l'orientation de l'édifice sacré est tout à fait heureux. Les dieux te béniront, sois-en persuadé, pour la fastueuse demeure que tu leur destines. Ils veilleront sur les destinées de ta maison et la grandeur de ton empire. Grâce à eux, l'un et l'autre dureront jusqu'à la consommation des temps et ton nom resplendissant, ô conquérant invincible, vivra autant qu'eux !

---

10 Astronomes entretenus à la Cour.

Le roi donna son approbation définitive aux plans. L'architecte installa alors ses chantiers à proximité de l'emplacement choisi. Les esclaves déblayèrent le terrain et y élevèrent la terrasse de pourtour sur laquelle devait reposer le temple. Les travaux préliminaires terminés, au jour désigné par le chef des *Horas* comme un jour particulièrement faste, le roi, après avoir jeûné et s'être purifié, se rendit avec un nombreux cortège sur les lieux, où, aidé des brahmanes, il procéda à la pose des bornes sacrées, faites de pierres enduites de laque. Quatre bornes furent plantées aux angles de la première enceinte, une cinquième en forme de boule, fut enfoncée au centre de l'emplacement, après quoi un sacrifice fut offert aux dieux selon les rites brahmaniques. Les prêtres allumèrent le feu sacre auprès de la borne centrale ; le souverain décrivit trois fois le *pratéaksœn* autour de la pierre en lui présentant l'épaule droite.

Ensuite le sacrificateur égorgea la victime, tira la moelle des os, la répandit sur la flamme, en invitant chacune des divinités au sacrifice avec la formule consacrée des prières. Enfin, des officiants de rang inférieur coupèrent les membres de la victime en morceaux et offrirent sur le feu à chaque dieu la part que le rituel lui assignait.

Le lendemain, les travaux furent entamés. Deux milliers d'ouvriers et de manœuvres y furent employés. On jeta les fondations du mur de la première enceinte. La limonite et le grès entrant dans la composition des bâtiments provenaient des carrières du Pnôm-Koulen, situées à trente kilomètres de là. La pierre était transportée sur des rouleaux sur une dizaine de kilomètres, puis chargée sur des radeaux qui gagnaient les chantiers, qui se trouvaient à sept cents mètres de la rivière, rendue navigable en saison sèche par un barrage construit en aval. Les besognes les plus dures étaient faites par les esclaves, sous la conduite de chefs d'équipe impérieux et brutaux. Les uns étaient occupés à établir les banquettes et les plans inclinés qui servaient à élever les blocs à la hauteur voulue, les autres à les mettre en place sur les lits. D'autres encore avaient à polir les pierres qui, étant simplement juxtaposées sans ciment ni mortier, devaient être rodées et polies de telle façon qu'il n'y eût aucun interstice entre les joints. Ce résultat s'obtenait par le procédé lent du frottement réciproque des blocs, au moyen d'un appareil simple et assez ingénieux. Un mouvement de va et vient était imprimé au bloc supérieur assujetti par des trous à un bâti de bois que deux esclaves, assis vis-à-vis l'un de l'autre, tiraient alternativement à eux. Un levier fixé à une traverse horizontale permettait de soulever au besoin les pierres.

Sous la surveillance hargneuse des contremaîtres, les esclaves se livraient sans trêve ni repos, par tous les temps, à leur besogne épuisante. S'arrêtaient-ils, à bout de forces, pour reprendre haleine, des coups de rotin les faisaient tressauter comme s'ils sortaient d'un cauchemar. Les malheureux, ramassant alors leur énergie défaillante comme une rosse cinglée par le fouet, reprenaient leur travail de Sisyphe. Souvent, on les battait sans motif. Leurs inhumains gardiens éprouvaient un plaisir sadique à voir leur chair zébrée de sillons rouges. Ils redoutaient leur joyeuse humeur autant que leur colère. Dans leurs bons moments, les méchants drôles, taillés en athlètes, sautaient tout à coup sur les lourdes pierres que les esclaves tiraient en ahanant et, debout sur cette espèce de piédestal, ils brandissaient, en ricanant comme des dieux malfaisants, leur rotin prêt à s'abattre sur les épaules de leurs victimes, au moindre arrêt ou au plus léger ralentissement dans la marche.

Le rotin était pour les garde-chiourmes comme l'insigne de leurs fonctions. La verge flexible et mordante était leur intermédiaire obligé dans leurs rapports avec les esclaves, à qui ils prodiguaient les mauvais traitements et les railleries outrageantes. Ames basses et serviles, ils étaient infatués de la parcelle d'autorité qu'ils détenaient et aimaient à faire sentir leur pouvoir à des hommes sans défense, en qui ils voyaient toujours des ennemis qu'il était permis, méritoire même, d'humilier et de faire souffrir.

Ruisselant de sueur au soleil torride, grelottant l'instant d'après sous une averse torrentielle, mal nourris, soumis à des fatigues excessives, les esclaves succombaient en grand nombre à l'épuisement et à la phtisie. Ceux-là n'étaient pas les plus à plaindre. Les plus endurants ne vivaient que pour voir se prolonger leur martyre.

L'espoir, si tenace pourtant au cœur de l'homme, n'habitait plus en eux. Chaque jour, la même attente leur faisait lever à chaque instant la tête ; épiant d'un œil impatient la marche du soleil, ils soupiraient après la venue de la nuit, qui apportait à leur corps recru quelques heures de trêve, et à leur âme endolorie un peu de calme, car la journée finie, abandonnés sur les chantiers mêmes, qui devaient leur servir de gîte, ils étaient délivrés de la présence odieuse de leurs gardiens. Rares étaient ceux qui songeaient à s'évader ; les fugitifs avaient peu de chances d'échapper aux recherches. Repris, ils étaient battus de verges et marqués en bleu au visage. Parfois, pour les retenir, on leur mettait des anneaux de fer au cou, aux bras et aux jambes.

La vie dégradante où croupissaient les esclaves les avait d'ailleurs trop aveulis pour qu'ils essayassent de se soustraire à leur sort. En outre, de sinistres histoires de preneurs de fiel les faisaient frissonner : les chasseurs d'homme se tenaient aux aguets dans les forêts, et dès qu'ils apercevaient une personne isolée, ils la poursuivaient et la prenaient vivante. Après avoir ouvert l'estomac et le ventre de leur victime pantelante, ils lui arrachaient la vésicule du fiel, dont ils tiraient un bon prix. Considéré comme le siège du courage, le fiel humain passait, en effet, pour avoir la vertu d'exciter l'ardeur martiale. Les guerriers en prenaient dans de l'alcool ; on en frottait la tête des éléphants.

Cependant, délaissant les chantiers, un nombre sans cesse croissant d'esclaves allaient à Yaçodharapura entendre les bonzes. Dans le crépuscule, les faces multiples de Brahma semblaient s'animer ; leur sourire indéfinissable se changeait en un rictus de dérision pour insulter à leur misère et à leur déchéance. Ils en éprouvaient une sourde irritation. Depuis longtemps, ils avaient renié la religion dont ces figures de pierre étaient le froid symbole. Ces divinités sanguinaires, vindicatives, malignes et immorales ne leur inspiraient que terreur et répulsion. Ils n'avaient que mépris et sarcasmes pour les ministres de leur culte barbare, ces brahmanes quémandeurs, aussi plats à l'égard des grands que pleins de morgue pour les humbles, fainéants, fanfarons et hâbleurs, que les artistes, interprètes du sentiment populaire, représentaient volontiers dans des postures ridicules. Quelle différence avec les mœurs des prêtres bouddhistes ! Ceux-là, animés de l'esprit de prosélytisme, gardaient encore la pureté des premiers disciples du Bouddha. Ayant fait vœu de pauvreté et d'humilité, ils demandaient à la générosité des fidèles leur riz quotidien et les grossiers vêtements jaunes dont ils se couvraient. Doux et modestes dans leur démarche comme dans leur langage, prêchant une religion tout imprégnée de pitié et de charité, ils étaient les seuls à ne pas repousser les esclaves. Loin de les railler ou de les mépriser, ils laissaient venir à eux ceux de ces infortunés qui voulaient chercher auprès d'eux une consolation ou une exhortation à la résignation.

Aussi la plupart de ces déshérités s'étaient-ils convertis à la religion nouvelle. Après les injures des contremaîtres, la voix des bonzes commentant les livres sacrés leur procurait une détente bienfaisante. L'histoire du Bouddha transportait leur âme restée candide et la ravissait pour quelques instants à l'ambiance misérable à laquelle ils étaient condamnés. Dans le silence du temple, la voix monotone du prêtre s'élevait pour conter la légende miraculeuse.

Vers le milieu du VIe siècle avant l'ère chrétienne naissait dans la noble maison des Çakyas un enfant qui reçut le nom de Siddhartha. Situé au pied des contreforts de l'Himalaya, le pays où l'enfant vit le jour était fertile et renommé pour ses belles moissons. Il n'était pas très vaste : ses possesseurs ne comptaient pas parmi les puissants Rajahs. Vassaux du grand royaume de Kosala, les Çakyas étaient cependant très fiers de leur antique noblesse et jaloux de leur indépendance.

Marié très jeune, Siddhartha menait la vie oisive des nobles, lorsqu'il rencontra successivement, aux portes de la ville, en rentrant de ses promenades, un vieillard sans soutien, un malade, un mort et enfin un moine à la fête rasée et à la robe jaune. Cette quadruple révélation le fit rentrer en lui-même et le convainquit de la fragilité des choses humaines. Alors, quittant les siens malgré leurs larmes, il se rasa les cheveux et la barbe et prit la robe jaune des moines. Renonçant jusqu'à son nom, il se fit appeler l'ascète Gotama. Sept ans durant, il chercha la voie de la Délivrance. Il suivit d'abord l'enseignement de deux brahmanes, mais ne trouvant pas la paix auprès d'eux, il continua ses pérégrinations et arriva enfin au village d'Ourevela, où il s'arrêta, séduit par l'aspect riant du paysage, et où il passa de longues années dans les bois, au milieu des plus austères macérations, pour s'affranchir des servitudes de la chair et se préparer à recevoir la révélation divine. Cependant, l'Illumination ne vint pas. Ayant reconnu l'inutilité de ces pratiques surhumaines, il prit une abondante nourriture pour retrouver ses forces perdues. Cinq ascètes qui avaient été les témoins admiratifs de ses pénitences, prêts à devenir ses disciples, le crurent retombé sous l'influence du monde et le quittèrent.

Gotama se trouva désormais seul. Une nuit qu'il méditait, selon son habitude, assis sous un arbre, les jambes croisées, respirant longuement, posément, tout son être concentré tendu vers la pensée de la Délivrance, la lumière se fit soudain dans son esprit, « la connaissance de la Délivrance s'éveilla en lui », il perçut les erreurs et les péchés du monde, les causes de la douleur et le moyen de s'en affranchir.

L'ascète était devenu le Bouddha, l'Eveillé, l'Illuminé. Sous l'arbre de la Science, dans le silence d'un bois solitaire et l'obscurité de la nuit, une nouvelle religion était née, où allaient s'abreuver des centaines de millions d'âmes avides de croire et d'espérer.

Le Bouddha passa encore sept fois sept jours dans le voisinage de l'arbre de la Science, tout à la joie de posséder enfin la clef de la Délivrance et de contempler face à face la vérité. Mara, le Malin, qui avait tenté de troubler ses méditations et de les égarer dans un cercle sans fin de vaines rêveries, revint à la charge. Sachant que ni la crainte ni le plaisir n'avaient plus de prise sur l'âme du Sublime, il prit un moyen détourné pour le faire sortir à son insu de sa voie ; afin de dérober au monde les fruits de la découverte du saint, il le persuada de quitter la terre pour entrer sans plus tarder dans le Nirvâna. Mais le Bouddha déjoua le piège du tentateur, qui s'en alla confus et découragé.

Pendant cette période de recueillement, le Bouddha goûta pleinement la béatitude de la paix, en dépit de la furie des éléments, qui firent rage sept jours durant, protégé par le roi des serpents qui enroulait sept fois ses anneaux autour de son corps.

Le Parfait se mit ensuite en route pour annoncer la vérité au monde. Il fit la rencontre de deux marchands qui le saluèrent les premiers du nom de Bouddha. Mais un doute naquit en lui : devait-il prêcher sa doctrine à un monde emporté dans un tourbillon de plaisirs et de concupiscence ? Sa voix serait-elle écoutée ? Ne valait-il pas mieux qu'il gardât pour lui ce qu'il avait conquis au prix de pénibles luttes ? Mais Brahma descendit du Ciel et l'adjura de sauver l'humanité souffrante.

Le Bouddha, cédant aux instances de Brahma, alla répandre parmi les hommes la bonne parole. Ce fut à Bénarès qu'il commença sa prédication, ce fut là qu'il fit « tourner la roue de la Loi ». Ses deux maîtres étaient morts ; mais les cinq moines, ses anciens compagnons, vivaient encore à Bénarès.

Il résolut d'en faire ses premiers disciples. Voyageant d'étape en étape, il arriva dans la ville. Les cinq moines, croyant avoir toujours affaire à l'ascète qui s'était rebuté devant la rigueur des mortifications, affectèrent de ne pas le reconnaître pour lui marquer leur dédain. Mais l'ascendant qui émanait de la personne du Maître leur en imposa.

Le Saint se fit entendre et convertit ses cinq auditeurs, qui formèrent le noyau de sa communauté. Le nombre des croyants allait croissant… Le Bouddha prêcha devant les princes et le peuple, accueillant avec la même bienveillance les grands et les humbles ainsi qu'en témoigne le récit touchant du doyen Sounita.

⚜⚜⚜⚜⚜⚜⚜

Je suis issu d'une humble famille, j'étais pauvre et nécessiteux. Humble était le métier que je faisais, j'enlevais les fleurs fanées des temples et des palais. J'étais un objet de mépris aux yeux des hommes, nullement considéré, querellé souvent. Dans l'humilité de mon cœur, je témoignais du respect à nombre de gens. C'est alors que j'aperçus le Bouddha avec sa troupe de moines, comme il entrait, le grand héros, dans la ville capitale du Magadha. Aussitôt, je jetai bas mon fardeau, et j'allai à lui pour m'incliner avec respect devant lui. Par compassion, il s'arrêta, tourné vers moi, lui, le plus grand des hommes. Et je me prosternai aux pieds du Maître et je me plaçai à ses côtés et je le priai, lui, le plus grand de tous les êtres, de me recevoir comme moine. Et le Maître, plein de charité et dont la miséricorde s'étend au monde entier, me dit : Approche-toi, ô moine. Et telle fut l'ordination que je reçus.

Aussi moines et laïques venaient-ils au Bouddha en foule. Seuls les incrédules et les envieux voyaient d'un mauvais œil le triomphe du prédicateur. « Le grand moine est venu, disaient-ils, s'établir dans la ville bâtie sur une montagne du Magadha. Il a converti tous les disciples de Sanjaya. Qui convertira-t-il aujourd'hui ? ». Les partisans du Bouddha se contentaient de répliquer : « Les héros, les Parfaits convertissent par la vérité de leur parole. Qui voudrait outrager l'Illuminé, qui convertit par la puissance de la Vérité ? ».

Cependant, conscient de la grandeur de sa mission, le Bouddha continuait son œuvre, voyageant, prêchant sans relâche, pour nourrir les hommes de la parole de vie. Il se reposait seulement pendant la saison des pluies, hébergé par les rois et les riches qui se disputaient l'honneur de pourvoir à ses besoins et à ceux de sa nombreuse suite. Il avait partout de fervents adeptes qui le recevaient avec des démonstrations de la joie la plus vive, et le menaient chez eux, pour recueillir précieusement les moindres mots tombés de sa bouche. Quand il repartait, ils le suivaient avec des voitures chargées de provisions et se relayaient pour préparer ses repas et ceux de ses disciples. Certains poussaient la générosité jusqu'à faire don à la Communauté de grands terrains avec des bâtiments spacieux, et même des parcs princiers acquis à grands frais.

Malgré la vénération universelle dont il était entouré, le Bouddha n'avait rien changé à la règle de conduite qu'il s'était tracée. Levé dès l'aurore, il passait les premières heures du jour en exercices religieux ou en entretiens avec ses disciples. Il se rendait ensuite avec eux dans les agglomérations pour y faire sa quête, comme un simple moine. Il allait par les ruelles, s'arrêtant de maison en maison et, les yeux baissés, tendait silencieusement sa sébile pour recevoir l'offrande de chacun.

Sa quête faite, il rentrait pour prendre son unique repas de midi. Puis venait l'heure lourde et chaude de la sieste, où la pensée somnole tandis que le corps est accablé de torpeur. Le Bouddha s'enfonçait alors au plus épais du bois et, adossé à un arbre, il se livrait, à l'ombre, à sa méditation accoutumée, dont il sortait seulement sur la fin de la journée pour se mêler à la conversation générale. Il ne dérogeait à cette règle que lorsqu'il était invité chez des fidèles ou même des adversaires désireux de profiter de l'occasion pour prolonger l'entretien ou approfondir quelque sujet de controverse. Le repas achevé, on faisait cercle autour de l'illustre hôte, qui parlait d'une voix sentencieuse, avec des gestes rares. Le Bouddha répondait aux questions de ses amis ou, renouant la discussion, réfutait les arguments de ses contradicteurs. Il avait, en effet, des ennemis et des détracteurs dans les sectes rivales, en particulier parmi les Brahmanes, qu'il comparait à une chaîne d'aveugles et dont il flétrissait sans ménagement l'orgueil et la cupidité.

Le Bouddha mourut dans sa quatre-vingtième année, après avoir passé plus de la moitié de sa vie à remplir « sa fonction de Bouddha. ». Atteint d'une grave maladie au cours d'un voyage, il se rétablit par la force de sa volonté. Cependant, sentant sa fin proche, il prit la résolution de rompre les derniers liens qui l'attachaient encore au monde. Un tremblement de terre et le bruit du tonnerre accompagnèrent ce dernier acte de renoncement. Bientôt, une nouvelle maladie le frappa pendant qu'il se dirigeait vers Kousinârâ, où il devait mourir. Il s'étendit au bord d'une rivière, sur son manteau plié en quatre, la tête tournée vers le Nord, entre deux arbres *sâlas*. Bien que ce ne fût pas l'époque de leur floraison, ces arbres se couvrirent aussitôt de fleurs qui, se mêlant à d'autres tombant du ciel comme des flocons de neige, lui firent un lit parfumé, tandis qu'une suave symphonie berçait ses derniers moments.

La nuit venue, le Bouddha fit à ses disciples et aux fidèles réunis autour de lui ses dernières recommandations, puis plongé dans une extase sans fin, parcourant tous les degrés du ravissement, comme s'il eût gravi une échelle aérienne invisible, il entra doucement, de plain-pied, pour ainsi dire, dans le Nirvâna.

Et la terre trembla et le tonnerre roula. Et le dieu Brahmâ annonça à l'humanité sa future délivrance en ces termes :

> *« Dans les mondes, tous les êtres dépouilleront un jour toute existence corporelle, de même qu'aujourd'hui le Bouddha, le prince de la Victoire, le Suprême maître du monde, le Puissant, le Parfait est entré dans le Nirvâna. »*

Le lendemain, sur un bûcher d'aloès et de santal dressé devant la porte orientale de la ville, les nobles de Kousinârâ brûlèrent le corps du Bouddha avec toute la pompe des funérailles des plus grands princes du monde.

Ainsi mourut le Bouddha, le Saint, l'Eclairé, le très haut Illuminé, qui enseigna aux mortels à se soustraire à l'empire de Mâra, le Malin.

... Très souvent, les bonzes exposaient la doctrine du Maître à leur humble auditoire. Les esclaves éprouvaient une amère consolation à entendre les paroles imprégnées d'un incurable pessimisme qui proclamaient la douleur universelle.

Toute la prédication du Bouddha roulait sur quatre vérités traitant de la douleur, de l'origine de la douleur, de la suppression de la douleur, du chemin qui mène à la suppression de la douleur. Le Saint y avait insisté dès son premier sermon à Bénarès :

« Voici, ô moines, la vérité sainte sur la douleur : la naissance est douleur, la vieillesse est douleur, la maladie est douleur, la mort est douleur, l'union avec ce que l'on n'aime pas est douleur, la séparation d'avec ce que l'on aime est douleur, ne pas obtenir son désir est douleur ; pour abréger, le quintuple attachement aux choses terrestres est douleur.

« Voici, ô moines, la vérité sainte sur l'origine de la douleur : c'est la soif de l'existence qui conduit de renaissance en renaissance, accompagnée du plaisir et de la convoitise, qui trouve ça et là son plaisir, la soif de plaisirs, la soif d'existence, la soif de puissance.

« Voici, ô moines, la vérité sainte sur la suppression de la douleur : l'extinction de cette soif par l'anéantissement complet du désir, en bannissant le désir, en y renonçant, en s'en délivrant, en ne lui laissant pas de place.

« Voici, ô moines, la vérité sainte sur le chemin qui mène à la suppression de la douleur : c'est le chemin sacré à huit branches, qui s'appelle foi pure, volonté pure, langage pur, action pure, moyens d'existence purs, application pure, attention pure, méditation pure. »

À son disciple Ananda qui pleurait le maître qu'il allait perdre, le Bouddha disait encore :

« Ne va pas ainsi, ô Ananda, ne va pas te désespérer. Ne te l'ai-je pas déjà dit ? De tout ce que l'homme aime, de tout ce qui le charme, de tout cela il lui faut se séparer, se priver, se détacher. Comment se pourrait-il, ô Ananda, que ce qui est né, créé, fabriqué, sujet à l'instabilité, ne passe pas ? Cela n'est pas possible… »

Telles sont les quatre vérités sur la douleur qui constituent la clef de voûte du dogme bouddhique, dominé par la pensée de la Délivrance.

« De même que la grande mer, ô disciples, n'est pénétrée que d'une seule saveur, la saveur du sel, de même aussi, ô disciples, cette doctrine et cet ordre ne sont pénétrés que d'une seule saveur, celle de la Délivrance. »

Tous les désirs de l'homme sont décevants, c'est en vain qu'il s'efforce de les réaliser ; lorsqu'il se croit arrivé au but, après mille souffrances et mille dangers, le voilà en face de la douleur, de la désillusion : les biens qu'il a acquis aux prix de grandes peines, il ne peut en jouir ni même les garder, car ils excitent la convoitise des hommes, qu'ils poussent à la guerre, au vol, au meurtre, à tous les maux, et les vouent aux souffrances et aux vicissitudes de nouvelles existences.

La mort, la décrépitude, le temps, s'unissent à la malice humaine pour empoisonner tous les joies terrestres, car il n'est au pouvoir d'aucun être au monde de faire que ce qui est sujet à la vieillesse ne vieillisse pas, que ce qui est sujet à la maladie ne soit pas malade, que ce qui est à la mort ne meure pas, que ce qui est sujet à passer ne passe pas. Quelque mal que se donne l'homme, quelques précautions qu'il prenne, il aboutit toujours au terme inéluctable : la mort ou la ruine.

C'est donc folie de s'attacher à des biens si précaires, si illusoires. La sagesse suprême consiste à en reconnaître la vanité et à y renoncer. La paix du cœur est à ce prix.

Une seule route mène au royaume de la Délivrance. Le sacrifice, qui absorbe toutes les facultés et tout le temps des Brahmanes, n'est qu'une duperie destinée à exploiter la crédulité des naïfs. Les offrandes de lait, d'huile et de miel plaisent mieux aux dieux que l'immolation barbare d'êtres vivants. Il en est d'autres que chacun peut faire et qui sont plus agréables aux divinités : ce sont les œuvres charitables ou pieuses, c'est la répudiation des erreurs du monde ou, mieux encore, l'obtention de la Délivrance, qui met fin au cycle des transmigrations de l'âme. Ce ne sont pas non plus les mortifications qui chassent les pensées terrestres. On ne peut imposer silence que pour un temps à la chair, tant qu'on ne se donne pas à soi-même une discipline intérieure qui détourne notre propension naturelle aux plaisirs et aux jouissances ; et fasse régner en soi l'harmonie et la sérénité. La force de la volonté permet seule de vaincre le désir et de dompter les mauvais penchants.

Le chemin de la Délivrance est jalonné par trois étapes successives : la droiture, la sagesse, la méditation. C'est par la sainteté et la chasteté de la vie, par la maîtrise de soi-même que l'homme s'élève à la perfection. Par la pratique de la vertu, on se met hors des atteintes du péché et de la douleur, on acquiert la paix intérieure qui prépare à recevoir la Révélation. Cet état d'âme donne déjà, dès ici-bas, le bonheur ; ce n'est cependant qu'une transition ; il existe une satisfaction bien plus haute encore, c'est la méditation dans la solitude et l'immobilité, où, absorbé dans l'attente de l'idéal, on perd la notion du monde et de soi-même, où l'âme, libérée de l'aveuglement de la matière, voit luire dans un brusque éclair la vérité éternelle. Plaisir divin dont plus d'un poète a exprimé le charme intime et pénétrant.

« Quand devant moi, quand derrière moi, mon regard n'aperçoit plus personne, certes, il est doux de demeurer seul en la forêt. Allons ! Je veux m'en aller dans la solitude, dans la forêt, que loue le bouddha : c'est là qu'il fait bon être pour la moine solitaire qui aspire à la perfection. Seul, sûr de mon but, en hâte je veux entrer en la forêt charmante, délices des pieux lutteurs, séjour des ardents éléphants.

« Dans la forêt Sitâ, la fleurie, dans une fraîche grotte de la montagne, je veux marcher seul, sans compagnon, en la forêt vaste et charmante...

« ...Quand, au ciel, les nuages d'orage battent le tambour, quand les torrents de pluie emplissent les chemins de l'air et que le moine, dans un creux de montagne, s'abandonne, à la méditation, non, il ne peut avoir de joie plus haute. Sur le bord des rivières parées de fleurs et que couronne la guirlande diaprée des forêts, il est assis, joyeux, plongé dans la méditation, il ne peut avoir de joie plus haute... »

Lorsque l'âme épurée, éclairée, a atteint la perfection, elle est prête à se fondre dans le Nirvâna, le séjour de l'éternel repos, où l'intelligence s'éteint, les sensations s'évanouissent, la connaissance s'anéantit...

... Une à une les lamentations du Bouddha sur les vanités du monde tombaient dans le silence, comme des pierres noires au fond de l'abîme de la douleur humaine. L'existence terrestre n'est que douleur ! La douleur est inséparable de la vie ! À qui le disait-il, le sublime désespéré ! Ces paroles amères qui semblaient l'écho de leur âme ulcérée attendrissaient les esclaves sur leur propre sort. Pendant quelques instants, ils goûtaient la douceur des larmes. Puis, les yeux encore humides, ils souriaient aux paraboles insérées dans la trame sombre des entretiens et des sermons du Bouddha, qui les reposaient de l'infinie désolation comme une fraîche oasis réconforte le voyageur au milieu d'un désert aride. Le Maître illustrait ainsi ses préceptes d'exemples des plus nobles vertus qui en faisaient des leçons vivantes. Tel ce trait de grandeur d'âme d'un prescrit.

Un jour que, dans la communauté, une dispute s'est élevée entre les disciples, le bouddha raconte aux mécontents l'histoire suivante : Il y avait une fois le roi Longue-douleur, que son puissant voisin Brahmadatta avait chassé de son royaume et dépouillé de tous ses biens. Déguisé en moine mendiant, le vaincu s'enfuit avec sa femme de sa ville natale et s'en alla chercher un refuge à Bénarès, la capitale même de son ennemi, où il se cacha. Là, la reine mit au monde un fils qu'elle appela Longue-vie, et celui-ci devint un garçon intelligent et habile dans tous les arts. Un jour, Longue-douleur fut reconnu par un de ses anciens courtisans, et sa retraite découverte au roi Brahmadatta ; le roi ordonna de les conduire, garrottés, lui et son épouse, à travers toutes les rues de la ville, puis de les emmener hors des murs pour les mettre en quatre morceaux. Longue-vie vit comment on conduisait son père et sa mère chargés de liens à travers la ville. Et il alla à son père qui lui dit : « Mon fils Longue-vie, ne regarde ni trop loin ni trop près car ce n'est pas par l'inimitié que s'apaise l'inimitié, mon fils Longue-vie ; c'est par l'absence d'inimitié, mon fils Longue-vie, que s'apaise l'inimitié. ».

Là-dessus, le roi Longue-douleur et sa femme subirent leur supplice. Mais Longue-vie fit boire des gardiens que l'on avait placés auprès des cadavres, et, quand ils furent endormis, il brûla les deux morts et tourna trois fois, les mains jointes, autour du bûcher. Puis, il s'en alla dans la forêt et, là, pleura et gémit jusqu'à rassasier son cœur ; ensuite il essuya ses larmes, s'en alla à la ville et prit du service dans les écuries d'éléphants du roi. Par sa belle voix, il gagna la faveur de Brahmadatta, qui en fit son ami intime. Un jour, il accompagnait le roi à la chasse. Ils étaient seuls tous deux ; Longue-vie s'était arrangé pour que la suite prît une autre route. Le roi se sentit fatigué, appuya sa tête sur le sein de Longue-vie et presque aussitôt s'endormit. Alors, le jeune Longue-vie pensa : « Ce roi Brahmadatta de Bénarès nous a fait beaucoup de mal. Il nous a pris armée et bagages et pays et trésors et réserves ; il a mis à mort mon père et ma mère. À présent, le temps est venu pour moi de satisfaire mon inimitié. ». Et il tira son épée du fourreau. Mais à ce moment, cette pensée vint au jeune Longue-vie : « Mon père, comme on le conduisait à la mort, m'a dit : « Mon fils Longue-vie, ne regarde ni trop loin ni trop près. Car ce n'est pas par l'inimitié que l'inimitié s'apaise, mon fils Longue-vie, c'est par l'absence d'inimitié, mon fils Longue-vie, que s'apaise l'inimitié. ». Ce ne serait pas bien de transgresser les paroles de mon père. ». Et il remit son épée dans le fourreau.

Trois fois le désir de la vengeance lui vient, trois fois le souvenir des dernières paroles de son père triomphe en lui de la haine.

Cependant, le roi sort en sursaut de son sommeil ; un cauchemar l'a réveillé ; il a rêvé de Longue-vie, qu'armé d'une épée celui-ci attentait à ses jours. Alors, le jeune Longue-vie saisit de la main gauche la tête du roi Brahmadatta de Bénarès : « Je suis, dit-il, le jeune Longue-vie, ô roi, le fils du roi Longue-douleur, de Kosala. Tu nous as fait beaucoup de mal : tu nous as pris armée et bagages et pays et trésors et réserves, tu as mis à mort mon père et ma mère. À présent, le temps est venu pour moi de satisfaire mon inimitié. »

Le roi Brahmadatta de Bénarès tomba aux pieds de Longue-vie et dit au jeune homme :

—Fais-moi grâce de la vie, mon fils Longue-vie ; fais-moi grâce de la vie, mon fils Longue-vie !

—Comment pourrais-je te faire grâce de la vie, ô roi ? C'est à toi de me faire grâce de la vie.

—Alors fais-moi grâce de la vie, mon fils Longue-vie, et, en retour, je veux aussi te faire grâce de la vie.

Et le roi Brahmadatta de Bénarès et le jeune Longue-vie se firent mutuellement grâce de la vie, se donnèrent les mains et jurèrent de ne se faire l'un à l'autre aucun mal… Et le roi Brahmadatta de Bénarès dit au jeune Longue-vie :

—Mon fils Longue-vie, ce que ton père t'a dit avant sa mort : « Ne regarde ni trop loin ni trop près, car ce n'est pas par l'inimitié que l'inimitié s'apaise, c'est par l'absence d'inimitié que s'apaise l'inimitié. ». Qu'est-ce que ton père a voulu dire par là ?

—Ce que mon père, ô roi, m'a dit avant sa mort : « Ne regarde pas trop loin » signifie : « Ne laisse pas durer longtemps l'inimitié. ». Voilà ce que mon père a voulu dire quand il disait avant sa mort : « Ne regarde pas trop loin. ». Et ce que mon père, ô roi, m'a dit avant sa mort : « Ni trop près » signifie : « Ne te brouille pas inconsidérément avec tes amis. ». Voilà ce que mon père a voulu dire quand il disait avant sa mort : « Ni trop près ». Et ce que mon père, ô roi, m'a dit avant sa mort : « Car ce n'est pas par l'inimitié que l'inimitié s'apaise : c'est par l'absence d'inimitié que s'apaise l'inimitié », cela signifie : « Tu as, ô roi, mis à mort mon père et ma mère. Si, à présent, je voulais, ô roi, te prendre ta vie, alors ceux qui te sont attachés, ô roi, me prendraient ma vie, et ceux qui me sont attachés prendraient leur vie à ceux-là : et ainsi notre inimitié ne s'apaiserait pas par l'inimitié. Mais maintenant, ô roi, tu m'as fait grâce de la vie, et je t'ai, ô roi, fait grâce de la vie. Ainsi, par l'absence d'inimitié s'est apaisée notre inimitié. Voilà ce que mon père a voulu dire quand il disait avant sa mort : « Car ce n'est pas par l'inimitié que l'inimitié s'apaise ; c'est par l'absence d'inimitié que s'apaise l'inimitié. ».

Et le roi Brahmadatta de Bénarès pensa : « Admirable ! Etonnant ! Quel habile garçon est ce Longue-vie qui peut expliquer avec tant de détail ce que son père a dit si brièvement. »

Et il lui rendit tout ce qui avait appartenu à son père, armée et bagages et pays et trésors et réserves, et lui donna sa fille en mariage.

Le prince Kounâlâ, ainsi appelé à cause de ses yeux qui étaient beaux comme ceux de l'oiseau de ce nom, poussa le pardon des injures jusqu'au sublime :

Kounâlâ vivait éloigné du tumulte de la cour, adonné à la méditation sur l'impermanence des choses. Une des reines s'enflamme d'amour pour le beau jeune homme ; il la repousse ; la dédaignée brûle de se venger. Quelque temps après, Kounâlâ est envoyé dans une province éloignée ; la reine dérobe par ruse le sceau d'ivoire du roi et envoie un ordre scellé d'arracher les yeux au prince. Quand l'ordre arrive, personne ne peut prendre sur soi de porter la main sur des yeux si beaux. Le prince lui-même exhorte les gens à remplir l'ordre. Enfin, il se trouve un homme, d'un aspect repoussant, qui se charge de l'exécution. Quand, au milieu des gémissements de la foule en pleurs, le premier œil a été arraché, Kounâlâ le prend dans sa main et dit : « Pourquoi ne vois-tu plus les formations, toi qui les voyais encore tout à l'heure, vile boule de chair ? De quelles illusions ils se bercent, quels reproches ils encourent, les insensés qui s'attachent à toi et disent : « C'est moi. ». Et lorsque son second œil lui a été arraché : « L'œil de chair, si difficile à obtenir, m'a été enlevé, mais j'ai acquis l'œil parfait, irréprochable de la vérité. Le roi me renie pour son fils, mais je suis devenu le fils du roi sublime, du roi de la vérité, j'ai perdu le royaume auquel souffrance et douleur s'attachent ; j'ai gagné le royaume de la vérité qui anéantit souffrance et douleur. ». On l'informe que c'est de la reine qu'émane l'ordre fatal ; il répond : « Puisse-t-elle longtemps jouir du bonheur, de la vie et du pouvoir, elle qui a envoyé cet ordre auquel je dois une si haute félicité ! ». Il s'en va en mendiant avec son épouse, et quand il arrive à la ville de son père, il se met à chanter devant le palais en s'accompagnant d'un luth. Le roi reconnaît la voix de Kounâlâ ; il le fait appeler mais quand il voit devant lui cet aveugle, il ne reconnaît plus son fils.

À la fin, la vérité se fait jour. Le roi, dans l'excès de son chagrin et de sa colère, veut faire torturer et mettre à mort la reine coupable. Mais Kounâlâ dit : « Si elle a agi bassement, toi, agis noblement, ne mets pas à mort une femme. Il n'y a pas de récompense plus haute que pour la bienveillance. La longanimité, ô roi, a été louée par le Parfait. ». Et il se prosterne devant le roi : « Ô roi, je ne sens pas de souffrance et, en dépit du cruel traitement que j'ai subi, je ne sens pas le feu de la colère. Mon cœur n'a que des sentiments de bienveillance pour ma mère, qui a ordonné de m'arracher les yeux. Aussi sûr que ces paroles sont la vérité, puissent mes yeux redevenir comme ils étaient ! ».

Et ses yeux lui revinrent aussi beaux qu'auparavant…

C'est trop beau, se disaient les esclaves, en sortant de la pagode pour aller dormir sur les perrons des édifices ou à la belle étoile, à même le sol nu. Pardonner à leurs bourreaux, les aimer ! Non, non, ils ne s'en sentaient pas la force. Le feu, l'eau, le sol, leurs ennemis leur avaient tout pris : ils ne leur avaient laissé la vie que pour faire d'eux des parias, objet de haine et de dérision. Rendre le mal pour le mal, quoi de plus légitime ? Ils ne concevaient que la primitive loi du talion : œil pour œil, dent pour dent ! Dans leur cerveau atrophié, ils ruminaient des pensées de vengeance… Mais un sommeil de plomb les plongeait bientôt dans l'inconscience. C'était leur Nirvâna à eux. Le lendemain, ils se levaient avant le soleil pour rejoindre les chantiers, renaissant pour de nouvelles épreuves, de nouvelles tortures…

…Des siècles s'étaient écoulés. Le grand temple émergeait du fossé comme un îlot au milieu d'un lac. Solidement assis sur sa terrasse de limonite parementée de grès, le massif monument, qu'on eût dit dégagé d'un gigantesque monolithe, défiait le temps.

On entrait dans le temple par des porches monumentaux surmontés de tours richement décorées, aux portes ornées de rinceaux, de moulures à fleurettes et de bandes sculptées d'une infinité de petits danseurs superposés.

Le portique franchi, une avenue dallée s'offrait à la vue, flanquée symétriquement de deux édicules et de deux *sras*. À mesure qu'on approchait du perron d'honneur, vaste plateforme cruciale, l'entrée du premier étage semblait s'affaisser graduellement. Mais, l'escalier aux larges rampes gravi, la façade, du milieu de laquelle un porche central se détachait, se montrait dans toute sa belle ordonnance. Le premier étage comprenait quatre galeries, coupées au centre et aux angles par des vestibules qui divisaient ainsi les murs en huit panneaux, et bordées d'une véranda à double rangée de piliers carrés.

Au bout d'un moment, les yeux, s'habituant à la pénombre, distinguaient sur les murs des galeries et des vestibules ainsi que sur les tympans des portes, des bas-reliefs représentant des épisodes du Mâhâbharata ou du Râmayana : guerriers casqués combattant à pied, à cheval, sur des éléphants ou dans des chars ; lutte des deux princes simiens Sougrîva et Bâli se disputant la couronne, l'épée à la main, au milieu d'une mêlée de singes ; Bâli agonisant sur un lit de parade, entouré de guenons, ses épouses, dont l'une lui soutenait la tête ; dieu soulevant d'une main une montagne pour mettre à l'abri de l'orage des bergers et des bergères et leurs troupeaux ; Râma blessant Mâritcha transformé en biche d'or. Défilé de troupes ; promenade de reines et de princesses ; procession de brahmanes, accompagnée de légendes. Scènes de la vie courante : jonques voguant sur un fleuve, transportant des reines et des rois. Le paradis, quelque peu terne, avec ses cavaliers, ses seigneurs, ses dames, assis dans des tours, abrités sous des parasols, prenant des fruits dans des corbeilles, respirant des fleurs, éventés par des suivantes. L'enfer, où la fantaisie de l'artiste s'était donné libre cours dans une débauche d'affreux supplices, et où les damnés, décapités, écartelés, dépecés, brûlés, bouillis, écrasés, déchiquetés en morceaux, lardés, empalés, pendus, percés de flèches, roulés sur des lits d'épines ou de clous, étaient torturés de mille façons connues ou inédites. Pauvre esprit humain plus capable de concevoir le mal que le bien !

Sur la face orientale, on voyait deux groupes de personnages faisant effort en sens contraire sur quelque chose ressemblant à un câble : c'étaient les *Devas* et les *Asoaras* battant la « mer de lait » avec le serpent Vâsuki en guise de corde et comme pilon, le mont Mandara reposant sur une tortue. Au-dessus du serpent dansaient des *Apsaras* aux formes souples et gracieuses. Puis venaient les divinités du Panthéon brahmanique brandissant leurs attributs étranges, montés sur des bêtes apocalyptiques : garouda, nâga, paon, éléphant à quadruple défense, char attelé de bœufs…

Les panneaux se déroulaient, laissant une impression un peu fatigante de guerriers, de dieux se démenant dans une mêlée confuse. Celui du côté droit de la galerie orientale frappait par le mauvais dessin et l'exécution peu soignée de ses figures. C'était, sans doute, l'œuvre de quelque obscur « compagnon ». Le panneau gauche de la galerie occidentale retraçant le combat de Râma avec Râvâna était, en revanche, plein de vie : les singes se cramponnaient aux géants, se jetaient à la tête des animaux attelés aux chars, cherchant à les renverser. Dominant la masse de leurs guerriers, de leur taille exceptionnellement élevée, les deux chefs luttaient, Ramâ porté par Hanuman, le général simien volant dans les airs, prêt à décocher au ravisseur de son épouse la flèche magique qui pouvait seule le tuer ; Râvâna, avec ses dix têtes superposées, ses vingt bras armés d'arcs et de massues, debout sur un char traîné par des lions.

En débouchant dans la cour du premier étage, on remarquait aux deux angles les plus rapprochés deux édicules servant de bibliothèques, où étaient enfermé dans des coffrets en bois de *koki*, le *tripitaka*, la « triple corbeille » de livres sacrés rapportés de Ceylan.

En gagnant le deuxième étage, on s'engageait dans une espèce de préau couvert, formé de deux galeries disposées en croix et encadrées de vérandas. Aux angles, se trouvaient quatre *sras* servant aux ablutions des fidèles. Sur l'entablement et l'architrave des piliers ainsi que sur les pilastres, d'élégants motifs de décoration étaient répandus à profusion : frises de danseuses, feuilles en volute entourant un petit personnage et disposées en chevrons superposés, lotus encadrés de fleurettes. Les artistes Khmers avaient su tirer un heureux parti des fleurs et des feuillages, qui leur offraient des formes et des lignes se pliant à toutes les fantaisies et se prêtant à une variété infinie de courbes gracieuses. Mais leur talent s'étriquait et s'alourdissait lorsqu'ils avaient à traiter les figures humaines. Les *tévédas*[11] qu'on rencontrait partout dans le vaste temple, étaient plus médiocres que celles du Bayon. Les visiteurs les touchaient en

11 Figures de femmes au buste nu orné de bijoux, portant une jupe courte et tenant généralement à la main une fleur ou un bouton de lotus.

passant, aux endroits en relief, dans la croyance que le contact de ces images de demi-déesses leur porterait bonheur.

En plus des trois passages parallèles du préau, il existait onze autres escaliers à ciel ouvert.

En montant l'escalier d'honneur, on arrivait sur une plate-forme cruciale supportée par de courts piliers ronds, qui se trouvait dans le prolongement du porche central.

Des deux côtés de la plateforme, on voyait deux édicules qui, sans avoir la finesse et la pureté de lignes des harmonieux temples grecs, semblaient cependant, dans l'ensemble imposant du vaste monument, des bijoux de pierre posés bien en vue sur leur haut piédestal de limonite.

Quatre galeries exhaussées par un soubassement de sept mètres de hauteur couvert d'ornements, aux angles desquelles s'élevaient quatre tours, composaient le deuxième étage. Elles donnaient sur une cour dallée où se dressait, formidable et superbe, le massif central. Trois grands escaliers avaient été taillés dans les flancs escarpés de la pyramide, sur chacune de ses faces : celui du milieu aboutissait à un péristyle, les deux autres conduisaient aux tours d'angles.

Sur le soubassement, haut de treize mètres et étagé en trois gradins, les sculpteurs avaient drapé une véritable broderie de pierre.

Une galerie à véranda courait autour du massif central. Une ornementation touffue de fleurettes, de fleurons, de frises de danseuses, se déployait sur les murs des galeries, sur les piliers, l'encadrement et le chambranle des portes et des fenêtres.

Du milieu de chaque face de la galerie de pourtour partaient d'autres galeries se coupant à angle droit. À leur intersection, le sanctuaire se montrait dans la gloire éclatante de la lumière, sous la gigantesque tiare de la haute tour, qui dominait de dix mètres les quatre tours d'angles et de soixante-cinq mètres le premier étage.

Quatre cours pavées de grès, situées en contre-bas des galeries, recevaient les eaux de pluie, qui s'écoulaient par des caniveaux.

Des galeries, l'œil embrassait un admirable panorama : au premier plan se développait un moelleux tapis de verdure où miroitait une rivière et borné à l'horizon par la ceinture des forêts ; plus loin, le *Pnôm Bauk*, sentinelle avancée des *Pn*ôm *Koulen*, arrondissait son dôme ; dans le fond, la chaîne des *Dang-Rek* barrait le ciel comme d'un léger trait de fusain.

En s'abaissant, le regard s'accrochait aux gargouilles en forme de têtes de dragon, de tigre, de lion, qui vomissaient, au moment des fortes averses, des torrents d'eau.

Des milliers d'épis de faîtage figurant deux personnages dansants, réunis dos à dos sur un petit socle et sculptés à jour dans un cadre de volutes se terminant en pointe, couronnaient la crête des toits. Les nervures des tuiles demi-rondes ressemblaient à des serpents disposés en rangs réguliers. On eût dit la postérité innombrable et abâtardie des *nâga* au dos hérissé de flammes, qui ondulait sur les pignons en dressant leurs multiples têtes de vipères.

Pendant que les tours peintes de couleurs vives et serties de mosaïques resplendissaient au soleil, d'en bas montaient la psalmodie des bonzes et la voix aiguë des néophytes.

Par-dessus ce bruit, on entendait le son métallique des ciseaux mordant la pierre sous les coups de maillet : les sculpteurs travaillaient dans les deux petites chapelles de l'avenue dallée, dans les galeries du premier étage, où les murs des vestibules des angles nord-est et sud-est restaient encore vierges, dans celles du massif central où l'ornementation n'avait encore qu'un faible relief. Fouillant la pierre, accentuant les creux, dégageant les figures qui prenaient corps lentement sous leurs yeux, ils s'absorbaient dans leur besogne interminable, indifférents aux changements et aux révolutions qui s'accomplissaient autour d'eux et dans le temple même.

Le bouddhisme avait, en effet, supplanté le brahmanisme. La religion des humbles et des parias était devenue celle des nobles et du roi même.

L'effigie du *Préas*, l'Eminent, le Sublime, avait pris la place des idoles brahmaniques. Elle trônait dans les maisons particulières, les palais, les temples et jusque dans le sanctuaire d'Angkor-Vat, où jadis s'érigeait dans un orgueil cynique le symbole de Civa, dont le trident dressait encore ses pointes au haut des tours.

La fortune du Kambudja était sur son déclin. Le plus souvent battus, parfois victorieux, toujours indomptés, les Châms s'obstinaient à ne pas reconnaître la suprématie de leurs voisins du Sud. Restés fidèles à leur roi légitime, Jaya Harivarman, ils avaient à plusieurs reprises essayé de secouer le joug des Khmers. En 1158, la situation était devenue si alarmante que le vice-roi, le prince Harideva, avait été obligé de réclamer des renforts. Les troupes envoyées à son secours avaient essuyé une défaite dans la plaine de Virapura, au champ Kayer. L'année suivante, elles avaient été de nouveau mises en déroute dans la plaine de Mâhi, et le prince Harideva était tombé aux mains des Châms.

Remonté sur le trône, Jaya Harivarman avait fait une guerre implacable aux Khmers, qui avaient beaucoup souffert de ses continuelles incursions sur leur territoire. Sa vengeance terrible s'était traduite pour eux, en 1192, par un nouveau désastre. Son successeur avait, à son tour, envahi et ravagé le Kambudja, arrivant jusqu'aux portes de Yaçodharapura, d'où

Jayavarman VII, le fils de Suryavarman, avait dû fuir précipitamment. Celui-ci avait, quelque temps après, pris une revanche éclatante : le Champa, une seconde fois subjugué, était retombé sous la domination des Khmers. Il n'avait recouvré son indépendance qu'au bout de trente ans d'efforts désespérés. Les hostilités s'étaient rouvertes entre les deux pays qui s'affaiblissaient mutuellement dans une lutte incessante. Du reste, amollis par une vie facile et sans souci, les Khmers avaient beaucoup perdu de leurs vertus guerrières.

Cependant, à l'Ouest, se levait un autre peuple pauvre, batailleur, les Siamois, jadis tributaire des Khmers, dont il convoitait à présent les richesses et le sol fécond. Les Siamois s'étaient heurtés avec ces derniers, dans la région de Korat, en maintes rencontres sanglantes, où ils avaient eu généralement l'avantage. Deux fois déjà, ils avaient pris et pillé Yaçodharapura.

Les prisonniers capturés dans ces combats venaient combler les vides faits par la mort dans le troupeau des esclaves.

Le bouddhisme, sans avoir aboli l'esclavage, en avait cependant atténué les rigueurs ; sous son influence, l'affranchissement des esclaves était devenu une œuvre pieuse.

Toutefois, le sort des esclaves d'Etat n'avait pas changé : occupés maintenant à construire tout un réseau de routes rayonnant de la capitale vers les principales villes du royaume, ils enduraient les mêmes maux que par le passé. Mais plus heureux que leurs devanciers, ils nourrissaient une secrète espérance qui tempérait pour eux l'amertume du présent. Les indices de la décadence de leurs oppresseurs n'échappaient pas à la clairvoyance de leur haine. Il ne leur paraissait pas impossible que, par la fortune inconstante des armes, leurs maîtres connussent à leur tour l'humiliation de la défaite et les tourments de la servitude. Dans leurs rares moments de loisir, ils s'entretenaient de leurs espoirs…

L'année 1473 vit la ruine irrémédiable de Yaçodharapura. Un jour, les guetteurs postés sur les *préasat*[12], qui mettaient la capitale en communication avec la zone frontière, annoncèrent une nouvelle agression des Siamois : les *Kut*, les « cheveux coupés », conduits par leur roi, Somdach Prah Rama Thibodi II, s'avançaient irrésistiblement, pullulant comme des sauterelles. Les troupes Khmères, rassemblées à la hâte, démoralisées par leurs précédents échecs, ne purent soutenir le choc impétueux des Siamois. Le roi Prah Srey Racha, qui s'était mis à leur tête, fut fait prisonnier et envoyé au Siam.

À la nouvelle de l'arrivée imminente de l'ennemi, propagée par les fuyards, les artistes qui travaillaient dans les édifices inachevés jetèrent leurs outils, la population se sauva affolée, on s'écrasa aux portes de la ville. Les esclaves, livrés à eux-mêmes, augmentèrent le désordre par leurs déprédations et leurs violences.

Sur ces entrefaites, les Siamois firent irruption dans la ville, qu'ils remplirent de leurs clameurs de triomphe, accueillis en libérateurs par les esclaves. Guidés par ces derniers, ils pillèrent les plus riches demeures, tuant et saccageant sans pitié, massacrant les religieux réfugiés au pied des autels et dans les vestibules des temples, brisant les saintes images, sans même faire grâce aux pierres. Ils attelèrent des éléphants aux colonnes des monuments les plus remarquables ; cédant à la puissante traction des pachydermes, les colonnes s'écroulèrent et la toiture, manquant de point d'appui, s'abattit avec fracas au milieu d'un nuage de poussière…

Le soir, le disque sanglant du soleil baigna dans un sinistre ruissellement de pourpre la façade du grand temple. L'astre du jour se coucha encore deux ou trois fois sur de nouvelles scènes d'horreur.

12 Tours.

Enfin, les Siamois, rassasiés de carnage et chargés de butin, s'en allèrent, emmenant en captivité les habitants survivants, pour les employer aux travaux d'embellissement d'Ajuthia, leur capitale, qu'ils se proposaient de doter de palais et de temples semblables à ceux sur lesquels leur fureur venait de s'acharner.

Depuis lors, nul parmi les Khmers ne se rappela sans frémir d'épouvante le nom de Yaçodharapura, la ville néfaste. Des averses diluviennes lavèrent les traces de sang, creusant les pierres, crevant les toits. Une végétation envahissante prit possession des édifices abandonnés. Sous la poussée tenace des racines, les pierres, disposées en tranches verticales, tombaient en entraînant dans leur chute tous les blocs placés au-dessus. De grands pans de murs croulaient, hâtant l'œuvre destructrice du temps.

À l'autre bout de la terre, dans l'Occident, deux peuples policés et industrieux vivaient heureux et en bonne intelligence, rapprochés par leurs affinités. Comme les Khmers d'autrefois, ils possédaient, dans des villes bourdonnantes comme d'immenses ruches d'abeilles, sur lesquelles la musique aérienne des cloches semait ses notes argentines, des monuments admirables, églises, palais, halles, patinés par le temps, car ils dataient à peu près de la même époque que ceux d'Angkor, mais conçus d'après une autre esthétique. Ces édifices sacrés, refuges de la douleur, asiles de la prière, avaient été construits avec joie et amour, dans une coopération touchante de toutes les classes de la nation offrant chacune ce qu'elle avait, le peuple ses bras, le seigneur sa terre, le bourgeois son argent, l'artiste son génie. L'objet de ce culte fervent était Jésus-Christ le Rédempteur. Cinq cents ans après la mort du saint Hindou, le fils d'un charpentier de Nazareth fonda en Judée une religion nouvelle, qui présente beaucoup de ressemblance avec le bouddhisme, mais pénétrée d'une pitié plus agissante. Jésus entra dans l'immortalité, auréolé de la gloire du martyr, en mourant d'une façon sublime pour la doctrine qu'il professait, ce qui est une bonne fortune singulière pour un convertisseur de foules. Aussi se plaît-on à le représenter cloué sur l'instrument de son ignominieux supplice, avec la couronne d'épines. Dans ses maisons de pierre ouvrées comme des pièces d'orfèvrerie, sous les larges voûtes sonores où retentissait la voix grave des orgues, le divin Consolateur ouvrait tout grand ses bras aux croyants, qui, mis en confiance par la douceur ineffable de son visage, venaient depuis des générations s'épancher dans son sein, en lui faisant part tout bas de leurs craintes, de leurs peines, de leurs désirs.

Soudain, une autre nation, s'estimant au-dessus de tout et placée le plus près de Dieu, dont elle se prétendait l'élue, voulant dominer le monde par la terreur, envahit, au mépris de la foi jurée, le plus petit des deux pays et s'empara d'une partie de l'autre. Disposant de puissants engins de destruction perfectionnés par une science diabolique, les modernes Vandales accumulèrent en peu de temps des montagnes de ruines, anéantissant une quantité incalculable de trésors de l'art et de la pensée humaine, jalonnant leur route d'atrocités dont l'évocation seule fait frissonner, déportant en masse les habitants des villes conquises…

Et pourtant, il y a entre ces deux guerres sauvages l'espace de cinq siècles ! Au cours de ce demi-millénaire, des découvertes prodigieuses, dont la nation responsable de la plus récente et aussi la plus épouvantable tuerie qu'ait enregistrée l'histoire, revendique précisément la meilleure part, ont changé la face du monde. Mais sous le vernis de la civilisation, la brute des forêts de l'antique Germanie sommeillait dans le cœur des colosses blonds bouffis d'orgueil. Libérée de ses entraves, elle s'est déchaînée avec une violence inouïe chez les soldats, plus effroyable encore chez les chefs, sous le masque d'un pharisaïsme calculé.

Quand donc l'homme arrivera-t-il à juguler en lui la bête ?

TROISIÈME PARTIE
Thội An—Cần Thơ

5 novembre.

e suis de plus en plus intoxiquée par l'ennui, qui continue à distiller sa morphine mortelle dans les replis de mon être. Telle la tunique empoisonnée de Nessus, on ne s'en débarrasse qu'avec la vie. J'hésite à employer l'héroïque remède. Du fond obscur de ma conscience, la peur me souffle des lieux communs rabâchés avant moi par tous ceux qui, dégoûtés de l'existence, n'ont pas eu le courage d'en rejeter le poids. Les raisons spécieuses, par quoi les désespérés cherchent à s'illusionner encore, sont développées avec son éloquence habituelle par Jean-Jacques Rousseau dans sa lettre bien connue sur le suicide. Le Ciel ne nous a pas placés en ce monde, dit le philosophe, pour n'y rien faire ; en nous donnant la vie, il nous a assigné à chacun une tâche qu'il faut remplir jusqu'au bout. Il est dans l'ordre des choses que la vie comporte de la souffrance. Il n'y a ici-bas aucun bien qui ne soit mêlé de mal. Cependant, pour les âmes supérieures, il en est qui ne dépendent point des contingences. Le vulgaire confond « ce qui est mal par sa nature avec ce qui ne souffre le mal que par

accident». En d'autres termes, le mal n'existe réellement qu'en tant que cause et non comme effet. Ainsi «la vie est un mal pour le méchant qui prospère, et un bien pour l'honnête homme infortuné; car ce n'est pas une modification passagère, mais son rapport avec son objet qui la rend bonne ou mauvaise».

Rien n'est d'ailleurs plus instable que l'opinion sur la vie. Différente d'un individu à l'autre, elle varie en nous-mêmes selon l'état de notre sensibilité. Tel qui dit aujourd'hui: «La vie est un mal.» dira demain: «La vie est un bien.» sans que rien n'ait changé que la tournure d'esprit de celui qui aura exprimé ces deux sentiments diamétralement opposés. Il ne s'agit donc que de modifier les dispositions de notre âme pour nous guérir du mal. Il n'est pas nécessaire de mourir pour cela; un traitement rationnel suffira. Il faut d'abord se rendre compte de la nature de la maladie pour trouver le remède approprié. Il y a deux sortes de maux: les maux de l'âme et les maux du corps.

Ceux-ci s'aggravent avec le temps, ceux-là, au contraire, s'émoussent à la longue. L'expérience montre que la tristesse, l'ennui, les regrets, le désespoir sont des douleurs peu durables qui ne s'enracinent jamais dans l'âme. On n'a qu'à s'y résigner; le temps fera son œuvre d'oubli.

C'est un non-sens d'invoquer l'exemple des citoyens illustres de l'Ancienne Rome. Ces hommes surent mourir en beauté. Ayant voué à la patrie leur personne et leurs biens, ils ne se crurent le droit de disposer d'eux-mêmes que lorsque, la voyant au pouvoir de tyrans dépravés, ils estimèrent ne plus pouvoir la servir que par leur mort, qui sauvait sa gloire avec leur honneur. Mais il est criminel de mourir avant l'heure, quand on peut encore se rendre utile à son prochain. C'est un vol fait au genre humain, car avant de le quitter nous devons lui rendre ce qu'il a fait pour nous. C'est erreur de prétendre qu'on est inutile au monde. On ne saurait y faire un pas sans trouver quelque devoir à remplir. Tout homme est, du reste, utile à l'humanité par cela seul qu'il existe. En faisant le bien, on s'attache à la vie. Chaque fois qu'on est tenté d'en sortir, il faut se dire : « Que je fasse encore une bonne action avant que de mourir. ». Cette pensée nous retient aujourd'hui, elle nous retiendra demain, après-demain, toute notre vie... Celui qu'elle laisse indifférent peut seul mourir : il n'est qu'un méchant.

Tel est, froidement résumé, le chaleureux plaidoyer de Rousseau. La petite fille inexpérimentée et ignorante que je suis ne saurait contester la justesse des observations du philosophe ni mettre en doute la sincérité du moraliste. Loin de moi la pensée d'examiner dogmatiquement l'argumentation de l'auteur de la *Nouvelle Héloïse*. Je m'en tiens à mon cas qui, seul, m'intéresse...

Des devoirs, la jeune fille en a-t-elle vraiment envers ses semblables ? Il me semble que sa faiblesse et son effacement la dispensent de toute obligation d'ordre social : elle peut, j'imagine, sans crime chercher à vivre sa vie, comme tout autre être de la création. Or, par la faute d'un autre ou par la mienne —peu importe ! —j'ai manqué ma destinée. À quoi bon dès lors traîner une vie inutile et qui m'est à charge ?

« La vie passive de l'homme, dit Rousseau, n'est rien, et ne regarde qu'un corps dont il sera bientôt délivré, mais sa vie active et morale qui doit influer sur tout son être, consiste dans l'exercice de sa volonté. ». Je le lui accorde. Encore faut-il que l'action ait un objet ; notre volonté ne peut s'exercer à vide. À quoi puis-je bien appliquer mon activité ? Suis-je capable de la moindre tension de corps ou d'esprit, moi qui n'ai même plus la force de végéter d'une vie passive ?

D'autres, je le sais, ont dit après l'écrivain genevois qu'en ce monde rien n'est définitif ni irrémédiable que la mort, que les plus grands désastres se peuvent réparer, que les chagrins les plus violents s'adoucissent plus vite qu'on ne le croit et que, sans cette bienfaisante faculté d'oublier, l'homme consumerait sa vie dans les larmes et les regrets, pleurant toujours les êtres qui lui étaient chers et ses illusions perdues. Dans l'exaspération de la douleur, on est persuadé que ses peines sont éternelles ; mais par la force clémente de la nature, nos afflictions s'apaisent insensiblement, pour faire place à une tristesse tranquille, puis à une douce mélancolie, enfin à un intérêt croissant pour les choses, qui se mue à notre insu en une joie de plus en plus franche, traversée de moins en moins par le souvenir du passé.

Mais au bout de combien de temps et après quelles souffrances l'apaisement se fera-t-il ? Est-il possible d'ailleurs que la joie refleurisse encore pour moi ? Je crains que cette consolation banale ne soit un sophisme charitable à l'usage des âmes devenues trop veules, à force d'être maltraitées par le sort, pour se révolter contre lui. Elles gémissent tout en espérant des jours meilleurs qui ne viendront jamais et se laissent mener jusqu'aux bords de la tombe par un éternel mirage.

Non ! Plutôt la mort que cette existence entachée de mensonge envers moi-même. On sent en somme que Rousseau professe pour le suicide l'horreur instinctive du chrétien. Mais le bouddhisme ne le condamne pas. La mort volontaire n'est-elle pas une forme du renoncement, la plus haute même, puisque le sacrifice de la vie est généralement considéré comme le plus grand que l'homme puisse faire ? Et puis, est-ce que je crois encore à quelque chose à cette heure ? Ma vie m'appartient. Quoi qu'en dise le philosophe, je ne fais de mal à personne en me l'ôtant. Je ne m'exagère nullement l'importance de la place que je tiens parmi les vivants. Ma disparition passera inaperçue. Dans un monde inchangé, on entendra toujours des chants et des rires, on verra toujours l'égoïsme satisfait, la méchanceté triomphante. Mais moi, du moins, je dormirai en paix dans le sein maternel de la terre !

7 novembre

J'ai fait tantôt à pied une promenade dans le village. Une ondée tombée dans l'après-midi avait rafraîchi l'air. Les chemins dégageaient une forte odeur de terre mouillée. Des lambeaux de nuages effilochés traînaient dans le ciel coloré, comme passé au lavis, de toute une gamme de taos dégradants allant de l'horizon au zénith, de l'orangé au mauve. Les rayons du soleil couchant se déployaient en un gigantesque éventail d'or.

J'allais à pas lents, pénétrée de la triste sérénité du soir qui descendait, à peine distraite par les cordiaux saluts que me jetaient au passage les gens revenant des rizières. J'arrivais devant une *cái nhà* récemment construite, à en juger par la couleur encore blonde de son toit de chaume, et au seuil de laquelle se tenait une jeune femme guettant sans doute le retour de son mari. J'ai jeté un coup indifférent sur elle, et quelle n'a pas été ma surprise lorsque je me suis trouvée en face de l'amoureuse contrariée d'il y a quelques mois. Je n'y pensais plus. On l'avait donc sauvée? La jeune femme avait, de son côté, poussé un petit cri en me reconnaissant.

—Vous voilà guérie, ma bonne amie, lui ai-je dit en lui rendant son bonsoir. On peut dire que vous êtes revenue de loin, hein?

—Oh, oui, Mademoiselle! Je l'ai échappé belle. C'est le docteur qui m'a sauvée, un homme très savant et bien bon, allez!

—Vous voilà heureuse, à ce que je vois.

—Je le suis tout à fait, Mademoiselle. Mon homme aussi. C'est à Monsieur le chef de canton que nous le devons. Ses remontrances ont donné à réfléchir à mes parents. On nous a mariés après ma guérison. Nous sommes allés vous voir, histoire de remercier Monsieur votre père. Mais nous ne vous avons pas trouvés, ni lui ni vous, car vous étiez en voyage, nous a-t-on dit. Nous sommes entrés en ménage. Monsieur votre père nous a donné à cultiver une dizaine d'hectares de terre. Nous nous sommes mis bravement au travail, et, avec l'aide de nos voisins, nous avons construit cette *cái nhà*. Par exemple, elle ne serait même pas digne de vous servir d'écurie ; mais nous y sommes chez nous.

—Ainsi vous ne désirez rien de plus ?

—Non, Mademoiselle. Que pouvons-nous bien souhaiter encore ? Nous avons tout ce qu'il nous faut pour être heureux. Vous savez si nous avons eu de la peine à l'obtenir... Vraiment, je ne vois pas ce qui nous manque. Nous n'attendons plus qu'un enfant pour que notre bonheur soit complet, une petite créature qui nous divertira à nos moments de loisir par son babil et ses espiègleries. Le Ciel a assez fait pour nous ; nous ne lui demandons rien de plus. Il ne faut pas le tenter par une ambition démesurée. Mais donnez-vous la peine d'entrer un petit moment chez nous, Mademoiselle. Où avais-je donc la tête ? Je vous laissais là à causer dehors ! Excusez-moi ; il y a si peu de temps que je suis maîtresse de maison.

Je regardais le visage placide de la jeune femme pour tâcher d'y découvrir tout au moins cette légère déception que j'ai toujours éprouvée à constater la différence entre le rêve et la réalité, alors même que mes désirs ne rencontraient aucun obstacle.

—C'est bien vrai, vous n'avez pas de souci ? ai-je insisté dans l'espoir de l'amener à avouer un sujet de préoccupation, si léger fût-il.

—Aucun, Mademoiselle. J'ai pleine confiance en mon homme. Travailleur et honnête, il gagne largement notre vie à tous deux. Et dire que j'ai eu la malencontreuse idée d'essayer de me détruire ! Quelle horrible chose que cette drogue que j'avalai. J'en garde encore l'amertume dans la bouche. Pouah ! Il faut que j'aie l'âme chevillée au corps pour que cette abominable mixture ne me l'ait pas emportée du coup. Mais c'est fini. Mes idées de suicide sont bien loin, à cette heure ! C'est égal. Comme vous avez dû vous moquer de ma folie !

Bien sûr que je ne m'en moquais pas, puisque j'en méditais précisément une pareille. J'ai secoué la tête en signe de dénégation :

—Mais non, je vous ai plainte, au contraire, et je suis contente de vous voir heureuse.

Sur ce, ouvrant mon porte-monnaie, j'y ai pris un billet de cinq piastres que j'ai tendu à la jeune paysanne en lui disant :

—Je regrette de n'avoir pas été là lors de votre mariage. Tenez, le cadeau que je n'ai pu vous faire à cette occasion, je vous le remets à présent avec mes meilleurs souhaits de bonheur.

Sans lui laisser le temps de me remercier, je lui ai mis le billet dans la main et me suis sauvée pour ne pas éclater en sanglots devant cet humble bonheur qui m'est refusé.

Ils connaissent la sérénité du cœur, ces jeunes gens, dont un toit de chaume abrite l'existence médiocre et laborieuse. Et moi, qu'ils croient comblée comme une princesse, j'en suis à agiter la question de ma mort ! Je devrais l'être, s'il y a une logique des choses. Je voudrais infliger un démenti au destin en me supprimant moi-même. Mais je n'arrive pas à m'y décider, retenue par je ne sais quelle vague espérance. Ne voilà-t-il pas qu'une voix, qui s'efforce d'être persuasive, me représente que cette jeune femme a eu son fardeau de peines, sous lequel elle a failli succomber. « Pourquoi après cette épreuve, me dit-elle, n'aurais-tu pas, toi aussi, ta revanche ? Demande à cette femme ce qu'elle a souffert et le prix dont elle a payé son bonheur. Prends donc ton mal en patience ; n'imite pas son geste insensé, le miracle qui l'a sauvée ne se produira pas deux fois. Ne commets pas une folie irréparable par un coup de désespoir prématuré. Cesse de penser à l'homme que tu as toi-même écarté de ton chemin. Bannis-le de ton souvenir, et bientôt tout ce qui s'est passé ne sera plus pour toi qu'un mauvais rêve entrevu durant une nuit d'insomnie. Ecoute-moi. Abandonne-toi sans résistance au courant qui t'emporte vers l'oubli, vers le renouveau, vers la joie. Tu es jeune ; ta part de félicité n'est même pas entamée. ».

Arrière, lâcheté insidieuse ! Je sais tes suggestions intéressées. Oublier, quand on voit l'homme à qui on a voué son âme, sa foi, auprès d'une rivale triomphante ! Ma situation n'a rien de commun avec celle où s'est trouvée cette paysanne ; l'obstacle qu'elle rencontrait sur son chemin venait de ses parents et non de celui qu'elle aimait, et qui la payait de retour, lui ! Tu as beau me tenter. Mon parti est pris ; il ne me reste plus qu'à choisir mon jour pour le grand voyage d'où l'on ne revient pas.

9 novembre.

Je suis révolutionnée par un évènement imprévu qui s'est produit si bien à son heure qu'on serait tenté d'y voir la volonté du Ciel, car il s'en est fallu de peu que je ne misse à exécution mon sombre dessein.

J'avais voulu revoir une dernière fois les lieux familiers où s'étaient écoulées mes premières années et revivre pendant quelques instants mes impressions d'autrefois. Comme j'étais heureuse alors ! Un coin de jardin représentait pour moi l'univers, une poupée me plongeait dans le ravissement. Des souvenirs se levaient en foule sur mes pas. Il s'en présenta deux d'une telle netteté qu'on les eût crus d'hier. C'est sans doute parce qu'ils me rappelaient deux accidents où mon âme d'enfant avait senti passer le frisson de la mort. Ici, sous ce gros tamarinier, j'étais tombée un jour dans le *rạch* en poursuivant un papillon. Un gardeur de buffles m'avait retirée de l'eau à temps. Là, à un détour du chemin, une petite ombrelle rouge dont j'étais fière avait mis, une autre fois, un buffle en fureur. Instantanément, la scène s'évoqua devant moi : mes cris s'éteignant dans ma gorge étranglée par une épouvante sans nom, mes petites jambes soudain paralysées me refusant leur service, le souffle rauque de l'horrible bête, le dévouement d'un *tá điền* de mon père s'interposant entre moi et la brute déchaînée, la rage de l'animal s'acharnant sur l'homme, tandis que, sauvée par cette diversion, je me refugiais éperdue dans les bras de la servante clouée sur place, médusée et stupide. Je revoyais le malheureux rapporté chez nous, la poitrine défoncée, une jambe fracturée, couvert de boue et de sang. Le *tá điền* était resté deux longs mois à l'hôpital, entre la vie et la mort, soigné avec sollicitude par le docteur, à qui papa avait recommandé cet humble héros qui s'était sacrifié pour lui conserver sa fille. Le pauvre homme est demeuré boiteux. Papa lui a donné en toute propriété cinq hectares de rizière pour assurer sa subsistance.

Pourquoi, me demandai-je, pourquoi cet homme a-t-il fait cela ? Que lui importait la vie d'une petite fille qui ne lui était rien ? Quel sentiment le poussait au-devant de la mort horrible qui se présentait sous la forme de ce monstre au mufle noir et humide, aux cornes effilées, aux yeux injectés de sang ? Il savait qu'il allait payer de sa vie son acte de courage, et cependant il n'a pas hésité pendant la seconde qui m'aurait été fatale. Cela aurait mieux valu pour moi, puisque je n'ai été sauvée que pour souffrir et en arriver à souhaiter la mort comme une délivrance. Je me disais que ma disparition tragique produirait un douloureux contrecoup sur mon sauveteur, qui m'avait prise en affection. Peut-être regretterait-il sa vie assombrie par son infirmité, son dévouement inutile, sa sublime folie et m'accuserait-il d'ingratitude. Eh bien ! J'irais lui dire quelques bonnes paroles dont le souvenir l'attendrirait et atténuerait sa déception. Je l'assurerais une fois de plus, qui serait la dernière — le pauvre homme ! Il ne s'en douterait pas — de ma reconnaissance émue.

Je me rendis donc au village. Tous les gens valides étaient aux champs ; un profond silence régnait, troublé seulement de temps à autre par l'aboiement d'un chien ou le chant d'un coq. Après avoir laissé sur ma gauche deux ou trois *cái nhàs*, je me trouvai devant le logis de notre ancien *tá điền,* entouré de cocotiers et d'aréquiers.

Le maître de la maison était seul chez lui. Sa femme et ses domestiques étaient sortis ; son infirmité ne lui permettait pas de prendre part à leurs travaux.

Aussitôt qu'il m'aperçut, le brave homme courut clopin-clopant à ma rencontre, tanguant dans sa hâte comme une jonque dansant sur le dos des vagues.

— Quelle bonne surprise, Mademoiselle Hai ! s'écria-il. Tout le monde se porte bien chez vous ? Et vous même Mademoiselle ? Vous prendrez bien quelque chose pour vous rafraîchir. Attendez, je vais cueillir pour vous une noix de coco du Siam, aussi sucrée que ces sirops rouges ou verts qu'on boit chez vous.

Content de me voir, il me regardait de ses yeux de caniche fidèle. Il m'aurait pleurée sincèrement, celui-là.

— Non, je vous remercie. Ne vous dérangez pas. Le lait de coco me donne la colique… Mais il faut je vous dise pourquoi je suis venue. Dans un moment de désœuvrement, j'ai pensé à vous qui m'avez sauvée d'une mort certaine au péril de votre vie. J'ai tenu à vous exprimer une fois de plus ma gratitude, parce que je me suis dit qu'il ne vous serait pas désagréable de vous entendre répéter que je me souviendrai toujours de ce que vous avez fait pour moi.

—Cela ne vaut pas la peine d'en parler. La vie d'un pauvre diable tel que moi est bien peu de chose auprès de celle d'une personne comme vous. Aussi vrai que vous êtes là, devant moi, je vous jure que je recommencerais sans hésitation s'il le fallait. Mais quelle vieille bête je suis ! Plaise plutôt au Ciel que l'occasion ne se présente plus jamais pour vous d'avoir besoin de mon dévouement, ni pour moi de vous le montrer de cette façon-là ! Mes cheveux me hérissent sur la tête quand j'y pense. J'ai cru ma dernière heure venue lorsque j'ai vu cette sale bête qui arrivait sur moi. Ma foi, je n'en menais pas large ; je me disais : « Mon pauvre garçon, tu n'en réchapperas pas : mais du moins, la petite demoiselle est hors de danger. ». Vlan ! Un coup de corne s'abat sur ma poitrine, qui résonne sourdement comme un vieux tam-tam crevé. Je suis ébranlé de la tête aux talons comme frappé de la foudre. Mais, chose étrange, je n'éprouve qu'une grande envie de fermer les yeux, de dormir. Je me laisse aller par terre, et cette satanée bête de me piétiner comme du paddy qu'on bat. Il me semble que je suis moulu de coups de pilon. Puis je ne sens plus rien. On m'a raconté après qu'on m'avait ramassé évanoui, quasi-mort.

« Heureusement tout cela est déjà loin. On a abattu le buffle enragé ; j'ai été soigné on ne pouvait mieux. En sortant de l'hôpital, où j'étais entré les mains vides et en piteux état, je me suis trouvé riche de cinq hectares de bonnes rizières, dont Monsieur le chef de canton, un homme fort généreux —le Ciel le bénisse ! —m'a fait présent, pour me récompenser de ma peine. Et vous parlez de reconnaissance ? C'est moi, au contraire, qui vous en dois, à vous, Mademoiselle, et à vos bons parents.»

—Mais les rizières étaient à mes parents. Permettez-moi d'y ajouter un don personnel.

Et je lui offris un beau billet de cent piastres. J'avais demandé à papa, en partant, une assez grosse somme, car je voulais laisser un bon souvenir à tous ce qui m'ont vu grandir. Papa, un peu étonné, m'avait demandé l'usage que je comptais faire de cet argent. « C'est pour mes emplettes. », avais-je répondu. Sans chercher à en savoir davantage, papa m'avait donné la somme : deux cents piastres en billets et en petite monnaie que j'avais fourrés dans mon porte-monnaie brodée de perles multicolores, qui s'en trouvait gonflé à éclater.

Mais le bonhomme refusa d'accepter mon cadeau.

—Non, Mademoiselle, se récria-t-il. Je m'estime déjà largement récompensé. Ces rizières n'étaient pas à vous ? La belle raison ! Tout ce que possèdent vos parents ne vous appartient-il pas, puisque leurs biens doivent vous revenir un jour ? Il ne sera pas à plaindre, celui qui obtiendra votre main !

—Prenez, je vous en prie, insistai-je. Autrement vous me feriez de la peine, car je croirais que vous ne voulez rien accepter de moi parce que je suis une petite fille.

—Oh ! si vous pouvez dire ! Je vous respecte, j'ai beaucoup d'affection pour vous. Enfin, puisque vous y tenez. C'est bien pour vous faire plaisir…

Et il prit le billet. Il était tout de même content ; le *nhà quê* âpre au gain s'était réveillé en lui.

Il me reconduisit jusque sur la route. Je poursuivis mes visites, distribuant de l'argent à ceux que je rencontrai, aux enfants des piécettes blanches, aux grandes personnes des piastres en argent ou en billets. Tous étaient ébahis d'une telle aubaine.

J'allais atteindre l'autre bout du village, qui se perdait dans une plantation de bananiers, lorsque je perçus des lamentations provenant d'une paillotte de pauvre apparence. Escomptant une occasion d'achever ma tournée par une bonne œuvre, je pénétrai sans cérémonie dans la case. Je demeurai saisie devant un douloureux tableau : une jeune femme affalée sur un lit de camp tenait dans ses bras le cadavre de son enfant qu'elle arrosait de larmes ; à quelques pas d'elle, son mari, accroupi sur un escabeau, les mains croisées sur ses genoux, les yeux rivés à terre, était muet de désespoir. L'intérieur minable de la chaumière nue, aux murs en *cái phên*, rendait ce spectacle plus poignant encore. Ni l'un ni l'autre n'avaient levé la tête à mon entrée.

Je m'approchai de l'affligée et lui demandai : « De quoi est-il mort, votre enfant, ma pauvre femme ? ».

À cette question, elle suspendit ses lamentations pour me répondre :

—C'est vous, Mademoiselle Hai ? Je vous demande pardon. Je ne vous avais pas vue entrer, tant j'étais absorbée dans mon chagrin. Figurez-vous, Mademoiselle, que notre pauvre petit que voilà, si vigoureux naguère, a été pris il y a deux jours d'un mal subit qui l'a emportée à l'instant. La mort est venue me le prendre dans mes bras.

Sa voix s'étrangla, les sanglots remontèrent à sa bouche convulsée, un déluge de larmes jaillit de ses yeux rougis et elle cria au pauvre petit corps exsangue comme s'il eût pu l'entendre : « Ah ! enfant ingrat ! Pourquoi as-tu eu la cruauté de nous quitter ? Où es-tu allé ? Tu n'étais donc pas bien avec nous qui t'aimions tant ? Oh, ciel immense ! Oh, terre profonde ! Ma douleur est infinie comme vous ! ».

—Vous... vous me demandiez ce qu'il avait..., reprit-elle à travers ses hoquets. Ce qu'il avait ! Le *den*, ce *den* maudit, terreur des mères, comme toujours. Pourtant, nous avons fait venir Gì Năm qui s'entend à soigner ces maladies-là. Elle a examiné attentivement son dos où elle a découvert un imperceptible point rouge qu'elle a piqué avec la pointe d'une aiguille. Elle nous remis ensuite des pilules que nous avons fait prendre à notre enfant. Il résistait, le pauvre petit, en pleurant à fendre l'âme. Il a fallu lui desserrer les mâchoires avec une baguette. Il criait, criait, lorsque la décoction amère lui est entrée de force dans la gorge. Puis il s'est tu ; nous avons eu un moment d'espoir. Hélas ! Ce n'était qu'une illusion : il cessait de crier tout simplement parce qu'il n'avait plus de voix. Bientôt, en effet, il s'est mis à geindre, comme une grande personne qui souffre beaucoup. Oh ! Ces sourds gémissements ! Ils m'ont plus déchiré le cœur que ses cris. Tout à coup, le voilà qui regarde en haut comme pour trouver une issue par où s'en aller. J'étais affolée, je savais que c'était la fin qui approchait. Ses yeux tournent dans leurs orbites et s'immobilisent. Et il est parti.

Ce fut une nouvelle explosion de cris et de larmes.

J'essayai de réagir contre l'émotion qui m'envahissait, en me disant : « Ne voilà-t-il pas un grand malheur que la perte d'une pauvre petite vie insignifiante ? Qu'est-ce auprès de la terrible hécatombe qui fauche ailleurs par millions des hommes intelligents et forts ? ». Mais malgré que j'en eusse, la pitié me gagnait. Je voulus consoler cette douleur, je ne trouvais rien à dire. Si ces gens avaient eu la foi chrétienne, j'aurais pu leur parler de l'ange qui était allé trouver la Vierge, pur et sans tâche, priant pour ses parents et leur souriant du haut du séjour des Bienheureux. Mais ils n'avaient que des idées très vagues, incohérentes, sur l'au-delà. Pour eux, leur enfant était allé s'incarner dans un autre corps afin de naître dans une autre famille. Peut-être même n'était-il venu que pour leur faire payer une dette contractée envers lui par l'un ou l'autre des époux dans une existence antérieure. Ses débiteurs libérés, il les avait quittés sans regret.

La pauvre mère disait, ressassait tout cela, en y mêlant ses plaintes et ses reproches.

Je hasardai cependant quelques lieux communs qui me parurent d'une banalité ridicule et quelque peu sacrilège auprès d'une douleur si vraie.

—Vous êtes encore jeunes tous les deux. Il ne faut pas vous affliger outre mesure. Le Ciel vous donnera d'autres enfants à la place de celui-ci. Pour un de perdu, dix de retrouvés, tant et si bien que vous aurez de la peine à les nourrir. À quoi bon ces cris et ces reproches ? Le pauvre petit ne peut plus les entendre.

La femme me laissait dire, couvrant ma voix avec ses plaintes. Voyant le peu d'effet de mon raisonnement, je tentai de la prendre par son faible.

—Ma pauvre femme, il est temps de vous séparer de votre enfant. Le pauvre petit est mort et bien mort. Vous vous rendrez malade à le garder toujours dans vos bras. Voici de quoi lui donner une sépulture décente.

Ce disant, je lui offris dix piastres. Sans mot dire, elle repoussa ma main, en hochant la tête.

—Acceptez-les du moins pour vous acheter des médicaments. Vous êtes vous-même très malade. Votre pâleur le prouve.

Cette fois-là, elle n'eut pas l'air d'entendre. De guerre lasse, je me rabattis sur le mari, qui prit l'argent après s'être fait un peu prier.

Je sortis, toute remuée par cette scène, en m'apitoyant sur le désespoir de cette *mater dolorosa*. Il y a donc en ce monde, me disais-je, des affections vraies et des dévouements sincères. Tout n'est pas que mensonge et égoïsme. Voilà un homme qui brave la mort pour me sauver la vie, et voici une femme qui pleure toutes les larmes de son corps pour un enfant perdu. Comme la vue de sa douleur déchirante me fait mal !...

Subitement, un éclair illumina mon cerveau Je restai un moment éblouie pendant que des pensées tumultueuses envahissaient mon esprit. J'allais commettre un crime, oui, un crime d'ingratitude ! Comment n'y avais-je pas songé ? Mes parents allaient connaître la même douleur, et plus déchirante encore, puisqu'ils me chérissaient d'une affection peu commune. En retour de leur tendresse et de leurs soins, je leur causerais des souffrances atroces auprès desquelles mes peines n'étaient rien. J'avais cru que je n'avais pas de devoir à remplir et que je ne ferais tort à personne en disparaissant. Insensée ! J'allais manquer au plus élémentaire devoir dont un chien même a conscience : la reconnaissance. J'allais payer par le mal tout le bien que les auteurs de mes jours m'avaient fait !

La réaction se faisait en moi, violente. J'avais honte de moi-même. Mais cette crise me fut salutaire. Au milieu des pensées qui m'assaillaient, la phrase de Rousseau me revint soudain à la mémoire : « Que je fasse encore une bonne action avant que de mourir ! ». Cette phrase balaya mes idées sombres comme un vent impétueux chasse les nuées noires d'orage.

C'est ainsi que la claire vision de mes devoirs m'est apparue. Je me dois à moi-même et à mes parents de vivre. Mon but est trouvé : je ferai du bien. Mes moyens d'action personnels sont faibles ; mais les ressources des miens les décupleront. Je tâcherai de soulager les maux de ceux qui m'entourent, je chercherai à combattre les nombreuses maladies qui s'abattent si fréquemment sur une population ignorante et déciment les enfants. En me dépensant pour les autres, en compatissant à leurs infortunes, j'occuperai mes mains et mon esprit et j'aurai moins de loisir pour penser à mes propres souffrances, qui s'exaspéraient dans la solitude. Peut-être un jour l'apaisement viendra-t-il, sinon l'oubli, le bonheur.

Qu'est-ce qu'il m'en coûterait d'essayer ce remède ? Ainsi que disent les bonnes femmes qui proposent leurs recettes plus ou moins infaillibles, si cela ne fait pas de bien, cela ne fera pas de mal.

J'ai exposé mon projet à papa, qui l'a approuvé d'emblée, tout heureux de me voir m'intéresser de nouveau à quelque chose.

—Bravo, petite ! Tu vas me faire adorer de tous mes administrés. Voici enfin une expérience que je ne saurais trop encourager. Seulement, ne prends pas trop à cœur ta mission bénévole pour ne pas te fatiguer.

Papa m'a donné carte blanche pour mener à bien mon entreprise, en mettant sa bourse à mon entière disposition. Je ne manquerai pas d'en user largement. Mes futurs clients seront bien soignés. Qu'ils se fient à moi !

10 décembre.

J'ai employé tous ces derniers jours à monter une petite pharmacie. J'ai passé de longs moments à feuilleter des catalogues de produits pharmaceutiques. J'en ai dressé une liste qui s'allongeait, s'allongeait… Finalement, il m'a fallu la réduire aux remèdes les plus usuels. J'ai adressé ma commande à une pharmacie de Saigon, et au bout de cinq ou six jours, il est arrivé deux caisses de dimensions respectables que j'ai fait déballer sur-le-champ.

Une pièce du rez-de-chaussée avait été aménagée par mes soins en un cabinet de consultation au mobilier classique : une table, quelques chaises, une armoire vitrée encombrée de fioles de toutes couleurs et de toutes tailles de rouleaux de coton, de piles de compresses.

Mon installation terminée, je me suis mise à faire une tournée de propagande. Comme je prévoyais que la pratique ne viendrait pas toute seule, je suis allée à elle. Ma tournée est devenue quotidienne ; elle embrasse un rayon de plus en plus étendu. La rapidité de notre dix-huit chevaux m'est fort utile.

Mes débuts ont été assez difficiles ; j'ai eu de la peine à vaincre les résistances. Mais les résultats obtenus ont eu raison des préjugés.

Je me suis heurtée d'abord à la force d'inertie, un obstacle vraiment décourageant. On dirait du caoutchouc qui cèderait sous la pression des doigts pour reprendre, l'instant d'après, sa forme primitive. Je secouais les apathies, je raisonnais les préventions. L'autorité de mes dix-huit ans aurait été de bien peu de poids, si je n'avais eu la bonne idée de l'appuyer d'espèces sonnantes et trébuchantes. « De quoi acheter des remèdes », disais-je en manière de conclusion à mes malades, pour leur fournir à leurs propres yeux une excuse à leur conversion. La cavalerie de Saint-Georges a emporté les derniers retranchements, elle a forcé les réduits de l'opposition. Ma réputation commence maintenant à s'établir solidement.

— Vous êtes aussi savante que le médecin français du chef-lieu, me disent ces bonnes gens.

Si cet excellent docteur les entendait ! Il est capable de me faire poursuivre en justice pour exercice illégal de la médecine. Ou plutôt non ; il me pardonnerait en faveur de mes intentions et se féliciterait d'avoir trouvé en moi une auxiliaire de bonne volonté dans sa lutte contre les sorciers, les rebouteurs et les médicastres. Ce n'est pas que je fasse fi de la médecine indigène. Loin de là ! Elle a du bon ; elle gagnerait à être mieux connue. Mais elle n'est généralement exercée que par des amateurs qui, lisant les caractères chinois, ont eu la curiosité de l'apprendre d'une façon toute théorique dans les traités élémentaires. Ils s'en vont ensuite se livrer à des expériences sur la personne de leurs malades comme Figaro, concourant avec la Faucheuse à peupler les cimetières.

Donc, à l'heure actuelle, je jouis de la confiance de ma clientèle. Néanmoins, il me faut toujours compter avec l'ignorance et la routine. Toutes les affections sournoises qui guettent la première enfance sont désignées sous le nom générique de *den*. Que ce soit la scarlatine, la coqueluche, la diphtérie, le croup, la broncho-pneumonie, la bronchite, l'angine, les convulsions, c'est le toujours le *den*, mal-Protée, insaisissable, dont seules les matrones savent discerner les nombreuses variétés.

Le vent et l'eau sont très mauvais pour les enfants ; il faut, par conséquent, les en préserver autant que possible. J'arrive et je bouscule tout cet échafaudage de superstitions ineptes, de craintes puériles. Les enfants ont besoin, dis-je, de soins de propreté constants. Il leur faut de l'air et de l'eau, et en grande quantité. Ayez soin de donner à votre nourrisson son bain quotidien. En le sortant de l'eau, enveloppez-le dans une serviette pour le sécher et frottez-lui légèrement tous les plis de la peau avec un peu de la poudre que voici.

La jeune mère ouvre la boîte, saisit timidement entre deux doigts le bouton de la houppe, flaire la poudre et s'écrie : « Mais, Mademoiselle, c'est du fard. Comment ! Vous voulez déjà mettre du fard à mon petit ? ».

Je lui explique alors l'usage de la houppe et l'utilité de la poudre de talc. Et je reprends mon discours : « L'air et la lumière sont indispensables à l'enfant. Sortez votre bébé matin et soir, tous les jours…». Un nouveau mais m'interrompt.

—Mais le vent est malsain. Je crains qu'il ne rende malade le cher petit.

—Ne dites donc pas d'insanité ! Le vent est, au contraire, très bon ; il purifie l'air que nous respirons en chassant les miasmes délétères. Introduit dans les poumons, il active la circulation et vivifie le sang. Il faut donc le laisser pénétrer dans notre corps par tous les pores. C'est pourquoi tenez bien propres le nez et la bouche de votre enfant en les essuyant avec un linge imbibé d'eau boriquée.

Là-dessus, mon interlocutrice trempe son petit doigt dans un flacon contenant de cette solution antiseptique et le porte à sa bouche. Elle tire la langue et trouve que le liquide a une saveur de noix d'arec.

—D'abord, gardez-vous bien d'y toucher avant d'avoir lavé vos mains. Ensuite, je vous ferai remarquer que c'est grâce à cette acidité que ce produit tue des insectes infiniment petits, invisibles à l'œil nu, qui enveniment les plaies et causent la putréfaction.

Je m'en vais prêchant dans les *cái nhàs*, mettant mes conseils en pratique, soignant les enfants dès que je constate chez eux le moindre symptôme de malaise. Je préviens ainsi beaucoup de complications dangereuses en détruisant le mal dans l'œuf. Parfois, en voyant mes petits clients remis de leurs bobos, les joues rebondies, les membres potelés et dodus, je m'exclame étourdiment dans mon contentement :

—Votre mioche est superbe !

Et la mère de presser son enfant contre son sein, telle une poule qui abrite ses petits sous ses ailes à l'approche du danger, en me regardant scandalisée, d'un air de reproche. Je m'aperçois alors que je viens de lancer une énormité. Je tâche de réparer ma gaffe :

—Pardon ! Je voulais dire que le pauvre petit est très laid, très malingre.

En effet, il ne faut pas exciter l'envie des esprits invisibles. S'ils sont assez simples pour se laisser piper de la sorte, ce n'est vraiment pas la peine de les consulter dans les moments critiques, puisqu'ils sont plus aveugles que les mortels.

Ma sollicitude s'étend aux adultes. Je leur donne des conseils pratiques et des remèdes pour les indispositions si fréquentes dans la vie rurale, au milieu des rizières vaseuses : fièvres, rhumes, maux de têtes, diarrhées, auxquels s'ajoute cette année un mal nouveau, bénin mais passablement ennuyeux : la *dengue*. Non contente de guérir les maladies du corps, je m'applique à mettre un baume sur les douleurs morales sous forme de discrets secours.

J'ai voulu aller plus loin dans la voie du bien ; depuis une semaine, mes visites expédiées, je fais, dans l'après-midi, la classe à une quinzaine d'enfants des deux sexes dans mon cabinet de travail transformé en salle d'études. Mon piano, que je n'ouvre plus, est relégué dans un coin. J'ai même eu la tentation de m'en défaire, car il me rappelle de trop cruels souvenirs. Mais papa m'en a dissuadée en me disant que c'est un meuble qui fait son petit effet dans un appartement de jeune fille.

Je redeviens enfant au milieu de ces petites âmes neuves si candides, ces intelligences encore incultes. Au lieu de prétendre les élever jusqu'à moi comme une pédante, je m'abaisse à leur niveau pour me mettre à leur portée. Je m'en trouve bien, du reste. Au milieu d'eux, je revis mes premières années, je savoure de nouveau mes impressions d'enfance. Si mon autorité y perd quelque peu, j'y gagne beaucoup, par contre, en affection. Ma classe est la moins ennuyeuse de toutes celles qui existent sous la calotte de cieux. Je n'ai pas d'ailleurs l'ambition de faire de mes petits élèves des prodiges. Qu'ils sachent seulement s'exprimer correctement et clairement dans leur langue maternelle, lire et écrire le *quốc ngữ* pour être à même d'acquérir, en s'amusant, quelques notions de science et de morale et de se distraire à leurs moments perdus en parcourant de bons livres, ce sera assez. Ils resteront *nhà quê* dans la fortifiante atmosphère de la campagne aux larges horizons, pour patauger dans la bonne vase féconde. Ils n'iront pas végéter dans les villes empestées de poussière, où l'on étouffe dans des compartiments étroits et serrés comme des boîtes d'allumettes empaquetées. Je m'efforcerai de donner à ces futurs hommes et à ces futures femmes un jugement droit et sûr, une âme probe et simple. Cette tâche est assez délicate et assez ardue pour absorber toute l'activité que je ne consacre pas à mes malades.

Mes journées sont maintenant bien remplies. Je n'éprouve plus cette sensation de vide qui était pour moi un supplice. Je puise chaque jour la dose de courage nécessaire pour approcher les souffrances et y compatir, dans les yeux de tous ceux, grands et petits, à qui je fais un peu de bien, car j'y lis une gratitude et une affection qui ne s'évaporent pas en paroles vaines. La gaieté des enfants me gagne quelquefois, et je ris franchement avec eux. Je partage la joie des mères quand je vois leurs petits échapper à une malade pernicieuse. Je jouis du contentement de ceux que quelques piastres tirent d'une situation embarrassante et qui m'en remercient gauchement, dans leur ignorance des belles phrases creuses. On pourrait dire des sentiments de ces simples ce que le poète dit de son œuvre : le meilleur demeure en eux-mêmes, inexprimé.

Toute cette joie, tout ce calme que je crée m'entourent d'une ambiance reposante. Je sens l'action bienfaisante de l'apaisement. Ce n'est cependant pas encore l'oubli ; de temps en temps, un élancement se produit en moi et je ressens au cœur uns impression de piqûre. Mais ces rappels du passé s'espacent de plus en plus.

Mes parents, qui savaient que je souffrais, sont heureux de me voir reprendre goût à la vie. Pauvres chers parents ! S'ils se doutaient quelles idées funèbres ont hanté ma pensée ! Je me félicite du hasard qui m'a mise en face d'une douleur de mère au cours de mon pèlerinage à mes souvenirs d'enfance. Le spectacle de cette désolation immense m'a fait rentrer en moi-même et m'a arrêtée sur le bord de l'abîme. J'étais fière de ma sensibilité comme d'un rare privilège, je m'applaudissais de n'avoir pas un cœur de pierre, croyant être supérieure par-là aux autres, que j'accusais d'égoïsme. Présomptueuse ! Egoïste, je l'étais moi-même, et plus qu'eux. C'était l'égoïsme qui m'avait mis un bandeau sur les yeux et m'empêchait de juger sainement le monde ; c'était lui qui exagérait mes maux aux proportions d'un cataclysme irréparable. La notion de mes devoirs était pour moi lettre close. Je la possède aujourd'hui : ma vie a, à l'heure actuelle, un but qui ne manque pas de noblesse.

Bénie soit cette leçon de la Providence qui m'a dessillé les yeux !

14 décembre.

Dois-je ranger aussi parmi les événements heureux la rencontre fortuite que j'ai faite ce matin ?

J'étais allée voir la femme d'un ouvrier employé à la rizerie du chef-lieu. Cet homme s'est approché de trop près par mégarde du gigantesque volant d'une machine, qui l'a lancé contre le mur, et il s'est fracassé le crâne. On l'a mis à l'hôpital, où il se remet lentement des suites de ce terrible accident. Le directeur de l'usine, lequel n'est autre que M. Minh, l'ingénieur qui a pris, à un moment, vis-à-vis de moi, figure de soupirant, continue à servir à la femme du blessé le salaire de son mari. C'est celle-ci qui m'a raconté d'une voix mouillée de gratitude ce trait de générosité de l'ingénieur. Mais la vue de son mari, plongé dans le coma et qu'elle a cru mort sur le moment, a causé à la pauvre femme une commotion si violente qu'elle en est tombée malade. Je vais la voir chaque jour pour lui donner mes soins ; elle est en bonne voie de guérison.

Tournant le dos à la porte, je parlais à la bonne femme de son prochain rétablissement lorsqu'elle s'est écriée joyeusement : « Voilà notre bienfaiteur qui arrive ! ». Je me suis retournée et je suis demeurée saisie à la vue de M. Minh, interloqué autant que moi, de cette rencontre imprévue. Le jeune homme avait le même vaste front, les mêmes traits fins et les mêmes yeux empreints de bonté. J'ai cru y discerner cependant, ainsi que dans le pli des lèvres, une nuance de mélancolie qui donnait à sa figure une expression grave. De son côté, il me regardait aussi, cherchant à lire sur mon visage le motif de ma présence insolite en ce lieu. Je suis sûre que j'ai changé, moi aussi. Est-ce en bien, est-ce en mal ? Je n'ai pas encore songé à m'en enquérir auprès de ma psyché.

Un silence gênant régnait entre nous. M. Minh, faisant un effort sur lui-même, l'a enfin rompu en me disant :

— Excusez, je vous prie, Mademoiselle, mon étonnement. J'étais si loin de m'attendre à vous trouver au chevet d'une malade solitaire ! Je vous croyais toujours dans vos livres ou à votre piano. Serait-il indiscret de m'informer de ce qui me vaut l'agréable surprise de votre présence ici ?

La femme a répondu avec volubilité pour moi :

—Tiens, au fait ! Je ne vous ai pas raconté, Monsieur, que Mademoiselle Hai est devenue la Providence du canton. Tout le monde l'adore, car tous sont ses obligés. Savez-vous, Monsieur, qu'elle soigne par pure charité tous les malades pauvres, qu'elle guérit aussi bien que le docteur ? Elle donne encore des leçons aux petits, tout comme un savant professeur. Il paraît d'ailleurs qu'elle a ses brevets. Mais ce dont je suis sûre et certaine, c'est qu'elle sait gagner l'estime et la sympathie des gens. On l'aime bien, allez ! Elle n'a d'ennemis que les sorciers, les rebouteurs, dont elle diminue de plus en plus la clientèle.

Je n'ai pu placer un mot dans ce flot d'éloges qu'elle a débité tout d'une haleine. À mesure qu'elle parlait, une expression d'inquiétude mêlée de mécontentement se peignait sur la figure de M. Minh. Sans doute croyait-il que la brave femme délirait dans un accès de fièvre chaude ou que je l'avais subornée pour chanter mes louanges. Pour lui montrer que je n'étais pour rien dans ces compliments outrés, je me suis récriée en m'adressant à lui :

—Comme elle me couvre de fleurs pour un peu de bien que je fais afin de me distraire. Mais assez parlé de moi ! Causons un peu de vous, Monsieur, si vous le voulez bien. J'ai appris avec peine que vous aviez été blessé de nouveau, très grièvement.

—En effet, Mademoiselle. J'ai pris part à la contre-offensive foudroyante qui a bousculé les Allemands au mois d'août. Atteint par un gros obus dont le souffle m'a plaqué contre le sol, j'ai été ramené à Paris où j'ai subi l'amputation d'un bras.

M. Minh me montrait avec un triste sourire sa manche gauche vide.

Oh ! le malheureux, si jeune et déjà infirme ! Deux larmes perlèrent à mes cils, et du fond de mon cœur, une exclamation a jailli spontanément :

—Comme je vous plains !

—Je vous remercie, Mademoiselle. Mais je ne suis pas aussi à plaindre que vous croyez. Réservez votre pitié pour ceux qui, moins heureux que moi, ont perdu leurs yeux, leurs bras, leurs jambes, brûlés par les gaz, les jets de liquide enflammé, broyés par les balles ou la mitraille. Sauvés à grand peine, il leur faut apprendre à se servir des moignons informes ou des membres dépareillés qui leur restent, pour sanctifier leur sacrifice par le travail. Au moyen d'appareils ingénieux, ils s'exercent à des travaux manuels ou à la conduite des machines agricoles. Ainsi, ces épaves d'humanité se réadaptent à la vie ; refondues, ces scories de la guerre sont encore utiles à la société dans les travaux de la paix. Mais que dire de ceux qui ont consommé le sacrifice suprême, tombant dans le fracas de la lutte ou s'éteignant sur un lit d'hôpital au milieu d'atroces souffrances ? Parmi eux reposent un grand nombre des nôtres, qui quittèrent le sol natal pour aller s'ensevelir dans le cimetière tourmenté des champs de bataille, les uns, ayant grandi parmi la studieuse jeunesse française, conscients de la beauté de la cause pour laquelle ils combattaient, les autres, et c'est le plus grand nombre, trop occupés à cultiver la glèbe pour s'être cultivés eux-mêmes, en sentant obscurément la justice devant la multitude et la diversité d'origine des défenseurs qu'elle ralliait autour d'elle.

« Beaucoup d'entre eux allèrent de propos délibéré au-devant de la mort, mettant une sorte de coquetterie à faire plus que leur devoir, comme le capitaine Đỗ Hùng Vi, notre Guynemer à nous. Retenu en Indochine par une mission, le vaillant officier réclama dès la première heure sa place au combat. Il accomplit les missions les plus périlleuses, planant sur son avion en plein azur comme le dragon de nos légendes. À peine rétabli d'une chute qui lui avait brisé la mâchoire, il fut mortellement frappé, à la tête d'une compagnie d'infanterie qu'il conduisait à l'assaut des tranchées boches. Tel encore Trần Thanh Câu qui, sur le point de rentrer en Cochinchine au sortir d'un examen où il venait d'être reçu ingénieur, obtint, après de multiples démarches, d'aller se faire tuer au front.

« N'est-ce pas que leur geste est touchant et qu'il traduit éloquemment le mot de Théophile Gautier qui, surpris à l'étranger, en 1870, par la déclaration de guerre, revint en toute hâte pour s'engager : « On bat maman, j'accours ! ». À côté de ceux-là, ils sont légion, les héros obscurs qui dorment confondus dans l'anonymat de la gloire. Entourons d'une pieuse vénération la mémoire de nos morts ; ce sont eux qui répondent pour nous aux attaques injustes. Quand des esprits malveillants nous dénient la reconnaissance et la loyauté, montrons leurs tombes à la France en lui disant: « Vois et juge. ».

« Quant à moi, une fois sur pied, je suis revenu ici. Pendant mon absence, l'usine avait été construite sur mes plans. Les machines commandées en Amérique étaient arrivées. Je n'ai eu qu'à les mettre en place. Les premiers résultats de l'exploitation sont des plus encourageants. Je sers modestement mon pays en aimant selon mon cœur et en travaillant selon mes forces. Je me passionne pour cette entreprise qui est, pour une grande part, mon œuvre, puisque j'en ai été le promoteur. Je suis heureux autant qu'on peut l'être après de si violentes secousses. Je m'entends fort bien avec mes ouvriers. Ils ignorent la question du prolétariat. Tant mieux pour eux ! Ils ne soupçonnent pas l'existence des lois dites sociales. Ce n'est pas moi qui la leur révélerai. La loi sur les accidents du travail n'est pas appliquée dans la colonie. Je ne m'en crois pas moins tenu envers eux à des obligations dont ma conscience est seule juge. Je m'efforce de leur procurer un peu de bien-être. Je leur ai fait bâtir, à proximité de l'usine, des logements sains et confortables. J'ai aménagé pour eux un terrain de jeux pour leur permettre d'acquérir, par la pratique des sports, en même temps que des muscles solides, ces qualités d'endurance et d'initiative qui manquent à notre race. Ils ont, en outre, à leur disposition une salle de lecture où ils trouvent des ouvrages et des journaux rédigés en quôc-ngu mais d'où sont impitoyablement bannies les niaiseries traduites ou imitées du chinois. De temps en temps, je leur fais des conférences accompagnées de projection. ».

—Ainsi, vous ne regrettez pas votre sacrifice ?

—Il est consommé. À quoi bon m'attarder à de vains regrets ? D'ailleurs, je n'ai donné à la France qu'un bras, et mon bras gauche encore. Somme toute, la perte n'est pas bien grande. Ma tâche est un travail de direction et de contrôle qui occupe plus mon cerveau que mes mains. Or, ce cerveau, qui donc l'a affiné, développé, meublé, si ce n'est la culture que m'a dispensée généreusement la moderne Athènes, la Ville Lumière ? Si, à cause de la France, je suis amoindri dans mon être physique, j'ai, grâce à elle, considérablement accru mon être moral, en élevant le niveau de mon intelligence et en élargissant l'horizon de ma pensée. Formé par le commerce de ses savants et de ses écrivains et par les terribles leçons que j'ai reçues sur son sol héroïque, je vis d'une vie plus intense, plus noble, plus conforme à la fin de l'homme, qui tend à la prédominance de l'esprit sur la matière.

« Oui, j'aime la France comme ma seconde patrie. Je l'aime pour son culte fervent de la beauté dans l'ordre moral et dans l'ordre physique, qui l'apparente de si près à la Grèce de Périclès et de Sophocle. Dans les temps modernes, son clair génie ne s'obscurcit que deux fois, sous les deux Napoléon. Son étoile en pâlit : l'esprit de conquête du premier coalisa l'Europe contre elle ; la politique brouillonne et aventureuse du second inquiéta les puissances et lui aliéna leurs sympathies. Ayant reconnu son erreur, elle rentra dans la norme de son évolution ; son âme redevint l'âme du monde. Aussi, au lieu de la ligue d'ennemis ou de neutres qui avait assisté, en 1815 et en 1871, hostile ou indifférente à ses défaites et à son démembrement, vit-on se former autour d'elle, au mois d'août 1914, une coalition d'alliés et d'amis faisant boule de neige à mesure que se prolongeaient les hostilités. On peut dire qu'elle a vaincu dans cette guerre autant par la sympathie universelle que par l'héroïsme de ses soldats. Je me plais à penser que j'ai contribué, avec les enfants d'Annam qui souffrirent et moururent pour elle, à lui montrer que nous l'aimions. Si elle nous sait gré, ainsi qu'elle l'a affirmé à plusieurs reprises par la bouche de ses représentants les plus autorisés, de l'aide que nous lui avons apportée en une heure critique, elle ne saurait mieux nous en récompenser qu'en faisant sienne notre cause comme nous avons fait nôtre la sienne. Qu'elle nous soutienne dans la lutte économique que nous engageons contre les Chinois, qu'elle exerce dans sa plénitude, en l'étendant à tous les domaines, la tutelle qu'elle a assumée à notre égard, qu'elle aide notre pays à se développer et à se fortifier dans le rayonnement de la vie splendide qui s'ouvre devant elle. Ce faisant, elle servira ses intérêts avec les nôtres, et nous n'aurons pas payé cher un pareil résultat. ».

Je regardais mon interlocuteur. Il semblait sincère, nullement enclin à s'étourdir de mots sonores. Ce qu'il disait, il le sentait. Comme il vaut mieux que moi, ce héros qui parle de son sacrifice avec tant de simplicité et de modestie, cet homme mûri de si bonne heure par la souffrance et qui envisage la vie d'un œil si serein et si bon !

—Je vous demande pardon, monsieur, de vous avoir dit tout à l'heure que je vous plaignais. Ce n'est pas ce que vous croyez que je voulais dire. C'était l'expression spontanée des sentiments que j'éprouvais en retrouvant inopinément, grandie par de nobles épreuves, une personne que j'avais connue et estimée.

La voix de l'ingénieur, redevenant ironique comme autrefois, s'est faite mordante :

— C'est donc mon bras amputé qui vous a péniblement impressionnée. Je conçois que ma vue vous soit désagréable. Un manchot est toujours un infirme, n'est-ce pas, Mademoiselle ? Vous avez eu tout simplement une crise de nerfs où votre volonté n'a été pour rien. Comme une jeune fille française... d'avant la guerre. Car l'espèce commence à se faire rare aujourd'hui.

— Je joue vraiment de malheur avec vous. Vous m'avez mal comprise, Monsieur, ce n'est pas cela ! Non, c'est un sentiment de sympathie, d'intérêt que vous m'inspirez.

— Vous êtes bien bonne, Mademoiselle. Je vous fais amende honorable. Mais j'avais gardé de notre dernière entrevue un si pénible souvenir !

— Dites plutôt : une opinion bien peu flatteuse pour moi. Je conviens que je la méritais ; tous les torts étaient de mon côté. Je les ai expiés cruellement depuis, car, moi aussi, j'ai été humiliée par la vie. Je me suis amendée et je ne suis pas loin de partager vos idées, puisque je comprends les joies austères du genre de vie que vous avez adopté. Ce programme que vous venez de développer tantôt, j'ai essayé de l'appliquer... avant la lettre, à ma manière. Vous étiez dans la voie de la vérité ; maintenant que je m'y suis engagée à mon tour, je suis contente de moi comme je ne l'ai jamais été.

Sa réserve hostile commençait à fondre à la chaleur de mes paroles.

— Alors vos idées subversives, votre théorie du bonheur ? m'a-t-il demandé avec empressement.

— Je les ai reléguées dans le coin des choses hors d'usage avec mes jouets d'antan, mon piano, mes romans.

Tout à fait désarmé, il a eu une pointe de gaminerie.

—Pas possible ! Serait-il indiscret d'aller m'assurer sur place de cette révolution ?

—Comment donc, Monsieur ! Notre maison vous est toujours ouverte. Il ne tient qu'à vous d'en reprendre le chemin que vous semblez avoir oublié, soit dit sans reproche.

Il m'a remerciée chaleureusement en me disant :

—Je n'aurai garde, Mademoiselle, de ne pas user de votre gracieuse permission.

Puis, subitement assombri par je ne sais quelle idée, il m'a quittée à l'improviste et s'en est allé, la tête basse comme alourdie par de tristes pensées.

Pauvre jeune homme ! Il fait tout ce qu'il peut pour montrer un front stoïque à la mauvaise fortune, mais parfois le courage doit lui manquer devant le sentiment de l'irréparable. J'ai assisté peut-être à une de ses crises de *spleen*. Comme je le plains ! Je puis te le confier, à toi, mon cher journal, sans craindre de froisser sa susceptibilité. Il n'en saura jamais rien.

3 janvier 1919.

M. Minh s'est présenté chez nous le lendemain de notre rencontre inopinée. Je lui ai fait les honneurs de mon cabinet de consultation et de ma petite classe. Il a été enthousiasmé du changement qui s'est opéré en moi, comme s'il était le premier à en recueillir les bienfaisants effets. Une véritable révolution, répétait-il à chaque pas.

Depuis, ses visites deviennent très fréquentes et de plus en plus longues. Tantôt il vient plusieurs jours de suite, très gai, jugeant les gens et les choses avec un sens droit et sûr, exposant ses vues avec une complète indépendance, sans aucun souci des préjugés du monde, se guidant seul d'après sa conscience. Il nous entretient très peu de lui, si ce n'est pour parler de ses devoirs envers ses ouvriers, estimant que le « moi » est non seulement haïssable, mais odieux en regard de la floraison de sacrifice et de dévouement qui s'épanouissait sur les champs de bataille d'Europe comme les coquelicots dans les prés. Ses idées généreuses, ses conceptions humanitaires trahissent une nature foncièrement bonne et droite. Tantôt il s'éclipse plusieurs jours durant et reparaît triste et renfermé, mettant son absence sur le compte de ses travaux à l'usine. Je ne suis pas dupe de ce prétexte. Je sais qu'il sort d'un de ses accès de « cafard », pour employer un mot de l'argot militaire qu'il a rapporté des tranchées. Dans ces moments, c'est moi qui tiens le dé de la conversation. Au lieu d'écouter, je cause, je cherche à le consoler. Je lui parle doucement, avec une émotion contenue, de l'usage qu'il a su faire de sa jeunesse, de son héroïsme, quoi qu'il en dise, de sa gloire symbolisée par le ruban rouge, de la fierté que j'éprouve à me dire sa compatriote. Alors, peu à peu, ses traits se détendent, les rides qui plissent son front s'effacent. Il me regarde ému et se reprend à faire des projets, parle de travailler au relèvement de notre race et de lui insuffler le goût de l'action. Je fais chorus avec lui pour chauffer son enthousiasme, et il s'en va, réconforté pour plusieurs jours, en me disant : « Vous m'avez mis du baume à l'âme, merci ! ».

Quelque temps après, il retombe dans le noir et se réfugie de nouveau dans la solitude. On dirait qu'il obéit à deux influences opposées qui l'attirent chez nous et l'en repoussent tour à tour, comme font d'une tige de fer les deux pôles d'un aimant. Ce n'est pourtant pas moi qui lui inspire de l'aversion. Il semble au contraire s'intéresser à mes occupations et se plaire dans ma société. La femme de l'ouvrier blessé m'a raconté qu'après m'avoir trouvée chez elle, il s'est informé de moi, de la nouvelle existence que je mène. On a été unanime à me délivrer un certificat des plus flatteurs. Pourquoi cette curiosité à mon endroit ?

—Il vous aime, Mademoiselle, a-t-elle ajouté. Je le vois bien, allez ! Quel beau couple vous feriez tous deux, si vous le vouliez, Mademoiselle Hai. Lui seul est digne vous, comme vous êtes seule digne de lui. Tout le monde serait fort content.

—Ma pauvre amie, lui ai-je répliqué ; vous vous figurez des choses ! Ce Monsieur n'y pense pas plus que moi.

M. Minh a, en effet, autre chose en tête que des idées de mariage. L'ébranlement moral provoqué en lui par son malheur est trop récent pour lui en laisser le loisir. Si c'était vrai pourtant ! La présence d'une femme aimante, qui partagerait ses peines et ses joies, lui serait peut-être douce. Et ne pourrais-je pas être cette… Ah, non ! Ma pauvre folle imagination ! Te revoilà qui montre le bout de ton nez rose ! Ne me tente plus ! Tu m'as déjà assez fait souffrir. Laisse-moi jouir de ce calme qui succède à la tempête.

Cependant, malgré moi, ma plume s'échappe de ma main, et je me mets à rêver comme autrefois…

janvier.

Je crois avoir pénétré le secret de la mélancolie de l'ingénieur.

C'était hier soir, à l'heure où je venais de donner la liberté à mes petits élèves, qui étaient partis avec de joyeux piaillements comme une volée de moineaux.

M. Minh était plus morne et plus désolé que jamais. Sa vue me rappela la figure que j'avais après ma scène avec M. Raynal. Voilà un nom qui sonne à mes oreilles comme celui d'un inconnu. Cependant, comme j'ai souffert! Autant que devait souffrir ce pauvre jeune homme qui se tenait devant moi, dans une attitude de tristesse accablée. Je le plaignais sincèrement. Mais comment le lui dire sans le froisser? Je tournais et retournais des phrases attendries dans ma tête, sans parvenir à en trouver une qui me parût de mise. Enfin, je me risquai à en formuler une très simple, toute naturelle qui se présentait à ma pensée.

—Monsieur, lui dis-je d'une voix émue, me permettez-vous de vous assurer de la part très vive que je prends à votre chagrin? Vous m'honorerez en me le confiant. Ne voyez pas dans ma question le résultat d'une vaine curiosité. Je désire uniquement vous témoigner ma sympathie et vous aider, s'il m'est possible, à alléger votre peine. Il me semble que de m'en faire part, elle sera pour vous moins lourde à porter.

—Mademoiselle, répondit-il, je suis profondément touché de votre délicate pensée. Vous êtes bonne, et l'habitude que vous avez de consoler les douleurs vous dicte des paroles qui me vont au cœur. Merci! Votre sympathie m'est, en effet, précieuse, Mademoiselle; elle m'incite à m'ouvrir à vous. Il est en votre pouvoir de me faire plus de bien que vous ne pensez. La cause de mes sautes d'humeur, la voici. L'homme a beau s'élever à des hauteurs, il a beau s'absorber dans la contemplation de l'idéal ou se livrer tout entier à l'action. Quelque remplie que soit son existence, quelque haute satisfaction que lui donnent ses œuvres, il vient un moment où son orgueilleux isolement lui pèse, où il éprouve le besoin de s'abreuver d'autre chose que de la joie du bien accompli et de la reconnaissance de ses semblables, où il souhaite être enveloppé dans une atmosphère moins pure, mais plus douce, où, enfin, il serait heureux de s'appuyer, lui le fort, contre un être faible, de charme et de tendresse, de poser sa main lasse sur une frêle épaule pour reprendre de nouvelles forces et mener à bonne fin sa tâche, tel Antée recouvrant toute sa vigueur en touchant la terre.

« J'ai fait, moi aussi, un rêve. J'espérais fonder, à mon retour de la guerre, un foyer où j'installerais la chère compagne qui aurait consenti à s'associer à mes travaux, à me soutenir de son sourire et de sa gracieuse sollicitude en ces heures de dépression auxquelles nul n'échappe, tandis que je travaillerais dans la mesure de mes forces au salut et à la régénération de notre pays. Hélas ! Un obus a brisé mes espérances avec mon bras, il m'est désormais interdit de demander à celle que j'aime de partager la vie d'un infirme, et mes regrets redoublent à voir quelle compagne idéale elle serait pour moi.

—Elle sera, au contraire, heureuse de mettre sa main dans la vôtre si elle vous aime.

Il me regarda fixement comme pour lire ma pensée dans mes yeux.

—M'aime-t-elle ? Elle ne me l'a jamais dit et je n'ose le croire. L'intérêt qu'elle me témoigne dérive peut-être du même sentiment que la pitié qu'elle montre à ses malades, car je crains que je ne sois à ses yeux qu'un malade comme ceux qu'elle soigne, et pour qui elle montre plus de sollicitude, parce qu'il est plus gravement atteint.

Mon Dieu ! C'est de moi qu'il parlait. L'allusion était trop transparente pour qu'il me fût possible de m'y méprendre. Il m'aimait. Un délicieux frisson me parcourut de la tête aux pieds. J'aurais voulu lui dire : « Mais moi aussi, je vous aime. ». Mais je contins l'élan de mon cœur.

— Vous n'êtes ni un malade, ni un infirme, protestai-je avec la chaleur de la conviction. Les infirmes sont les déshérités que la Nature a marqués d'une difformité ou d'une tare indélébile. Ceux-là, on les plaint parce qu'ils n'inspirent d'autre sentiment que la pitié ; ils ont simplement contracté leur infirmité à la suite d'une maladie ou d'un accident qui, pour être déplorable, n'en est pas moins banal. Mais un héros, un glorieux blessé comme vous, Monsieur, on l'admire, on le respecte ; on ne le plaint pas, lui, parce qu'on se sent si petit, si mesquin devant lui, devant ce qu'il a fait.

L'intérêt qu'il prenait à mes paroles confirmait de plus en plus mes suppositions.

— Vous êtes sûre, Mademoiselle, que la jeune fille dont je vous parle pense ainsi ?

— Autant qu'on peut répondre des sentiments d'autrui.

Je vis qu'une question lui brûlait les lèvres sans qu'il osât me la poser directement. Il usa d'un détour qui ne me donna pas une seconde le change :

— Et vous, Mademoiselle, penseriez-vous comme vous venez de me le dire ?

— Assurément, Monsieur. C'est d'après ce que je ressens moi-même que je présume les sentiments de celle qui vous occupe.

—Oh ! Merci, Mademoiselle, comme vous êtes bonne !

Là-dessus, il prit congé de moi, en s'excusant de s'arracher aux douceurs d'une conversation qui lui faisait, dit-il, infiniment de bien. Il s'en alla d'un pas allègre et pressé comme s'il avait hâte de régler quelque affaire.

Me voici enfin aimée, et d'un homme d'une noblesse d'âme éprouvée, que j'ai conquis, sans y viser, par mes seuls mérites, par le dévouement et la charité que je répands autour de moi. Cet homme m'aime. Ses yeux, qui ne savent pas mentir, me le disent, et plus encore ses demi-aveux où se trahit sa pensée intime aux heures d'accablement.

Puisse-t-il prononcer bientôt les mots décisifs qui lieront à jamais nos destinées ! Ces mots, le respect de moi-même et les convenances m'interdisent de les dire, mais je les attends avec impatience et non sans inquiétude. S'il allait changer d'idée ! Oh non ! C'est impossible ; il est de ceux qui ne se reprennent pas, une fois qu'ils se sont donnés.

Et si je me suis trompée en dépit des apparences, et à cause d'elles ? Qui sait s'il ne soupirait pas pour une autre ? Mon sens intime proteste contre cette supposition. Pourtant…

10 janvier.

Je suis fiancée depuis hier, jour à jamais mémorable. J'en suis si contente qu'il me semble que je prolonge ma joie en en fixant ici le souvenir.

Le soir qui suivit l'entretien où il s'était ouvert à moi de ses doutes sur les sentiments de celle qu'il aime, M. Minh vint plus tôt qu'à l'ordinaire, accompagné de son père et de sa mère. Les visiteurs furent cérémonieusement reçus au salon par papa et maman. Ils causèrent à voix posée et basse. Evidemment, il s'agissait d'une affaire grave, et de quelle autre si ce n'était d'un projet d'alliance entre les deux familles ? Je l'avais tout de suite deviné. Au bout d'un instant de conciliabule, papa entra dans mon cabinet de consultation, suivi du jeune homme.

—Ma chère enfant, me dit-il, M. Minh nous fait l'honneur de demander ta main. En raison de sa situation un peu particulière, il a tenu à t'exposer sa requête seul à seule, loin de notre présence, qui pourrait altérer la spontanéité de ta décision, et à recevoir de ta bouche la réponse qu'elle comporte. J'ai cru devoir accéder à son désir car je comprends les scrupules, fort honorables, auxquels il a obéi en nous l'exprimant. C'est pourquoi je l'amène auprès de toi. Interroge-toi, réfléchis bien et dis ta pensée en toute indépendance. J'ai confiance en ta raison, dont tu fais un si louable usage depuis quelque temps. Je vous laisse. À tout à l'heure, mes enfants.

Mes enfants ! Papa, et peut-être maman avec lui, venait de se prononcer. Sans doute voulait-il, par cet affectueux rapprochement, manifester discrètement son sentiment dans l'espoir de m'influencer.

Papa sorti, l'ingénieur, au lieu de s'asseoir, se tint debout devant moi, les yeux baissés comme un accusé qui attend l'arrêt qui doit l'envoyer à la mort ou le rendre à la liberté.

—Mademoiselle, commença-t-il d'une voix tremblante d'émotion, vous souvenez-vous des paroles si consolantes que vous m'avez dites l'autre jour, tandis que je vous entretenais de celle que j'aimais ? Elles ont levé mes doutes et fait taire mes scrupules ; elles m'ont aussi montré à quel point vous êtes digne d'estime et d'affection. Je viens vous les rappeler et demander si vous voulez bien me permettre de me les appliquer à moi-même, car cette jeune fille, c'est vous. Ne vous hâtez pas de me répondre, je vous en conjure, Mademoiselle ; pesez bien votre décision, en pensant à tout le bien ou le mal qu'elle pourra me faire. Mon bonheur est entre vos mains. Vous serez le rayon de soleil qui illuminera ma vie, le bon ange qui me la fera bonne et douce.

« D'un mot, vous pourrez me plonger irrémédiablement dans un abîme de désespoir et me condamner à une existence sombre et sans compensation. Vous m'avez dit qu'un mutilé comme moi avait droit au respect et à l'admiration de ses semblables. Je voudrais obtenir du Destin une récompense moins austère, plus à la portée du pauvre homme que je suis après tout. Cette récompense, vous seule pouvez me la donner. Serait-ce trop vous demander que de l'attendre de vous, Mademoiselle ?

—Monsieur, répondis-je, non moins émue, toute rougissante, ce que je vous disais, je le pensais. Je ne crois pas devoir vous cacher les sentiments d'estime et de sympathie que vous m'inspirez. J'ajoute que votre recherche nous honore. En ce qui me concerne…

J'hésitai… Comme dans certaines circonstances un tout petit mot, un simple oui est difficile à prononcer ! Je me décidai à le dire en normand, en l'enveloppant dans la formule employée en pareil cas par les futées filles d'Annam.

—En ce qui me concerne, repris-je, la figure tournant au cramoisi, je m'en rapporte en toute confiance à mes parents et je souscris d'avance à ce qu'ils décideront pour mon bien.

—Alors, s'écria-t-il rayonnant, ma demande est accueillie, puisque la bienveillance de vos bons parents m'est déjà acquise. Oh ! merci !

Et fou de joie, il se précipita en trombe dans le salon, où la bonne nouvelle fut accueillie avec satisfaction.

Les fiançailles ont eu lieu hier. Mon fiancé m'a fait présent, selon l'usage, de beaux bijoux : une paire de boucles d'oreilles en brillants et une bague sertie d'un gros solitaire de la plus belle eau.

Ces bijoux ne sont pas ce que j'aime le plus de mon futur mari. Il m'apportera quelque chose de bien plus précieux : son cœur dont le pur métal a été éprouvé par la pierre de touche de l'adversité et qui me communiquera sa flamme de vie en battant à l'unisson du mien.

Mon mariage est fixé au 18 de ce mois, qui correspond au dix-septième jour de la douzième lune, un jour faste particulièrement propice aux hyménées, à ce qu'assure un vieux lettré qui a consulté, à cet effet, le calendrier chinois. Ainsi soit-il !

Mes parents offriront à leurs nombreux amis et connaissances un banquet pantagruélique. Ce qu'on va en tuer, de bœufs et de porcs ! Je voudrais épargner les pauvres bêtes, mais on m'a fait remarquer qu'un festin ne se conçoit pas, pour les *nhà quê*, sans bombance et sans beuverie. Force m'a été de m'incliner devant cette raison sans réplique, de peur de contrister l'estomac de ces braves gens. Tout de même, je plains ces innocents à qui mon bonheur aura coûté la vie. Puissent ces victimes propitiatoires attirer du moins sur nous la bénédiction des dieux !

Les préparatifs ont commencé dès aujourd'hui. Toute la maison est en l'air, envahie par une armée de gens affairés qui se croisent et se heurtent, tels les abeilles au moment de l'essaimage. Pour achever la ressemblance, certains d'entre eux s'empressent, gênants et inutiles comme des bourdons, faisant beaucoup de bruit et peu de besogne.

Pas la moindre ombre au tableau cette fois-ci. Tout le monde me félicite de mon choix et en tire les plus heureux augures.

Notre amour grandit dans une atmosphère de sympathie comme une plante précieuse en serre chaude.

—Si nous étions en France, m'a dit mon fiancé, je serais député en un tour de main. Là-bas, beaucoup de médecins siègent au Parlement ou sont des électeurs très influents. C'est que, en plus du prestige de la science qui guérit, ils exercent sur la population des campagnes, l'empire de la bienfaisance par quoi l'on se fait aimer.

Il s'est empressé d'ajouter: «Mais nous avons mieux ici: nous serons le roi et la reine de la contrée.».

Voilà une royauté qui ne me déplaît point, une royauté de tout repos, si je puis dire, à l'abri des révolutions, car elle repose sur le respect et la reconnaissance; nous régnerons sur les cœurs avec leur seul assentiment, sans lois ni constitution. Notre sceptre ne pèsera ni à nos mains ni aux épaules de nos sujets. Nous rendrons jaloux les mânes du débonnaire roi d'Yvetot, de plaisante mémoire:

Il était un roi d'Yvetot,
Peu connu dans l'histoire;
Se levant tard, se couchant tôt,
Dormant fort bien sans gloire
Et couronné par Janneton,
D'un simple bonnet de coton,
Dit-on.
Oh! Oh! Oh! Oh! Ah! Ah! Ah! Ah!
Quel bon petit roi c'était là!
La, la.

Ainsi, j'ai cherché la vérité en gémissant, et je l'ai trouvée avec le bonheur. L'oracle n'a pas menti: j'aurai eu, au bout du compte, mon roman. Dans cinq jours, ce sera l'épilogue, après, la douce intimité de la lune de miel. Tu n'en sauras rien, mon cher journal, car je te dis adieu, à toi, le muet confident de mes joies et de mes peines. Je vais te négliger, je te délaisserai pour lire le grand livre de la vie. Mon cher compagnon m'en montrera les beaux endroits et sautera pour moi les passages trop tristes.

La vie ne m'apparaît plus en rose, mais en beauté, en pleine lumière, dans cette lumière fécondante qui est en train de dorer la moisson qu'elle a fait sortir de terre et que je vois onduler là-bas dans la plaine. Elle me rit par la bouche de ces gens qui jasent sur la route en se rendant à la ville pour s'approvisionner en vue du Têt ; elle me rit dans les yeux de ceux qui, s'autorisant de mon prochain mariage pour anticiper sur le Premier de l'an, me font rougir à chaque instant avec leurs souhait panachés d'une malice joviale un peu grosse. La caresse d'une brise chaude chargée de l'odeur capiteuse du riz mûrissant me pénètre d'un bien-être exquis. Je suis vive et alerte comme un moineau prenant son bain de sable au soleil. Quelle année merveilleuse de promesses que celle qui vient !

Que de chemin parcouru eu un an ! En relisant les premières pages de ce cahier, je me demande si c'est bien moi qui les ai écrites. Que d'hérésies j'ai commises dans ma folle confiance en mon infaillibilité. Mon intransigeance s'est amollie au contact de la réalité. J'ai éprouvé que la pitié, l'indulgence valent mieux que le strict devoir et la rigide vertu. J'ai été convertie à la religion de la bonté, la seule éternelle, la seule vraie. Toutes celles qui se disputent la foi des hommes ne sont que des formes plus ou moins imparfaites de celle-là. Conçues par des cerveaux dissemblables, écloses sous des cieux variés, destinées à des races différentes par la couleur de la peau, la forme du crâne, la mentalité, les mœurs, elles se concilient, à une certaine hauteur, dans un même désir de combattre le mal et de diminuer la douleur dans la bonté, en un mot.

À travers ses avatars et ses vicissitudes, le culte de l'idéal a persisté, au cours des siècles, un immortel et partout présent. Il a vu les empires s'élever et s'écrouler, les civilisations naître et tomber dans le néant, il a été lui-même bien des fois persécuté, et il est demeuré debout. C'est qu'il répond à un besoin impérieux de l'homme et que seul il peut apaiser sa soif de justice et d'amour. Peut-être, dans un avenir que rien ne fait prévoir proche, se manifestera-t-il dans toute sa splendeur après s'être, au fur et à mesure du progrès des esprits, dépouillé des idées parasites qui portent le sceau de l'infirmité humaine. Mais il existera tant qu'il y aura des hommes, et qui pensent. Le jour où il mourrait avec son dernier fidèle, la dernière lueur d'intelligence se serait éteinte sur notre planète. L'humanité aurait accompli le cycle de son évolution pour revenir à son point de départ, où elle touchait à l'animalité.

Si, comme le prétendent ses négateurs, l'idéal n'est qu'une illusion, ce que je ne crois pas, c'est une illusion bienfaisante qui nous est indispensable pour ne pas désespérer des autres et de nous-mêmes, un mensonge vital, selon le mot d'un personnage d'une pièce d'Henri Ibsen, le dramaturge norvégien. Je rencontrerai probablement sur ma route de nouvelles épreuves ; d'autres déceptions me guettent sans doute à quelque détour du redoutable inconnu ; mais je saurai où me réfugier pour trouver la force de souffrir et le courage de poursuivre jusqu'au bout ma carrière.

Adieu donc, mon cher journal. Mais ce n'est pas le mot « Fin » qu'il faut mettre au bas de ces lignes. Toutes ces impressions, toutes ces joies, toutes ces tristesses et même ces désespoirs, que j'ai consignés au jour le jour dans tes pages, ne sont qu'une préface. Ma vie, je vais la vivre, épanouie dans le bonheur chez moi et, autant que cela sera en mon pouvoir, chez ceux qui m'entourent. Je la savourerai dans toute son ampleur par le déploiement de mon activité appliquée au bien, j'en jouirai dans toute son intensité par le spectacle du beau réalisé dans une œuvre d'art ou dans une bonne action, qui en est une.

Le travail est devenu pour moi une espèce de gymnastique du corps et de l'esprit. Ce n'est pas seulement l'antidote de l'ennui. C'est aussi un tonique de l'âme, dont il entretient l'alacrité et la souplesse. Egoïste et désenchantée, il a fait jaillir en moi une source d'émotions douces et pures. Comblée, il me préservera de la satiété du bonheur et m'y fera goûter un plaisir sans cesse renouvelé. Le repos prolongé, l'inaction est une position anormale au sein d'un univers où tout est mouvement, depuis les astres qui roulent dans l'espace à une vitesse prodigieuse jusqu'à la poussière d'atome qui danse dans un rayon de soleil. Il me semble qu'en obéissant à la sainte loi de l'effort, je participe au rythme puissant qui règle la vie de la Nature de même que les pulsations de notre cœur mesurent la nôtre; je sens palpiter en moi la force créatrice dont je détiens une infinitésimale parcelle. Mon être se dilate avec délices à cette pensée comme la poitrine au souffle vivifiant du large ou des hautes altitudes, et se confond avec le grand Tout dans une sorte de communion panthéiste. Oui, j'ai conscience de contribuer, selon mes moyens à, pousser l'humanité en avant, en essayant d'alléger pour mes semblables le fardeau de peine qu'ils portent. Moins absorbés par les soucis matériels de l'existence, ils auront plus de loisir et de liberté d'esprit pour cultiver en eux ces nobles aspirations qui sont l'apanage de l'homme.

Il m'est doux encore de songer qu'en acceptant de vivre aux côtés d'un homme qui a donné à la France une partie de lui-même, pour l'aider à rétablir son équilibre moral dans son corps diminué, je m'associe à son sacrifice et que je fais, moi aussi, ma petite offrande à notre bienfaitrice.

J'étais une jeune fille, je vais devenir une femme, la Femme. Car la mission de la femme est d'être la sœur qui console et réconforte, la mère qui humanise les énergies en puissance d'un peu de rêve et de poésie, celle, enfin, qui met dans la société, comme dans la famille, la grâce discrète de son sourire et le rayonnement de sa bonté.

Saigon, 2 septembre 1918 —12 février 1919

FIN

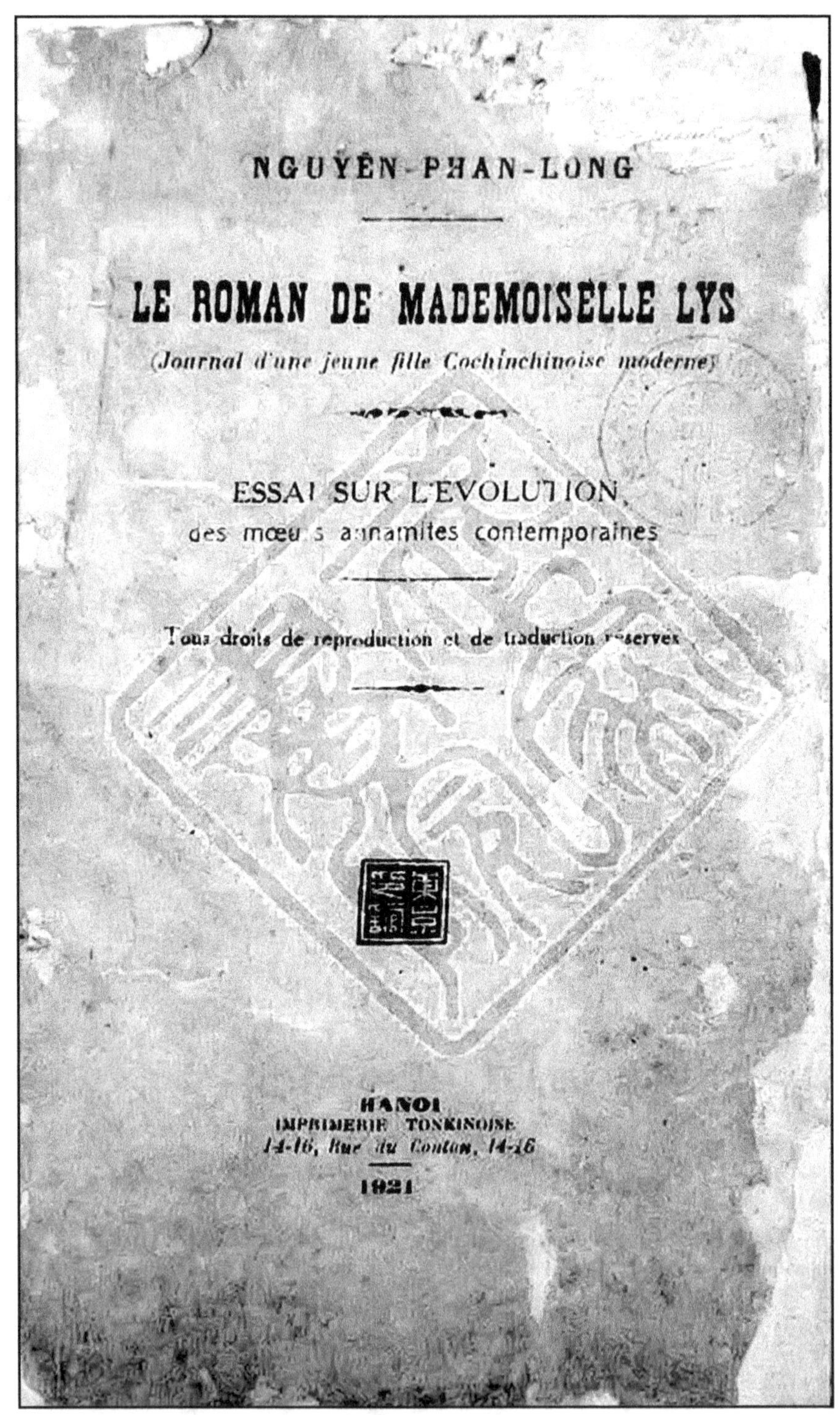

NGUYÊN-PHAN-LONG

LE ROMAN DE MADEMOISELLE LYS

(Journal d'une jeune fille Cochinchinoise moderne)

ESSAI SUR L'ÉVOLUTION

des mœurs annamites contemporaines

Tous droits de reproduction et de traduction réservés

HANOI

IMPRIMERIE TONKINOISE

14-16, Rue du Canton, 14-16

1921

Couverture originale — 1921.

GLOSSAIRE

Tous les mots vietnamiens, khmers et latins
écrits en *italique* sont définis dans le glossaire.

andjali–geste de l'adoration rituelle.

apsaras–nymphes célestes d'une grande beauté.

bà già–vieille femme.

tứ sắc, câu tôm, câu cá, xá họ, ba quan balank–divers jeux de cartes.

bánh bò, bánh thuẫn, bánh men, bánh bông lang, bánh kẹp, bánh gia long, bánh tét, bánh ô, bánh, bánh trung thu–assortiments de desserts et gâteaux sucrés.

bí đao–courge.

cái áo, cái quần–tenues traditionnelles.

cái phên–un paravent, une grille en bambou, en bois ou en tissu.

cái nhà–paillottes tassées, maison.

caiti–pyramides funéraires à base octogonale.

con heo–porcs.

chum chum–alcool de riz.

Dang Rek–massif situé à l'extrême-nord du bassin de Tonle Sap.

den–maladies de la petite enfance.

dengue–infection virale transmise par les moustiques.

Đốc phủ–délégué administratif de la circonscription.

đòn gánh–rouleau de bois entaillé, droit ou légèrement recourbé, qui permet de porter deux fardeaux à la fois sur l'épaule.

đờn cò–violon à deux cordes.

đồng diệu–point.

đồ rộng–tunique à manches amples.

đủa–baguettes.

đường phổi–cassonade en tablettes.

Et finita la comedia–la comédie est terminée.

ex abrupto–brusquement.

ex cathedra–parler d'un ton doctoral.

garoudas–oiseau de Vishnou, destructeur de serpents, représenté dans l'architecture khmère sous la forme d'un animal fantastique à tête d'oiseau ou quelquefois de tigre les bras d'un homme, l'arrière corps d'un tigre, et les cuisses couvertes d'écailles.

Giao chỉ–ancêtres vietnamiens.

Gì Năm–5ème tante.

gỗ–bois.

Guna dosa–mérites et peines, récompenses et châtiments.

Harman–grands seigneurs.

home–maison.

Horas–astronomes entretenus à la Cour.

hương chủ–premier notable du village du chef lieu.

kajang–variété de feuilles.

in petto–en son for intérieur.

kèn–instrument de musique à vent.

khloy, *sralay*–espèces de flageolets.

koki– variété d'arbres.

kong–instruments de musique composés de seize cymbales de bronze disposées sur un bâti circulaire.

kralahom–ministre des transports par voie maritime.

kromovéang–gardien du palais.

Kut–cheveux coupés.

lạy– prières, implorations, prosternations.

lazzi–toutes sortes de plaisanteries burlesques, soit en paroles, soit en actions, des jeux de mots, des grimaces, des gestes grotesques et jusqu'à des détails de farces sur tréteaux.

lê–poires.

loan–oiseau.

loggia–galerie, portique en avant corps, pratiquée à l'un des étages d'un édifice, pour jouir de la vue du dehors et de la fraîcheur de l'air.

mạs–jeunes plantes de riz dans les rizières.

mater dolorosa–expression latine qui désigne la vierge soutenant le Christ mort au pied de la croix ou plus familièrement, une femme, une mère qui souffre.

missi dominici–envoyés du Seigneur.

morituri te salutant–« ceux qui vont mourir te saluent », phrase prononcée par les gladiateurs avant que les combats ne commencent.

mukuta–couronne.

nâga–être fabuleux de l'hindouisme, à corps de serpent habituellement représenté avec plusieurs têtes, souvent chimériques et effrayantes : capuchon de cobra, gueule de chien, yeux exorbités et parfois humains.

nhà quê–paysans.

nhỏ–enfants.

nón chạo–chapeau de latanier.

nước mắm–sauce à base de poisson fermenté dans une saumure.

ông mai–marieur, entremetteur.

Ông Táo–Dieu du Foyer.

Ông Tô, Bà Nguyệt–hyménées asiatiques qui président au mariage.

pandit–titre honorifique accordé en Inde aux érudits et aux maîtres de la musique classique hindoue.

phgâk –lame emmanchée d'une racine de bambou courbée.

phụng–oiseau phénix (ou phœnix).

Pratéaksœn–gestuelle des rites brahmaniques.

préasat–tours.

quốc ngử–alphabet de la langue vietnamienne.

rạch–marécage, un cours d'eau.

Réam ker–version khmérisée du Râmayana indien de Valmiki dont il s'inspire.

ronéat–instruments de musique en forme de lits bas ou de pirogues.

sâlas–arbres.

sambah–majesté, roi.

sâmpho–tambourin ventru.

sampot–vêtement traditionnel khmere composé d'une sorte de jupe plissée enveloppant les cuisses.

sang na–tambourin long.

sanjak–fidèle.

senapati–connétable.

skôr–instrument de musique.

Sras–étangs ou bassins.

Sreyambat–souffleuse au théâtre.

tá điền–agriculteur.

Tam tự kinh–livre de l'école primaire.

Tết – fête du Nouvel An vietnamien.

tévédas – figures de femmes au buste nu orné de bijoux, portant une jupe courte et tenant généralement à la main une fleur ou un bouton de lotus.

Thằng Hai – beau fils.

thằng hề – bouffon.

Thvéa chey – porte de la Victoire.

Thvéa khmoch – porte des Fantômes.

tram – facteur.

tripitaka – « Trois corbeilles », vaste recueil de textes fondateurs sur lesquels s'appuie le courant bouddhiste theravada.

trống chậu – grand tam tam.

upavita – cordon de fil blanc, insigne de la caste des brahmanes

vae soli – locution latine qui signifie « Malheur à l'homme seul ! ».

xâm – réponse divinatoire de la déesse.

Yaçodharagiri – pyramide à quatre étages.

Visions Exotiques de l'Indochine Française

Aventures Amoureuses en Asie Ancienne.

ISBN: 978-1-934431-06-1

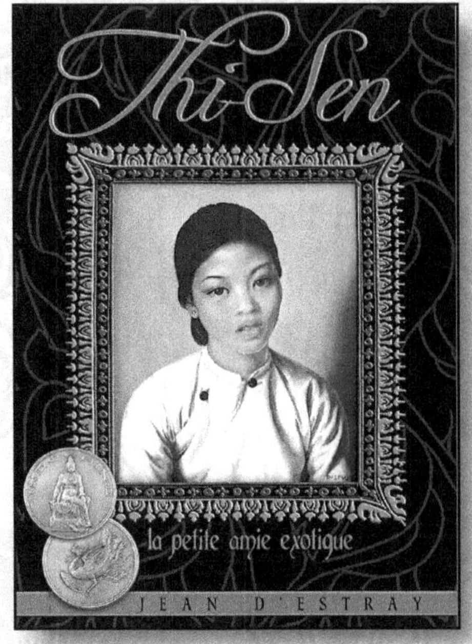

Passion Meurtrière en Annam.

ISBN: 978-1-934431-08-5

Petites Histoires d'Annam.

ISBN: 978-1-934431-07-8

Un Amour Impossible en Annam.

ISBN: 978-1-934431-09-2

DatASIA Press
www.DatASIA.us

Livres en Anglais (avec la Version Française)

Une Journée sur le Mékong.

ISBN: 978-1-934431-87-0

Une Histoire d'Amour au Cambodge.

ISBN: 978-1-934431-94-8

Peintures de l'Indochine.

ISBN: 978-1-934431-91-7

Contes Fantastiques.

ISBN: 978-1-934431-21-4

DatASIA Press
www.DatASIA.us

“En 1907, l’Indochine est à la mode et possède l’attirante image d’un nouvel Eldorado, où l’on fait de bonnes et rapides affaires dans le cadre idyllique d’un exotisme enchanteur. Pierre Dassier n’est pas d’accord. Pour lui, la réalité est tout autre…

“Pour illustrer sa thèse, il met en scène quatre jeunes Français qui débarquent à Hanoï en 1904, pleins d’espoirs. Ils rencontrent trois amis qui font déjà « popote » sur place ; ça y est, les sept destinées sont en place. La scène du drame est rapidement esquissée… Chacun va y trouver une vision de ce qui l’attend dans ce « paradis » dont aucun ne reviendra intact.”

François DORÉ – Préface à la nouvelle édition

Librairie du Siam et des Colonies – Bangkok, Thaïlande.

ISBN: 978-1-934431-05-4

www.ingramcontent.com/pod-product-compliance
Lightning Source LLC
Chambersburg PA
CBHW082126180726
48291CB00010B/2755

* 9 7 8 1 9 3 4 4 3 1 0 4 7 *